NF文庫
ノンフィクション

航空母艦物語

体験者が綴った建造から終焉までの航跡

野元為輝ほか

潮書房光人社

航空母艦物語——目次

写真提供／各関係者・遺家族・「丸」編集部・米国立公文書館

航空母艦物語

体験者が綴った建造から終焉までの航跡

大空母「瑞鶴」誕生にまつわる泣き笑い建造秘話

想像を絶する難工事。初経験、初空母、初造船という手さぐり建造の裏話

当時「瑞鶴」担当・川崎造船所技師　長谷川鍵二

空母「瑞鶴《ずいかく》」の建造工事は、私にとって終生忘れぬ思い出である。

私が昭和九年（一九三四年）に東大を卒業後、当時の川崎造船所（川崎重工）に入社、やっと造船所現場のＡＢＣがわかってきたころから、瑞鶴の建造計画の一員に加えられた。それから瑞鶴の引渡しがすむまでに、私もやっと主任として一人立ちができるようになったわけであるが、この数年間はまさに、瑞鶴とだけの生活であったといっても過言ではない。

長谷川鍵二技師

ただあの時からかぞえて二十有余年、この艦について話をしたり、当時の気分を語ってみても、現代の若い人たちにはあまりにも遠い世界の話であるようだし、事実、世界観の相違

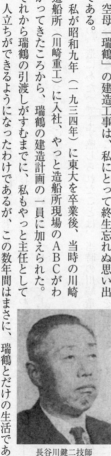

もあって、どうやら老人のタワゴトぐらいにしか受けとってもらえないかもしれない。
もっとも当時でさえ、なかば畏敬をもって迎えられていたことを思うと、現代に通じぬものがあっても、致し方ないことと思う。しかし私の入社当時にくりかえされた話では、大正三年（一九一四年）に巡洋戦艦榛名《はるな》の艤装工事がおくれたため、同艦の繋留運転が一日おくれたことに原因して、そのころ名部長（造機工作部）とうたわれた篠田恒太郎氏が、責任上、自刃されたということだった。この悲しい逸話一つをもってしても、当時の造船所のムードがどんなものであったか、ご想像いただきたい。

本艦の建造にあたってまず感じられたことは、当時の川崎造船所では、この種の艦艇を建造した経験がなかったということである。なるほど大型艦艇を建造してきており、この面においては民間の造船所としては三菱長崎とならんで代表的なものとなっているが、空母に関するかぎり、まったくの初経験であり、それも基準排水量で二万五千トンを超える巨艦であったから、関係者がこの点を心配したのは当然であった。

くわえるに当時の軍機密のきびしさは想像を絶するものであり、戦艦とともに主力艦の地位を占めつつあった空母においては、この傾向はとくに強かったから、むろんこの建造に関して誰かに問い合わせるなどは論外のことであった。

したがって技術上の疑問点をどうやって解決していくかは関係者一同、多くの不安があった。しかし、私の場合、これの建造担当の一員に加えられたときは、工事の困難さを推察しながらも、やはり若さのせいか、ひとつやってやろうとひとり張り切ったものだった。

福井静夫氏が『日本の軍艦』のなかで空母の建造史を書いておられたが、それによると、瑞鶴以前では本格的な空母は、すべて横須賀を中心とした軍工廠で建造されている。もっとも加賀などは進水までは川崎で建造してはいたが、これも当時は、八八艦隊の戦艦の一つとして建造されたものであるから、空母としての知識の糧《かて》にはならなかったのである。

しかも瑞鶴は通称第四号艦とよばれ、昭和十二年度からはじまった無条約時代の建艦計画の代表的な大型艦四隻の一つ（他の三隻は武蔵、大和、翔鶴）であったから、これに寄せる海軍側の期待も大きいだけに、機密保持の程度もおよそ見当がつけられると思う。

ところで私としても、建造計画の一員に加えられはしたものの、それまで空母を一回も見たこともないだけに、図面の勉強をするだけでは、はなはだ心もとない状態だった。が、さいわい本艦の起工の前年（昭和十二年）に大阪湾で観艦式があったため、とくに海軍の許可を得て、空母に乗艦をゆるされ、飛行甲板や格納庫、あるいは艦橋構造を目の当たりにして、どうやら自信らしいものをつけたりした。

また機密に関連していえば、艦艇というのは、本艦はとくにそうであったのだろうが、初期計画が相当以前から行なわれているため、たとえばアーマープレート（装甲鈑）は日本製鋼で機械加工までして川崎に入荷してくる。これなども万が一の場合、誤作などがあれば工程は根本からくずれることになり、相当以前から現図などで図面をひいて検討したものであった。

したがってこの間の機密保持に対する心づかいなどは、記録によく見られる武蔵、大和のそれにまさるとも劣らぬものがあったと思う。

本艦の完成は昭和十六年九月二十五日で、その年の十二月八日に日米開戦があり、本艦がハワイ沖で活躍したと聞けば、この艦の工程が「ニイタカヤマノボレ」の発信日を左右したという説も、あながち風説だけではないと思われる。

それだけにいまから思えば、機密保持に心をくばりながらも、経験の少ない私どもが大過《たいか》なく本艦の引渡しを行なえたのは、諸先輩の指導によるのはもちろんであるが、さらに若さにあふれた青年時代のおかげだったと思う。

想像を絶した難工事

感傷にひたるのはこれくらいにして、つぎに技術面について、印象に残っていることを二、三述べてみよう。

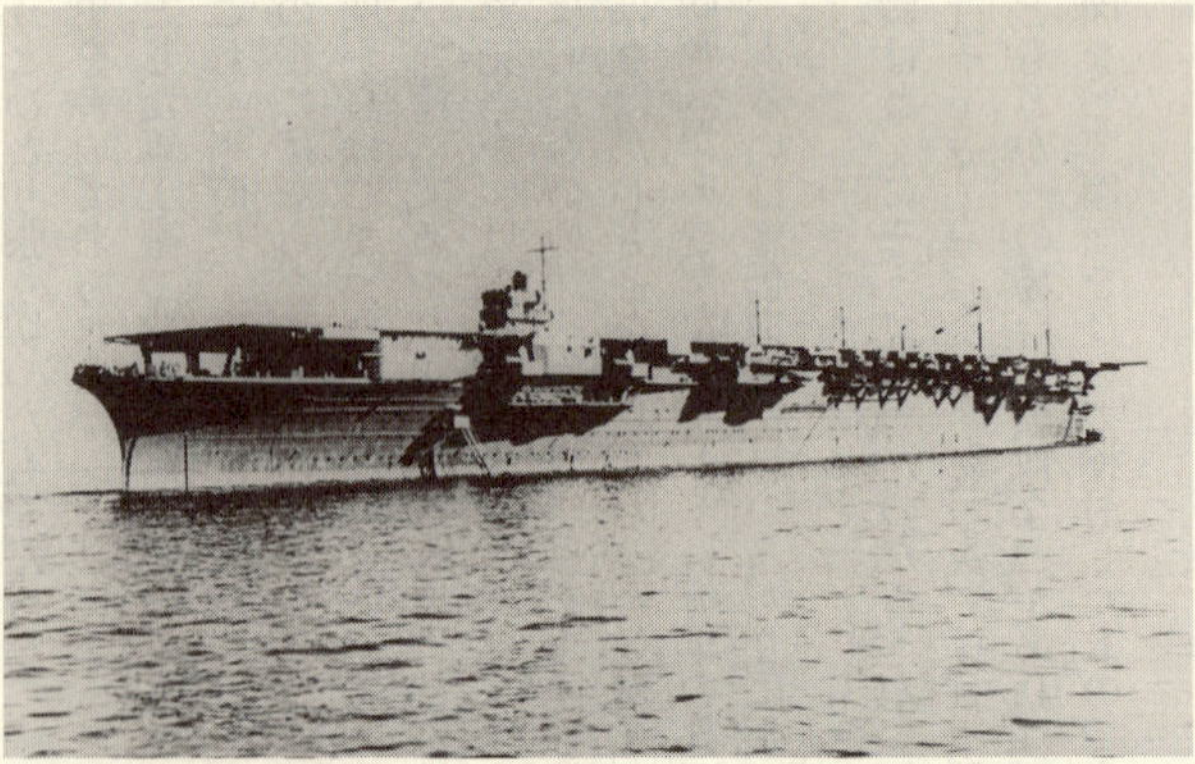

昭和16年9月25日、引渡し当日の瑞鶴左舷。高角砲や機銃座架台多数が見られる

技術面でいまも感じていることは、まず第一に軍艦構造がじつに複雑であった。これは単に継手構造が鋲《びょう》であったということだけでなく、艦体そのものが空母の特殊性により実に複雑なのである。

いわく水雷防禦壁、いわく軽質油タンクなどの存在も、はじめはこれらを図面からおぼえるだけでよかったのだが、のちになって工事がすすむにつれ、強烈に思い知らされたことであった。

たとえば、この艦には一二・七ミリ高角砲が二連装で片舷四基、合計十六門搭載されたのだが、これらの大部には弾薬庫があることになる。船殻工事がすすんで隔壁や外鈑、甲板がつけられてくると、なにしろ甲板だけで十一階もあるのだから、目的の弾薬庫へつくまでにはマンホールを三十数個もくぐらねばならず、しかも艦体には百個になんなんとする鋲打ちの炉がたち、これに塡隙工がかかっているわけで、じつに耳をろうせんばかりの轟音がせまってくる。

とくに二重底内で鋲鋲《こうびょう》検査などを行なう揚爆弾筒モーター台などを見るためには、往復で二百個以上のマンホールをくぐらねばならず、ここまでエアーホースを引っぱってきた作業員の労苦が身にしみて感じられたものである。

くわえて各区画には、いまの船体のように安全上の電灯があるわけではなく、たのみは腰の懐中電灯だけというありさまで、予備の電池をいくつも持って歩いたことが、ほんの昨日のことのように思われる。

また当時すでに電気溶接が、二次部材に対し相当とり入れられていたので、これの煙もあって、呼吸もくるしいほどだった。さらに足場も悪い、通風も悪いで、ちかごろの造船家にはおよそ見当もつかない、まるでヨガの苦行のような毎日だったことをおぼえている。

また爆薬庫にかぎらず、目的地まで迷わずにたどりつくということは大変なことで、あらゆる作業員が、マンホールを一個くぐるごとに、自分の進路にチョークで印をつけないと「行きはよいよい帰りはこわい」ということになる。昨日は白チョークでつけると、今日は赤チョークを使うといった具合で、その印もなかなかわからない。うっかり作業服でこすって消してしまうと、消された当人は、さぞ困ったことと思う。

いちど弾薬庫で煙にまかれ、工員が窒息《ちっそく》死したことがあるが、たまたま大男だったということで、運びだすのに大騒ぎしていたのを見かけたものだった。部下に命じて現場のどこで会おうといって、ついに来なかったこともある。あとで聞くと、道に迷ってしまったということであった。

艦内作業で涙のサーカス

また接合継手は、一部には前述したように溶接を採用してはいたものの、なんといっても主力は鋲鋲であって、これが構造の複雑なところと相まって、相当に困難な点があった。たとえばアーマープレートなどは、テーパーされていて打つ鋲の長さが、鋲孔によりすべて違うなどというのは、今日の若い技術者にはピンとこないことだろうが、これなど当時としては、しごく当たり前にちかいことであった。

とくに技術的に困った点といえば、この艦ではそれまで常に防禦鈑としてのみ用いたアーマープレートに、強力部材の役割をあたえたことが、艦首部のバルバスバウの採用とともに、構造上の大きな改革点だったのである。

また鈑厚一五〇ミリのアーマーを、パッキング・ビハインド・アーマーにとりつける方法が、どうしてもわからなかったことを記憶している。これについては当時、大型艦をやったことのある鉄木工が現場にいないため、その昔、大正年間に戦艦加賀（のちに空母）をやったという大進行（職場長、作業長のようなもの）に昔を思い出させながらやらせたものだった。

この他、鋲鋲構造のややこしさは、本艦が空母であるだけにオイルタイトのみならず、ガソリンタイトを必要とする個所もあり、これが装甲などにとり入れて二枚ばり、三枚ばりとなったところでは、じつに複雑なとり合い継手を形成し、現図の段階でこれらを考えるとき、あたかもクロスワードパズルを解くようなむずかしさを味わった。

三枚がさねでは、どちらの二枚を先にかしめて、その鋲頭を仕上げておかなければならないか、ということなどを、ああでもない、こうでもないと考えながら決定するわけである。

さらに、これらを実際にかしめる段階に入ると、前述のごとく片道で一二〇を越えるマンホールをくぐって、作業員を配置するむずかしさと同時に、場所によっては曲芸打ちをやらせたこともある。

曲芸打ちというのは、たとえば艦構造の二重底では外鈑のフレアがきついうえに、艦の断面がいちじるしく細くなっており、そのためその個所で二重底のフロアと外鈑を接合するのに、外鈑はよいが、内部は一人がやっとかろうじて立てる程度（艦の片幅が二五〇ミリくらい）である。したがってフロアの足元の鋲を打つには、まともにやっては到底《とうてい》だめなので、作業員が頭を下に逆立ちのかっこうとなり、上から二人がかりで両脚をひっぱって打たせたことがある。

これなどは労基法のある今日の時代では、人権上の重大問題としてとり上げられることだろう。しかしこのような残酷物語以外に、溶接工がせまい空所に入るのに、そのままではどうしても入れないので、素っ裸となって中に入り、中から着物をひっぱりこんで着込んでから溶接したなど、いまから考えると実にユーモラスな話も多くあった。

飛行甲板こそ空母の生命

技術面の第二の印象として、この船の鉄木工事のむずかしさがあげられよう。

この理由の最大のものは、日光の直射と気温の高低による、船体の局部温度差にもとづく伸縮運動である。もっともこの大気温と水温による温度差が、船体の上下部に一インチ程度のたわみをあたえることは、相当以前からＳ・Ｆ・スミスや末広、井口の諸先生の理論によって明らかにされており、私も学生時代に講義で知っていたものの、これらは水上に浮遊する状態のものであったので、このような巨艦において、しかも船台上でその変動のはげしさを体験したときは、驚かずにはおられなかった。この傾向はとくに真夏になるといちじるしく、場合によっては、二五〇メートルのLPPにわたり、二インチから三インチにちかい値となり、あたかも船体が生きているということを痛感したものだった。

さてこうなるとアワをくうのは鉄木（船台大工）関係の連中で、昨日たしかに締めておいたはずの盤木が、翌朝には両端でガタガタになってしまっている。あわててこれを締めると、正午ちかくになるとミッドシップ付近でガタがくるといった具合だった。

このへんはまだドタバタ喜劇の追っかけだと、笑ってすませるかもしれないが、困ったのは、軸心の見とおしのときである。

なにしろ本艦は三十四ノットを超える高速力を出すため、四万馬力のタービン四基を据《す》え、したがってプロペラ軸も四本とおっている。造船家の方なら、どなたも常識として知っておられるであろうが、ふつう船体では、機械室と、これから艦構造にかける各区画の船殻工事が終われば、プロペラ軸を通す検査（軸心見とおし検査）を行なうのであるが、これには見通しを行なう区間で、軸一本につき「やりかた」という門型の柱を五本ほど立てて、これに開けられた小さな孔（スリット）から、他端におかれた五百ワットの電灯の光を見通して、そのさいにスリットの位置を調整していくものである。

したがってこの工事は夜間に行なわれるのであるが、長い距離間を電話によって行なうので、商船でも場合によってはうまくいかないこともあり、このため普通、こればかりは気の合ったもの同士が組になってやるしきたりとなっている。

ところが本艦では普通の商船より長いうえに四本の軸があるために、最初から見通し終わるまで、先に見たぶんの精度も保ちつつ行なうのだから大変なことだった。たとえ一本はうまく通しても、あとの三本がちょっと狂ってもすべての検査は不合格となる。しかも、これらは二晩も三晩も予行演習をやって確認してからでないと本検査にかかれない。

ところが、本検査には海軍の監督官の立会いが必要なのだが、この海軍の監督官との折衝は当時の環境によっては、それはうるさいものであって、たとえ予行でうまくいったからといっても、相手の都合が悪いとなかなか来てもらえず、そういうときは全員いらいらして待たなければならなかった。

というのは前述のように、気温の調子で船体のたわみ条件は二ミリや三ミリはすぐ変わるし、一方この見通し検査のための「やりかた」につけられた真鍮《しんちゅう》板に開けられたのぞき穴というのは、ピンホールの大きさであって、それを軸受の金具でじわじわと、コンマ何ミリという単位で調節するのだから、途中でひと雨降ったくらいでもたわみ状態が変わって、失敗に終わる公算が大なのである。これが左右両舷で四本を、しかも同時に連続して通すのだから、このときほど単軸シャフトの商船の簡単さが、ありがたく思われたことはない。

また本艦では飛行甲板が強力甲板となっておらず（これにひきつづき川崎で建造された大鳳では飛行甲板は強力甲板を兼ねていた）、これを進水後、海上で浮かんだまま搭載した。ところが強力甲板ではないといっても、飛行甲板というのは空母の生命ともいうべき重大なものであるから、これの精度保持に対する軍の要求は実にきびしいもので、そこへもってきて溶接が採用されて、しかも板厚が六ミリというので、ゆがみがものすごく出る。

当時は溶接に関しては現在ほど技術がないので、これは仕方がなかったのであるが、これにくわえて船台上でさえも問題となっていた船体のたわみの点、ひいては鉄木工事の困難さがむしかえされてくる。

ふつう、進水が終わると船殻工事は一段落するものだが、このときほど気苦労したことはなかったと思う。また同時に、このときほど鉄木工事のなんであるかを勉強できたことはなかったと、心から感謝した。

室戸台風にアワヤ沈没？

このほか高角砲の台座の据付け時の精度や、空母独特の杠起《こうき》装置など、艤装に関する各種の諸工事についても、まだまだ思い出がつきない。

飛行甲板について思い出すのは、本艦が進水した昭和十四年十一月二十七日から約一ヵ月後の元旦は皇紀二六〇〇年の祝典で、据付けの終わった甲板に作業員一同が上がり、夜来の作業に疲れた目をこすりながら、遠く朝日に焼けた大阪湾の水面を見ながら、全員で宮城遙拝したとき、万感胸にせまった青年時代の感傷をおぼえている。

いよいよ引渡しのときが来て、川崎造船所には当時、大型のドックがないため、したがって本艦の渠中工事は呉工廠で行なう予定で、呉まで未完成の艦を走らせることになった。

昭和十六年八月十四日、台風警報を聞きながらも呉のドックスケジュールに合わせるため神戸出港を強行し、室戸沖を回航する頃ちょうど折りあしく台風に遭遇した。風速は六十メートルを超え、土佐沖にかかるころは浸水がはなはだしく、一時は遭難の危険性さえ感じた。

あとでこの原因は機関科倉庫の舷窓の締め忘れたもの（ここはすでに海軍渡しとなっており、水兵が締め忘れていたもの）と判明したが、このときは理由がわからず、艦の一部に損傷が生じたのかと思い、引渡し前の艦に万一のことがあってはと、はじめは半分、遊山気分で乗っていた工員連中までが、がぜん真剣となり、全員で必死のバケツリレーで水をかいだした。

このとき海軍の艤装員として相当数の水兵が乗っていたが、時化《しけ》に強いはずの彼らも、このときばかりは船酔いで青くなっている人が多かった。ところが陸《おか》のカッパ同然の私どもが全員、平然として部署につけたのは、やはり引渡し前の艦は自分らの責任で守らねば、という精神力のおかげによるものと思っている。

このときは台風圏内より、艦の瞬間最大傾斜角四十度で危うく脱出でき、台風の通過後、鹿児島付近の洋上まで待避していて、それからすぐ一転して豊後水道を通って呉につき、予定どおり入渠を行ない、第二次大戦開戦直前の、戦雲とみにけわしい中を二ヵ月の突貫工事で押し通した。

これらについてもいろいろのエピソードがあり、たとえば外舷の塗装用足場を一日でかけてくれたのはいいが、どこかの請負仕事だったとかで、いまから考えると実にお粗末なもので、いくら安全思想の普及しない当時でもひどすぎた。

しかし、この巨艦の全周にたった一晩で足場をかけたことは、まさに秀吉の墨俣《すのまた》城の一夜づくりに似たものだと、いまでも感心している。

公試運転中の瑞鶴。機関試験のためか煙突から黒煙を噴出中。右端は三脚信号檣

昭和十六年九月下旬に最後の公試運転を終えたあと、同月二十五日に無事引渡しを完了し、五年ごしにやっと責任をとかれた私は、他の担当員たちと初めてゆっくりと安眠できた。

考えれば長い月日を酒もやめて、三日も家に帰らないということはしばしばのことで、これをしごく自然のこととし、むしろこの艦の建造に感謝の念をいだいているのは、当時の愛国心に燃えた世相の裏付けのあったこともさることながら、まわりをとりまく一団の人々が、日本は造船国であり、われわれは世界の造船技術の先端をいっているのだという、自負心にあふれていたからに外《ほか》ならない。

いま過ぎし昔に思いをはせてみると、いろいろと青年時代の貪欲なまでの技術習得熱が思い出され、海軍というあまりにも技術偏重のもとで育った私のもつ偏見かもしれないが、最近の若い人が、溶接構造の進歩普及とともに、技術のあり方の勉強をなおざりにし、ひいては人生そのものを安易に考える傾向が強くなっているのに対し、反省をしてほしいと思う。

今日も空母瑞鶴が私を呼んでいる

元「瑞鶴」艦爆隊長・海軍少佐　高橋　定

昭和十七年（一九四二年）二月、私は第三十一航空隊の飛行隊長として、比島のマニラ郊外ニコルスフィールド飛行場に進出した。珊瑚《さんご》海《かい》海戦の前である。この部隊はコレヒドール攻撃と、マニラ湾口の封鎖を当面の任務とした急降下爆撃隊であった。

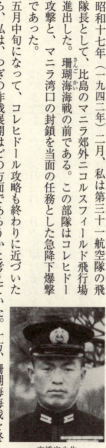

五月中旬になって、コレヒドール攻略も終わりに近づいたころ、私は、つぎの作戦展開はどの方面であろうかと考えていた。一方、珊瑚海海戦を終えた第五航空戦隊の瑞鶴、翔鶴はモレスビー攻略の予定を七月に延期し、整備補給のため内地に帰還した。

高橋定少佐

飛行隊は九州東南部の基地を利用して補給整備を行ない、訓練にはげみながら、つぎの作戦準備をすすめる計画であった。

こんな時期の昭和十七年六月十五日、私は瑞鶴飛行隊長を命ぜられた。私は緊張した。私がもし六月三日までに瑞鶴飛行隊長を命ぜられていたのであれば、どんなに喜んだであろうか。おそらく子供が、もっともほしがる玩具《おもちゃ》をもらったときのように、無邪気に欣喜雀躍《きんきじやくやく》したであろう。

しかし、そうはできなかった。六月五日、日本海軍はその全作戦を、攻勢から守勢に転換せねばならないような、重大な敗戦の不幸に見舞われた。ミッドウェー作戦による第一航空戦隊と、第二航空戦隊の全滅である。日本海軍は赤城、加賀、蒼龍、飛龍の四艦をうしなった。日本海軍にのこされた航空母艦は、瑞鶴、翔鶴、瑞鳳、龍驤、隼鷹の五艦となり、また多くの精鋭搭乗員が東太平洋上に散華していた。

かくて、私が瑞鶴飛行隊長を命ぜられる数日前に、瑞鶴の日本海軍にしめる地位が、大きく変わっていたのであった。

私の安易なたのしい夢は去った。あまりにも重い荷重が両肩に突然のしかかってきた感じであった。私はマニラの司令部を重い気持ちで去った。三十一航空隊の部下たちは私に、瑞鶴へ一緒につれて行ってくれとせがんだが、ただ「後日また会おう」と返事しただけだった。

たのもしい広大な飛行甲板

六月下旬、大分で瑞鶴飛行隊に着任した。そのころ瑞鶴は呉に入港していた。

七月十四日、第一航空艦隊は改編され、あらためて第三艦隊第一航空戦隊が編成された。瑞鶴、翔鶴、瑞鳳である。私は飛行隊を再編成し、いよいよ瑞鶴に着任することになったが、飛行隊長としての母艦着任の挨拶は、母艦の背中に飛行機で着艦したときにするというのもおもしろかった。

七月に入ると着艦訓練がはじまった。私は部下の着艦を指揮するため、瑞鶴へ第一回目の着艦をやった。さすがに約五万トンの瑞鶴には威風堂々たるものがある。

かつて昭和十四年に龍驤の艦爆分隊長をしていたとき、着艦訓練の指導官として発着指揮所で、若い搭乗員の着艦を指導したことがあった。

狭い甲板に九七艦攻や九六艦爆が着艦するのは、指導するほうが一番気づかれがする。手に汗をにぎり、肩に思わず力を入れ、体をねじって指揮旗をふるという、神経をすりへらす仕事である。わずかの着艦操縦の誤りがあれば、飛行機は海中に転落したり、艦尾に衝突したりするからである。

瑞鶴の発着艦指揮所に立ったとき、私はまず甲板の広さ（最大幅二十九メートル、長さ二四二メートルぐらい）に驚いた。こんな広い甲板なら、訓練はきわめて簡単であろう。龍驤とは雲泥《うんでい》の相異である。心配なのは搭乗員の油断だけだ。

三日もかかる艦内旅行コース

私は着艦指揮をぶじ終えて、はじめて瑞鶴の飛行隊長室に入った。瑞鶴で勤務する間、この部屋で読み、書き、考え、また疲れて眠るであろう。狭いが洗面所もあり、回転式ソファーベッドもある個室である。

荷物の整理がすんで艦内を歩いてみた。われわれはこれを艦内旅行とよんでいた。正確な記憶ではないが、艦内は艦底のビルジ室をのぞいて七階になっていた。飛行甲板は四階の屋上というところにあった。

私は飛行機格納庫や補給整備隊、搭乗員の居住区、発着艦指揮装置などを主に見てまわった。くまなくまわれば三日はかかるだろう。広くて長い通路、各所の防火防水扉、リフト、初期消火の装置、がっちりした鉄の階段、無数の電線パイプ、すべてが頑丈であり、たのも

飛行甲板を発進してゆく九九艦爆

乗員たちの帽振れに送られ、発艦作業中をしめす吹流しや将旗の翻る空母瑞鶴の

しく、私は瑞鶴に生活できることの誇りと喜びでいっぱいになった。

後年のことになるが（昭和三十八年十月）、私は米海軍にまねかれて空母ホーネット二世に乗艦したことがある。ホーネット第一世は昭和十七年十月二十六日、南太平洋海戦において瑞鶴、翔鶴を発進した私の指揮する第二次攻撃隊、戦爆雷約百機がこれを強襲して、魚雷数本と二五〇キロ爆弾六発を命中させて、大破炎上ののち沈没させている。

私はホーネット二世に一週間滞在したが、この艦が、瑞鶴とあまりにも似ているのに驚いたものである。その艦内は、どこを歩いても迷うことはほとんどなかった。瑞鶴の艦内を歩いているのと少しも変わらなかったからである。

艦内で行き会う兵隊は米兵ではなく、瑞鶴乗員の若くて、可愛い三等兵たちが、紅潮した頬に油をつけて働いているのだと、いくどか錯覚をおこしたほどだった。と同時に私は、瑞鶴が当時において、すでに二十年をへた今日の母艦と基本的にはおなじ艤装をしていたということに、高い誇りを感じ、瑞鶴をあらためて懐かしく想い出したのであった。

死活をきめた五分間

昭和十七年八月以降になると、戦局は南東太平洋上に焦点がむけられた。米国は豪州との連絡を重視し、ガダルカナルの増勢を企図し、日本はガ島を奪回して、すでに占領した地域を固守しようとする。ガダルカナルをめぐる攻防戦は、こうして執拗に展開されたのである。

八月九日、薄暮が南東太平洋上にせまるころ、瑞鶴攻撃隊の全機は、まもなく水平線の彼方に瑞鶴の巨体が見えるはずだと、搭乗員総員が目を皿のようにして水平線を見つめていた。第一次ソロモン海戦での、二次攻撃隊の母艦帰投寸前のことである。

私はこの攻撃部隊の指揮官であった。艦爆二十四機、艦攻十八機、戦闘機二十四機の部隊である。私はこの攻撃で、予定地点に敵を発見することができず、予定の進出距離を約五〇浬《かいり》のばしても、なお敵を発見することができず、艦攻隊の行動能力の限界まで行動して引き返してきたのだが、燃料はあますところあと三十分の状態で、やっとのことで母艦の予定位置に、全部隊を誘導してきたのであった。

薄暮はせまってくる。母艦は見えない。今日の飛行機とちがって、飛行機に精密な航空無線装置はなく、母艦は無線を封止している。私はあせった。あと十分たっても瑞鶴が見えなければ、攻撃部隊の半数は南溟《なんめい》の果てに鬼と化してしまう。三十分かかって発見できなければ、全機が行方不明となり、全員が死んでしまうだろう。

敵に直接相まみえて、傷つき倒れるのであれば悔ゆるところはないが、このざまはなんであろうか。東西古今の戦史にも例のない醜態といえるであろう。私を信じて後続する若い搭乗員の生命の火をこんなことで消してどうなるのか。私の今日までの生涯で、こんな苦しいことはなかった。私は祈りということを考えたことはなかったが、このときは初めて無心に祈った。

そのとき、すでに暗くなった水平線の彼方に、何か明るい感じのするものを見た。

私はもう迷わなかった。進路の右方約三十度の方向であった。五分ばかり飛んだとき、瑞鶴の探照灯が見えた。なんと勇敢で、犠牲的な瑞鶴であろうか。敵の触接機も近くにいるであろう。敵の機動部隊も近くにいよう。にもかかわらず瑞鶴は、自分の部隊を収容しようとして、自らの姿を敵にさらしたのである。

私たちは燃料いっぱいを使い果たして、全機ぶじ着艦した。収容を終えた瑞鶴は、全速力でいずれかへ韜晦《とうかい》した。私は、司令官、艦長に逆にねぎらわれて返す言葉もなかった。私は発着指揮所に立つと、知らずしらずそこの手摺を、母の膝のようになでていた。

八月十四日ごろから二十六日にかけて、ふたたびソロモン南東に出撃し、八月二十四日には敵機動部隊を捕捉し、第二次ソロモン海戦が展開された。このときの犠牲は多かった。しかし戦果もまた大きかった。瑞鶴は、敵の戦爆雷の集中攻撃をうけて、林のように立ち昇る水柱の中に姿を没しながらも、瑞鶴だけは無傷であった。

必死に呼ぶ母艦の声

十月二十六日、南太平洋海戦が行なわれた。私はふたたび全機をひきいて、敵機動部隊を攻撃した。そして首尾よくホーネットを撃沈したが、味方の被害も大きかった。

このとき私は敵の戦闘機と闘い、ついに傷つき倒されたが、幸運にも、油送船玄洋丸に救われた。だが、部下は二十六名が戦死した。

私が敵艦を攻撃し、愛機九九艦爆に十数発を被弾し、コンパスも故障してただ一機、戦場をさまよう途中、瑞鶴は無線封止を解いて攻撃部隊を呼びつづけていた。それもただの事務信ではなかったのだ。

われわれを呼んでいる瑞鶴。しかし私には還りつける燃料はもうなかった。燃料タンクは打ち抜かれ、わずかに胴体に燃料を余すのみであった。瑞鶴にはとても還れないと判断した私は、ただ瑞鶴の健闘を祈るのみだった。瑞鶴こそは私の生命以上のものであり、瑞鶴あってこそ、私の生命もつづくのだ。送信機に被弾していた私は、最後の連絡を発することもできず、瑞鶴を祝福する最後の言葉を発することもせず、ついに南太平洋上に着水した。

その後、瑞鶴がどのような戦歴をへて、太平洋の海底に現在、その巨体を横たえているのかは戦史がしめしているが、その経過をたどることにはまことに苦しいものがある。

わが俊翼〝母艦屋の栄光〟をめざして飛べ

誇り高き空母搭乗員の訓練と発着艦の実際

元「蒼龍」戦闘機隊・海軍少佐　藤田怡与蔵

海軍機は本来、航空母艦から発着する艦上機と、水上で発着する水上機の二種類で充分なはずであるが、当時のわが軍には空軍と称するものがなかった。陸上基地だけを使って発着する陸上機も、陸海軍が各自で開発し競争していた。考えれば無駄なことをしたものである。

藤田怡与蔵少佐

海軍が開発した陸上機では九六式陸上攻撃機（中攻）が、支那事変当時から開戦後もマレー沖海戦などで、爆撃に雷撃に大活躍したことはよく知られている。航続距離の長いこの中攻を援護し、敵戦闘機から護るための戦闘機が必要となり、航続距離の長い零戦がつくられたものと思われる。

艦上機として設計開発されたこの零戦は、防禦性能を犠牲にしたとはいえ、その性能は太平洋戦争の初期に全世界を驚嘆させた。

なかでも特筆すべきは、その航続距離と滞空時間の長さで、いままでの戦闘機の概念を根本から変えさせたといえる。

基地移動などでも、その機動性はきわめて高かった。当時、陸軍にはこれに匹敵する戦闘機がなく、かつ洋上を飛ぶ戦場の多かった南方作戦は、零戦にほとんどまかせてあったといっても過言ではなかった。

海軍航空隊では、艦上機の搭乗員を養成するのが訓練目的のひとつであり、赤トンボ機の時代から狭い飛行場に着陸できるように心をくばって訓練された。事実、当時の海軍実施部隊がつかっていた飛行場は、滑走路を舗装でつくり、着艦の要領で着陸進入してこないと、着陸がうまくできないところが多かった。

あとに述べる定着訓練も、赤トンボ時代から訓練項目としてあったほどである。私がじっさいに体験した訓練について述べてみよう。

私は昭和十六年（一九四一年）五月から八月まで、美幌航空隊付として上海・漢口基地で支那事変に参加した。漢口に進出してみると、となりの飛行場では新鋭の零戦隊が活気に満ちて、連日のように中攻隊とともに長駆、中国奥地の重慶や成都を空襲していた。

とくに航続距離が短かいわが九六式艦戦で、となりの零戦隊が連日活躍しているのを指をくわえて見ながら、毎日、猛暑のなかを基地の上空哨戒にあたっていた。しかし、敵機はついに来襲してこなかった。

陸上でも〝着艦〟の要領で

やがて八月末に、待望の転勤辞令が出た。〝蒼龍《そうりゅう》乗組を命ず〟であった。

当時、航空艦隊に所属する空母（赤城、加賀、蒼龍、飛龍、翔鶴、瑞鶴）の全戦闘機隊は、大分県の佐伯基地にあつまって、すでに訓練を開始していたので、私はひとまず佐伯基地に着任した。

蒼龍には戦闘機分隊が二個あり、第一分隊長は菅波政治大尉、第二分隊長は飯田房太大尉で、私は飯田大尉の分隊士として、分隊長を補佐することになった。いちばん最後に着任し、飛行時間も最少で、未熟パイロットの中に入っていた。

いそいで、まだ編制にもれていた二人をもらいうけて、私の列機二、三番機とした。わが小隊は未熟者ぞろいのため、翌日から毎日猛訓練に入り、他のベテラン連中の二倍訓練して、彼らに追いつこうと一生懸命であった。

零戦も初めてで、慣熟飛行からはじまり離着陸訓練、空中操作（宙返り、横転、急横転など）、編隊、射撃、空戦（一対一から九対九機まで）、洋上航法と訓練をかさね、やがて着艦訓練に入った。

まず飛行場での定着訓練は、母艦をつかっての着艦訓練に入るまでに充分やっておく必要があり、あらゆる機会に各自とも約百回の訓練をおこなった。練習機時代にもさんざん訓練したので、要領はほぼ承知していた。

第1図のように、飛行場の風下側に白い布板でかこった接地場所を設け、左横に昼間は指導標、夜間は指導灯をおき、着陸進入角度（グライドパス）を示す。着陸指導標とは、第2図のように赤色と白色とで出来ており、パイロットは最終進入に入って、自分のグライドパスを知ることができる。赤、白が横一線にならんで見えれば、適正な角度である。

機首角度と速度を一定に保ちながら、エンジンの調整によって高度の調整をして、正しい進入角度を保ってくると、艦尾をかわる（艦尾を越える）高度はつねに一定となる。艦尾をかわったならば、エンジンを絞りながら機首をスムーズに起こして、三点着陸（主輪と尾輪が同時に接地すること）をおこない、接地点が布板にかこまれた中にはいれば、良好である。もちろん、進入速度によって引き起こしから接地までの距離は変わってくる。

昼間の定着訓練も百回に近くなり、合格点をもらったところで、最後の仕上げに薄暮・夜間訓練を数回おこなって、訓練は終了する。夜間は布板のかわりにカンテラをおき、指導標のかわりに緑色と赤色の指導灯をつける。

こんどは実際に空母をつかっての着艦訓練になるが、その前にここで

第1図

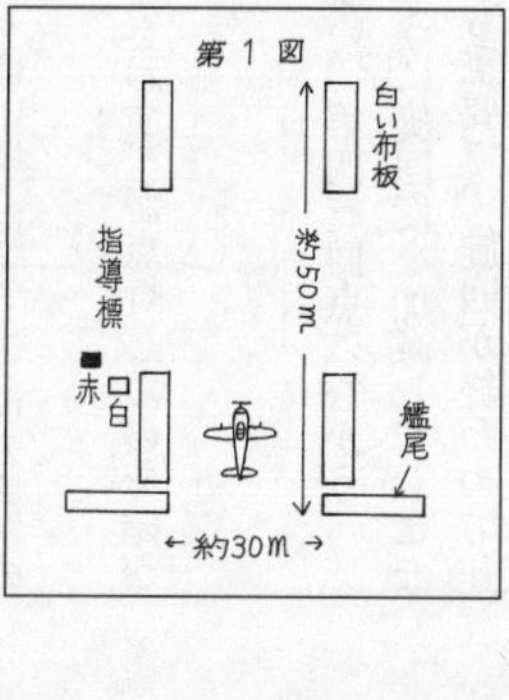

第2図

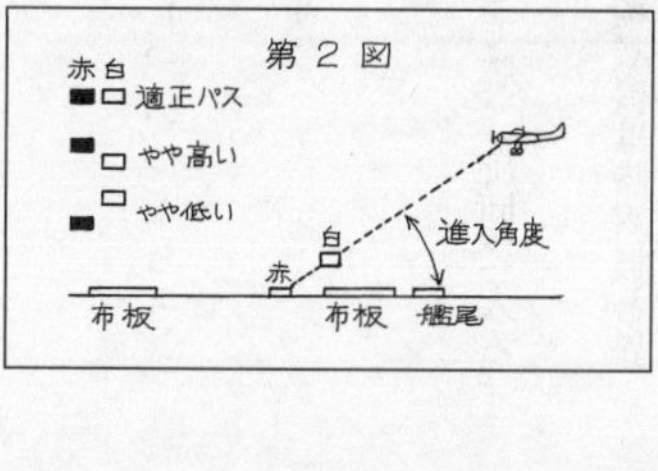

零戦での定着訓練中におこなう手順を、簡単に説明しておく。
(1)巡航速度で飛行場上空を通過し、定着地点の状況をたしかめる。
(2)AMC(自動燃料混合比制御)レバーを閉にし、混合比を標準にもどし、いつでもエンジンを全開できるようにする。
(3)プロペラピッチの制御レバーをいっぱい前に出し、高回転ピッチにする。
(4)カウルフラップを開く(エンジン冷却)。
(5)着艦フラップをおろす(このときは手続きのみ)。
(6)第一旋回でエンジンを絞り、速度をへらし一〇〇～一一五ノットにして第二旋回に入る。
(7)第二旋回後、高度二〇〇メートル、速度を約九五ノットに減速する。
(8)風防天蓋を開けて座席をいっぱい上げ、肩バンドを締めなおす。(艦載機は陸軍機と異なり、着艦するために座席を上下できるようになっており、いっぱいに上げると、前方風防の上から着陸点が見えるようになっていた)
(9)脚を出し、三個の青灯(左右主脚、尾輪が完全に下りたことを示す)が点灯したのを確かめる。
(10)フラップを出す(手動ポンプをつく)。
(11)定着点と指導標を見ながら、第三旋回を降下しつつおこない、第四旋回点にむかう。
(12)第四旋回では定着点と指導標を見ながら、中心線に乗るように旋回度を加減しておこない、速度も七五ノットにへらす。この第四旋回がもっとも重要で、旋回が終わって速度、高度をつねに一定になるようにして、定着地の中心線に正しく乗るように旋回を加減する。

⒀最終進入コースでは、機首をやや上げぎみの姿勢で、それを保つためにトリムタブ（昇降舵修正輪）を使い、速度は約七〇ノットになるように、エンジンの回転数を参考にして調節する。また、カウリング（エンジン覆《おお》い）の上から定着点を見て進入するのだが、中心線の修正はエルロンを使い、左右に細かく機を横滑りさせて中心線に正しく乗せ、グライドパス（着陸進入角度）の修正はエンジンを吹かしたり絞ったりして、指導標（灯）に合わせ、そのグライドパスに乗るようにする。

⒁艦尾をかわったら、エンジンを絞り機首を上げて、定着範囲内に三点着陸する。

⒂接地後はしばらく直進したあと、エンジンを全開して離陸上昇し、脚、フラップを上げ第一旋回点にむかい、高度をとったあと、ふたたび前回とおなじ手順をおこない、くりかえし訓練する。

小さな〝マナ板〟のような母艦

つぎは、いよいよ着艦訓練である。

母艦は軍港を出て瀬戸内海にはいり、静かなうねりのない状態での訓練準備にかかる。すなわち、風にむかって高速航行をするわけだが、甲板上の合成風速を二〇ノット（約一〇メートル／秒）以上にする。そして、母艦より準備よしとの報が入ると、教官にひきいられた訓練機は基地を飛び立ち、母艦上空にいく。教官はさきに着艦して、艦橋で訓練を見まもる。いきなり着艦は無理なので、最初は最終進入で艦尾の手前で着陸復行をおこない、進入の感じをつかませる。この進入訓練は人によって擬接艦とも称した。二〜三回おこなって進入の感じがわかってから、ひきつづき飛行甲板に車輪を接地させ、着いたらただちにエンジンを全開して発艦する。

この課程を二〜三回おこなって、その日は基地に帰る。教官はあとから発艦して基地に帰り、各自に講評と注意をあたえる（第3図）。

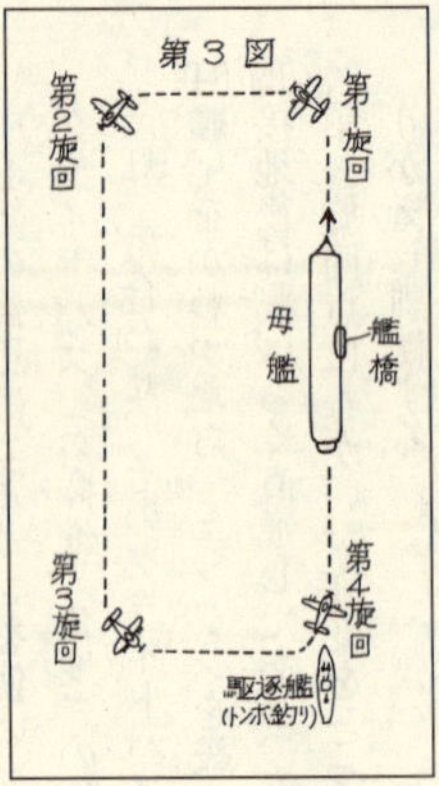

第３図

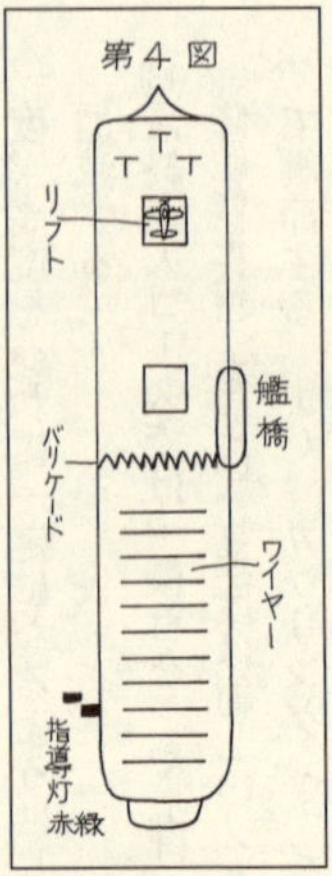

第４図

母艦での訓練には、失敗して海中に落ちた機を救助するため、駆逐艦が母艦の後方約一千メートルをついてくる。われわれはこれを〝トンボ釣り〟と呼んでいた。われわれ搭乗員は、これで安心して着艦できた。またトンボ釣りは、第四旋回をおこなうときに絶好の目標となり、これを利用して高度を正確にきめることができた。地味ではあるが、重要な任務を持った駆逐艦であったと思う。

最初に飛行甲板へむかって進入したときには、甲板が非常に小さく見え、ちょうど庭の上に家庭用のマナ板がおいてあるような感じで、あの上に果たしてうまく着けるのだろうかと、不安を感じたものである。

さて、いよいよ本番である。第二旋回から第三旋回にいくまでに、着艦フックを下げる操作がくわわる。

飛行甲板には、拘束ワイヤーが約十本張られる。甲板から約三〇センチの高さで、ワイヤーの両端はドラムに巻かれ、ワイヤーが急に引っぱられると、電気で制動するようになっている。ワイヤーはピンと張られ、琴のコマのようなものがあり、これが立ってワイヤーを三〇センチの高さに上げる。このワイヤーに飛行機のフックを引っかけるのだが、機が止まるとワイヤーはゆるみ、甲板員がフックからワイヤーをはずす（第4図）。

さて、飛行機が艦尾をかわったら、エンジンを絞りながら機首を三点姿勢まで引き起こすと、車輪が甲板に接地する前にフックがワイヤーを引っかけ、ワイヤーは制動しながら伸び、飛行機は軽く落下しながら接地して甲板に止まる。機が止まったとたんに、機があとずさりするような錯覚を感じる。甲板員が急いでワイヤーをはずすと、それを見て急いでフックを巻きあげ、合図を見て発艦する。速度に注意しながらフラップをおさめて、第一旋回点にむかう。

注意しなければならないのは、三点姿勢にするのが遅れて、主車輪が先に接地するか、低すぎてワイヤーの前で三点接地すると、車輪でワイヤーを蹴はずして、ワイヤーが掛からないことがある。

また、外洋に出るとうねりがあり、母艦はピッチング（前後にゆれる）、ローリング（左右)、ヨーイング(艦尾を左右にふる)があり、むきになって指導灯を追いかけていくと、着艦できなくなることがある。ベテランはその揺れの平均値を見定めて、機を安定させながら進入する。なお、着艦に失敗して艦首から海に落ちるときには、かならず左か右にふって、絶対に真正面から落ちてはならない。艦首に乗り切られるからである。

時間的余裕があるときの飛行機の収容は、一機ずつ着艦させる。すなわち、リフトの上まで地上滑走でもっていき、リフトに乗せたらエンジンをとめ、整備員が翼端をたたみ、リフトが下がって甲板下にある格納庫に機を入れると、リフトはまた上がる。それでまた、つぎの着艦準備をととのえる。この方法を単機収容といった。

実戦では攻撃隊が一度に帰ってくる。しかも燃料も少なく、なかには被弾機があり、ときには急いで収容する必要がある。そんな時おこなっていたのが、急速収容という方法である。甲板の中ほどにバリケードがあり、着艦まではこれを立て、もし着艦に失敗した機はバリケードに当たってとまり、前方に溜《た》めた飛行機に飛び込まないようにしてある。機が着艦するとバリケードは倒され、機はその上を滑走して甲板の前方にいって、つぎつぎに溜められる。機がバリケードをすぎるとまた立てられ、つぎの着艦にそなえる。短時間にたくさんの飛行機を収容することができる方法である。

着艦にまつわる痛恨の思い出

最後にハワイ攻撃の思い出を少し記してみよう。

発艦直後の機から見た飛行甲板。搭乗員には連日の厳しい発着艦訓練が課される

　甲板上には、魚雷または爆弾をだいた艦攻や艦爆が後部に、身軽な零戦は前部にならべられ、発艦準備をしていた。最先頭に発艦する零戦の指揮官機から甲板の先端までは約五〇メートルしかなく、目の前がすぐ海のような感じである。出発前の注意事項が各指揮官からいいわたされ、〝かかれ〟の号令一下、それぞれの愛機に飛び乗る。整備員が精魂こめて整備した愛機は快調に始動した。整備員が二人左右に待機し、車輪止め（チョーク）の紐《ひも》を持っている。母艦は戦闘全速で走っているので、甲板上の合成風速は毎秒二〇メートルを超えているようだ。非番の若い士官が発艦指揮のために赤と白の手旗を持って、発艦命令を待っている。

　全機始動、発艦準備がととのったところで、艦橋のマストに〝発艦せよ〟の旗が上がる。パイロットの合図を見て、発艦指揮官は笛を口にくわえ、赤旗をチョークを持った整備員にむけて笛を吹く。この風速では号令が聞こえないからだ。つづいてつぎの笛と同時に、手旗を交叉して左右にふる。〝チョークはずせ〟。チョークをはずした整備員は、風に吹き飛ばされないように姿勢を低くし、ときには甲板にたくさんある係留用の眼環をつかんだりして、機からはなれる。

パイロットはブレーキを一杯にふんでいる。白旗がサッと上がると発艦である。エンジンを超全開にするため、スロットルレバーのロックをはずし、思いきり前に出す。ブースト計の赤い部分いっぱいまで針はまわる。エンジンの調子を瞬時に判断して、ブレーキをはなす。風速があるので方向舵はすぐきく。甲板の中心線を保って機首を下げ、水平姿勢にする。失速速度を超えたら、徐々に機首を上げはじめる。フラップは十度出してある。

やがて甲板をはなれると機は沈みはじめるが、そのままの姿勢を保ってジッと我慢する。そのうちに沈みは止まり、上昇にうつっていく。機をわずかに傾け、甲板の中心線からはずす。充分な速度になったところで、エンジンを通常全開の位置にもどし、フラップをおさめ、上昇しながら指揮官機のもとに集合していく。

あのときも一機、エンジンの馬力が出ず、海面に不時着したが、〝トンボ釣り〟がみごとにこれを救い上げたのを見ている。

ハワイ空襲で、わが愛機零戦はエンジンに被弾して、かろうじて母艦にたどりついたが、エンジン不調のために通常の誘導コースはとらず、第四旋回点に直行し、最終進入態勢をとって計器を見たところ、油圧計はゼロをさしていた。潤滑油がなくなったのである。エンジンが止まらないようにと念じながら着艦し、思わず三点姿勢のまま早目に接地したので、車輪がワイヤーをつぎつぎと蹴はずしてフックにかからず、バリケードに衝突した。そのとき、第一気筒がポロリと落ちた。

攻撃機が全機帰着した後、敵の来襲にそなえて零戦三機を上空哨戒に出すことになり、人選をして発艦させた。その三番機はもっとも若く、攻撃に参加できなかったが、着艦訓練は終了し、技量も優秀であった。

夕方になり着艦をはじめた。一、二番機は着艦したが、三番機は何回やってもパスが高くなり、やり直しの連続であった。四回目の進入にはいったころは、夜間になりかかった。彼はあせったのであろう。パスが高いまま着艦したが、接地点はワイヤーの範囲を通りこして甲板前部になったため、行き足はとまらず、ついに前甲板の中心線から落下した。

艦首に乗り切られたため、トンボ釣りが救助に駆けつけたときは、息が絶えていたとのことである。攻撃に参加できなかったので、せめて訓練をかねて飛ばしてやろうとした私の思いやりが、かえってアダになったような気がして、悔やまれてならなかった。

最強空母「翔鶴型」建造技術宝鑑

造艦技術上の構造や防禦面から分析した翔鶴と瑞鶴の実力

艦艇研究家　酒井三千生

昭和十六年（一九四一年）十二月七日の午前八時すこし前（ハワイ時間）、空母翔鶴《しょうかく》の飛行隊長高橋《たかはし》赫一少佐の操縦する九九式艦上爆撃機（九九艦爆）は、パールハーバーのフォード島にある米海軍水上機航空基地にたいして、二五〇キロ陸用爆弾を投下した。この爆撃が、日米開戦を全世界に知らせる第一弾となった。

パールハーバー空襲部隊のうち、第一次攻撃隊には翔鶴の艦爆二十六機（うち未帰還一機）、艦戦五機、瑞鶴の艦爆二十五機、艦戦六機が参加し、航空基地を目標として先制攻撃をおこなった。

空母瑞鶴飛行隊長の嶋崎重和少佐が指揮する第二次攻撃隊には、両艦とも二十七機の艦攻を発進させ、ヒッカム航空基地などにたいして、水平爆撃により壊滅的な打撃をあたえた。

ハワイ攻撃に関する当初の計画によれば、第一航空戦隊（赤城、加賀）、第二航空戦隊

（飛龍、蒼龍）の航空母艦四隻をもって、攻撃を実施する予定であった。

しかし、昭和十六年八月三日に横須賀工廠において翔鶴が、同年九月二十五日に神戸川崎造船所において瑞鶴が竣工して、第五航空戦隊が編成された。あたかも、この編成を待って日米開戦の日が決定されたかのように思えるのである。

翔鶴型二隻の存在感

パールハーバー攻撃は、この第五航空戦隊の参加によって、戦果をいちじるしく拡大したものと考えられる。作戦に参加した両艦は、竣工から開戦日まで、わずか三～四ヵ月の時日しかあたえられなかった。

平時であれば当然、摺《す》り合わせ訓練をおこなうべき期間（すなわち就役訓練期間、あるいは基礎練成期間と称すべき状態）であった。それにもかかわらず、この大作戦に参加しえたことは、当時のわが海軍将兵の実力、飛行隊の技量が、いかにすぐれていたかを証明している。

私は毎年、房総半島南端の千倉に一夏をすごすのを例としていたが、昭和十六年八月初旬、館山航空隊飛行長の内堀与四郎中佐のご好意により、同航空隊を見学することができた。そのさいの定着訓練の実施、あるいは実にみごとな正三角形を形成する九機編隊、または海岸の目標にたいして超低空で突っ込んでくる九七式艦上攻撃機（九七艦攻）の英姿（胴体に真紅の横線を塗装していた）を忘れることはできない。

ハワイ作戦完了後の両艦は、車の両輪のごとく各作戦において行動を共にした。南太平洋にインド洋に、あるいは珊瑚海にと縦横無尽に転戦して活躍した。そして「翼をもつ海軍」の戦術上の価値を周知徹底させ、空母機動部隊の保有する打撃力が、海戦の勝敗を決定する唯一の戦力であることを、証拠だてている。

ミッドウェーでの敗戦のさい、第一航空艦隊司令部は、炎上する赤城から長良へ移乗したが、そのカッターの中で、当時、飛ぶ鳥を落とす勢いであった航空参謀が、「五航戦がいてくれたらなあ、五航戦がいてくれたらなあ」とさかんにグチをこぼした。しかし、草鹿龍之介参謀長からハッタと睨《にら》まれると、思わず沈黙して俯《うつ》むいてしまった、というエピソードがある。

この航空参謀ならずとも、ミッドウェー海戦に第五航空戦隊が参加し、司令部の用兵指揮が常識的に実行されていれば、あのような大敗北を喫することはなかったであろう。すなわち、ミッドウェー海戦に参加しえなかった翔鶴型の造艦技術上の問題点が、今日の日本を形成したといっても過言ではない。

では、翔鶴型の技術上の問題点とは、いったい如何《いか》なるものであろうか。

軍令部の要求

わが海軍の航空母艦の歴史は、大正十一年(一九二二年)に完成した鳳翔にはじまる。その後、ワシントン条約により廃棄と決定された巡洋戦艦赤城と天城にたいして、航空母艦としての改装工事が実施されることになった。

しかし、関東大震災の結果、天城にかわって戦艦加賀が航空母艦に改装されることになり、その三段式飛行甲板や、加賀の長い横置式煙突は、わが航空母艦のひとつのシンボルであった。

が、両艦とも後に一段式飛行甲板にあらためられている。とはいえ、赤城の飛行甲板は艦首側が高く、加賀の場合はその逆といった状態で、航空母艦設計上の基本的施策は、そのときどきの担当者の考え方ひとつで決定され、一貫したものがない。

改装後の赤城・加賀には、正式にアイランド型艦橋が設置され、操艦用、各種指揮用に使用された。また煙突は右舷側にとりつけ、排煙は海面にむかって噴出する方式が踏襲された。したがって、右舷側、煙突後方の高角砲、機銃、指揮装置などには、煤煙防除用の楯を設けた。また、右舷側に大傾斜している煙突からの浸水を防止する目的で、煙突上面に非常用排煙孔を設置するなどの処置を講じている。これには鳳翔のアイランド型艦橋を撤去させた、航空関係者の航空母艦建艦方針にたいする強い影響を見逃すことはできない。

昭和16年８月23日、竣工後まもない翔鶴。257.5mの船体の長さを感じさせる

もっとも異なった点は、アイランド型艦橋の位置である。加賀と蒼龍では、これは煙突同様に右舷側にあり、赤城と飛龍は左舷側であった。後者の場合は、発艦時の滑走距離を延長するために艦橋を後方に下げ、また右舷側にはすでに煙路、煙突があるため、艦のほぼ中央、左舷側に艦橋を設置したとのことである。これは、搭乗員の意見が加味された結果である。

ここで、米海軍の航空母艦発達史をふりかえってみよう。

ラングレーは別として、わが赤城・加賀に対応するサラトガ、レキシントン以降、大型正規空母は、すべて一段式飛行甲板を採用している。しかも煙突をふくむアイランドを右舷側にそなえ、艦上機の発着艦を自由に支障なく実行している。

米海軍の造船官は、すべて兵科将校出身者によって構成されている。MITなどにおいて獲得した造艦技術を、兵科将校としての戦術眼をもって具体化するがゆえに、飛行機乗りどもに有無をいわせぬ、高効率の航空母艦を実現し得たのではないか、と考えられるのである。

翔鶴型航空母艦は、昭和十二年度の開始による十七年度完成予定の、昭和十二年度海軍補充計画により建造された。この補充計画は略称〝㊂計画〟と呼称されている。すなわち昭和十二年一月一日以降、ワシントン条約は失効して、いわゆる無条約時代となり、この無条約時代に対処する軍備計画の一貫として、計画されたものである。

翔鶴型二隻の完成により、対米空母比率はほぼ同等になるものと予想された。本艦型建造にあたって、軍令部の要求した基本的要目は、つぎのとおりである。

(イ)航空兵装＝改装後の赤城、加賀とほぼ同等とする。常用機七十二機、補用機二十四機。

(ロ)速力＝蒼龍型と同等の三四・五ノット。
(ハ)兵装＝一二・七センチ高角砲十六門、二五ミリ三連装機銃十二基三十六梃。
(ニ)航続力＝一八ノットで一万浬。
(ホ)直接防禦＝弾薬庫＝射距離一万二千〜二万メートルで発砲した二〇センチ砲弾に耐える。また、八〇〇キロ爆弾の水平爆撃（高度不明）に抗し得る。機関室＝一二・七センチ砲弾にたいして完全に耐え、四五〇キロ爆弾の急降下爆撃に抗堪する。
(ヘ)水中防禦＝爆薬量四五〇キロの魚雷命中にたいして安全であること。

議会提出予算案では、単艦基準排水量二万トンとされたが、成立予算では二万四五〇〇トンになった。また軍令部要求時は二万三五〇〇トンであったが、完成時の実際基準排水量は二万五六七五トンに増大し、公試排水量は二万九八〇〇トンに達した。

計画時の図面から計算すると、格納庫内収容機数は、九六式艦上戦闘機十二機（同補用機胴体四機分）、九六式艦上爆撃二十四機（補用六機）、九六式艦上攻撃機三十機（補用六機）で、合計は常用六十六機、補用十六機となる。

しかし、完成時には零戦十八機（補用二機）、九九艦爆二十七機（補用五機）、九七艦攻二十七機（補用五機）で、合計は常用七十二機、補用十二機に改正されている。

航空戦用の兵装としては魚雷四十五本、八〇番（八〇〇キロ）九十発、二五番三〇六発、六番五四〇発の搭載が可能であった。また、航空燃料庫の容量は四九六トンであった。

構造と配置

翔鶴型は、飛龍を拡大化した長大な船体からなり、非常にスマートな外見をもつ、きわめて日本式の航空母艦といえるであろう。バルバスバウをそなえるステムは優美な曲線を呈し、船体乾舷は非常に高い。戦前に公表された瑞鶴の進水写真に、船体舷窓が四段にならんでいるのを発見して、非常に驚いたことがある。

船体最上甲板が強度甲板となり、同時に、上部格納庫甲板として使用されている。したがって、最上甲板上に高さ五メートルの上部構造物が設けられ、上部構造物天井部が飛行機発着用の、いわゆる飛行甲板として使用された。

上部構造物は全般に軽構造で、とくに側壁を弱くし、上部格納庫内で爆発が発生した場合は、側壁を吹き飛ばして、被害を局限しうるように考慮されていた。

船体の甲板層は、最上甲板、上甲板、中甲板、下甲板と配置されている。そして船体内部中甲板が下部格納庫として使用されており、前、中、後部三台の飛行機昇降用エレベーターは、いずれも飛行甲板から下部格納庫に達している。エレベーター直下の下甲板は、昇降用動力室として用いられている。

基本設計の完成時には、艦橋は赤城や飛龍と同様、煙突右舷、艦橋左舷の配置であった。しかし、その後の赤城などの使用実績によって、加賀、蒼龍同様に艦橋を右舷に移設したといういきさつがある。これは、高速航行時に空気の渦流発生が多く、飛行機着艦の障碍《がい》になる、という飛行機乗りの意見によるもので、建造工事の実施中に、航空本部から強い要求が出されたためである。

飛行甲板の寸法は、全長二四二メートル、最大幅二九メートルに達した。着艦制動装置には、呉式四型制動機十基がそなえられ、これにつらなる横索十本をもって、着艦する飛行機のフックを拘束する装置を設けている。この呉式制動装置は電磁式で、電動モーターをブレーキとして使用する方式である。最大制動距離四〇メートル、着艦機速六〇ノット・プラス艦速、飛行機着艦最大重量四トンというデータがある。

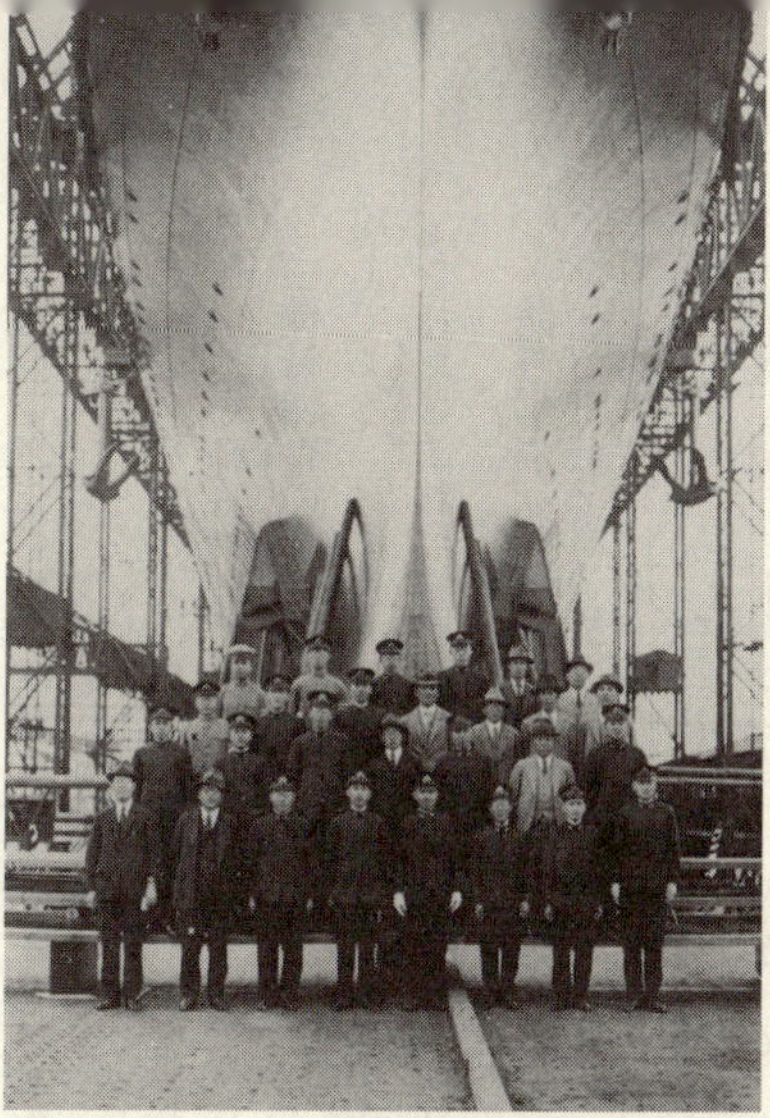

進水式を翌日にひかえた横須賀工廠第二船台上の翔鶴。バルバスバウ（艦首）を背に造船部員の記念撮影

機関部は、熊野型以降、わが海軍で愛用された八罐室、四主機室方式を採用し、罐室、主機械室は整然と配備された。しかし、被害時における推進動力の確保、たとえば機関部にたいする交互配置などの施策は講ぜられていない。整然としてはいるが、伝統を墨守した配置といえるであろう。

〝㊂計画〟の実施時、列強海軍は大型重要艦の機関部配置に関して、被害時における対策をさまざまに講じている。そして戦艦にいたるまで、緊急事態における運動力保持を確保すべく、その最良の配置を実用化している。

このような点から、翔鶴型をふくむわが海軍の大型重要艦においては、工事の容易な、かつもっとも安易な方式が採用されている。これが日本式というべきものかもしれない。

主機械四台の合計出力は、十六万馬力に達するが、これは大鳳とともに、わが海軍最高の出力である。最大速力は三四・二ノットを予定し、航海速力は蒼龍と同様の一八ノットに決定された。これは赤城、加賀よりも二ノット速く、しかも大航続力を保持するものであった。

防禦上の問題点

軍令部の要求に応ずるため、弾火薬庫にたいする直接防禦としては、水平部にまず二五ミリ鈑を張り、さらにその上に鈑厚一三二ミリの甲鉄を張った。舷側部では、水線部に一六五ミリ甲鈑を張り、下方にいくにしたがって、五〇ミリにテーパーする防禦をほどこした。

また、機関部上方の水平防禦は、二五ミリ鈑とし、さらにその上に六五ミリ甲鉄を張った。舷側部外鈑は、四六ミリ甲鉄とした。

水中防禦方式に関しては、米海軍式多層型方式を採用し、最内方には、鈑厚三〇〜四二ミリの縦隔壁防禦鈑を設置している。また、機関部にたいしては、三層（舷側から水防区画・重油タンク・防禦縦隔壁）の防禦をほどこしている。

このほか、飛行機用ガソリンタンクにも直接防禦をほどこしているが、最大の問題点はも

南太平洋海戦で被弾大破した翔鶴の飛行甲板と左舷高角砲。
防禦甲鈑のない木板張り甲板の惨状を示している

っと他にあった。

すなわち、本艦型の基本要目要求審議にあたって、わが軍令部は真剣に本艦型が米海軍の条約型重巡洋艦や五インチ砲装備の駆逐艦とのあいだに砲戦距離に到達するような海戦場面を想定していたかどうか、という点である。

第二次大戦において、艦砲によって撃沈された航空母艦には、英海軍のグローリアス（二万二五〇〇トン）や米海軍のガンビアベイ（改装護衛空母七八〇〇トン）がある。また、砲撃によって止《とど》めを刺された空母としては、千代田（改装空母一万一一九〇トン）をあげることができる。

しかし実戦において、航空母艦が敵水上艦の射撃や雷撃をうける情勢下におちいっては、いかなる直接防禦をほどこしたところで、その効果は期待できるものではない。最初から航空作戦の計画実施が適当なものであれば、不時の会敵などという不利な状況が起こりうるわけがない。

英海軍の条約型巡洋艦ケント型などは、爆弾庫や魚雷実用頭部庫、個艦防禦用砲熕兵器弾薬庫などを、艦内の奥深い位置にすえ、しかもその天井や側壁を強固な直接防禦でかためているが、そのような方式を、なぜわが国の用兵家たちは考えつかなかったのであろうか。なぜ「大艦巨砲主義」的な思想にもとづいて航空戦を実施するような、航空母艦の基本要目を要求したのであろうか。航空母艦の機能を保全するための最重要部は飛行甲板であり、防禦すべき重要部は弾火薬庫であり、ガソリンタンクである。とくに後者には、換気装置が防禦力確保のうえから、ことに重要な意義をもっている。

戦後、某航空基地において、翼内ガソリンタンク点検中の整備員が、タンク内の空気換気のため、電気掃除機の吸気管をガソリン注入口に挿入したところ、吸引されたガソリンベーパーが、掃除機モーターの電気火花に引火して、爆発事故を発生したことがある。

さいわい大事にはいたらなかったが、これと似たような事故は、戦前にも発生している。すなわち内地の某作業地（志布志湾?）において（無風状態だったという）、水上偵察機が接岸して燃料を搭載中だったが、その流れてきたガソリンベーパーに、見物人のタバコの火が引火して焼失する、という事故である。こうした例をみても、航空母艦のガソリンタンク周辺の換気には、強制給気、自然排気の方策を採用する必要があるであろう。

多層式水中防禦方式の採用は、わが海軍において画期的な造艦技術上の進展といわざるをえない。

この防禦構造の効果は、パールハーバーおよび二回にわたるサラトガの被雷によって、充分に立証されているが、翔鶴型の場合、米海軍のように徹底したものではない。そもそも、水中防禦層がすくなく、防禦鈑外方の液体層に関する爆圧処理方式がはっきりしていない。さらに問題なのは、水中防禦層の奥行きが浅いことである。

翔鶴はマリアナ沖海戦において、米潜水艦の雷撃をうけ、五三センチ魚雷（爆薬量三〇〇キロ）三〜四本が命中した。そして被雷後、約三時間後に沈没している。本艦型の場合、もっとも深い水中防禦層でも五メートルていどで、大部分はそれ以下である。したがって、わが海軍最初の多層式水中防禦構造も、けっきょくは役に立ちえなかったといえる。

しかしながら、それ以上の問題点は、最上甲板以上の、上部格納庫をふくむ部分の軽構造にある。

これは前述のごとく、最上甲板や上部格納庫で発生する爆発を、外方に逃がす目的で外壁などを軽構造にしたものであるが、それが、上部格納庫天井に相当する飛行甲板にまで、影響をおよぼしているのである。

すなわち珊瑚海、南太平洋海戦における翔鶴、あるいは比島沖海戦における瑞鶴のごとく、敵爆弾命中による爆発により、飛行甲板は山なりとなり、最上甲板まで陥没するというありさまで、飛行機の発着艦はまったく不可能となった。これでは行動力はあっても、航空母艦としての機能は、まったく失われてしまったことになる。

用兵思想の誤りか

当初、赤城の新造時の計画では、最上部帰着甲板直下の上部格納庫（戦時格納庫）の周辺は、帰着甲板のみであって、完全なるオープンシステムを採用していた。これは、戦闘防禦の面よりも、重量軽減を考慮したものであった。しかし米海軍では、昭和九年に完成したレンジャー（一万四五〇〇トン）以降、格納庫甲板の外側部を開放状態にして、必要があれば鋼製シャッターをもって閉鎖しうる方式を採用している。このため、爆弾命中によって生ずる爆発は格納庫甲板から舷外に逸出し、被害を最小限度におさえ得ることができた。

昭和十七年八月二十四日、エンタープライズはアイランド後方に命中弾（二五番）をうけたが、このときの爆発の瞬間をとらえた有名な写真がある。撮影者は、カメラのシャッターを切ると同時に戦死したが、この写真によると爆弾命中部は中部エレベーター右舷後方のコーナーで、破孔の直径は三メートル前後である。

しかし、飛行甲板の変形などはみとめられず、これはミッドウェー海戦における、ヨークタウンの飛行甲板の損害とほぼ同じような状況である。翔鶴あるいは瑞鶴のごとき大被害は、生じていないのだ。ヨークタウン型の格納庫甲板天井――すなわち飛行甲板直下の構造は、屋内体操場のごとく、アングル材ビームのトラス構造になっている。そして、ところどころに縦横に補強材をまじえているが、とくに強度を大にしたとは思えない。

翔鶴型に対応するエセックス型においても、軽めの孔をあけた縦通材を主とし、比較的深いビーム材がこれを支える方式をとっている。そして、飛行甲板と格納庫甲板のあいだを、ギャレリー甲板として使用するように考慮している。

南太平洋海戦において、爆弾や魚雷の命中により行動不動となったホーネットを、上空から撮った写真があるが、これを見ても、飛行甲板にはすこしの変化もみとめられない。なぜ、ホーネットが沈没しなければならなかったか、理解に苦しむほどである。

巷間《こうかん》、珊瑚海において被弾後パールハーバーに帰還し、わずかな修理期間をへて、ミッドウェー北方海面にむかって出撃し得たヨークタウンの行動に関して、米海軍の修理能力を過大に評価する傾向があるが、これはあくまでも、爆圧を舷外に逸脱させうる米海軍空母設計者の技術上の勝利といって過言ではない。

航空母艦として、もっとも理想的な飛行甲板の防禦方式は、英海軍が先鞭《せんべん》をつけた装甲飛行甲板であるが、翔鶴型の軽構造上部格納庫ならびに飛行甲板は、大失敗作といわざるを得ない。とくに航空母艦の整備にあたり、用兵家の確固たる思想が明確にうち出されなかったことが、世界最初の大型航空母艦の集団用法を案出し、その絶大なる効果を発揮したわが海軍にとって、たいへん惜しまれる点である。

ただ一隻生き残った正規空母のたどる道

悪運強いといわれた幸運艦の二代目艦長の告白

当時「瑞鶴」二代目艦長・海軍大佐　野元為輝

瑞鶴《ずいかく》——すなわち、めでたい鶴という名は、いみじくもよく付けられた名であった。

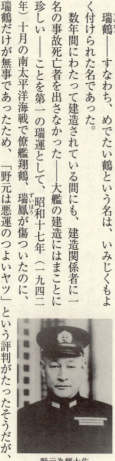

数年間にわたって建造されている間にも、建造関係者に一名の事故死亡者を出さなかった——大艦の建造にはまことに珍しい——ことを第一の瑞運として、昭和十七年（一九四二年）十月の南太平洋海戦で僚艦翔鶴、瑞鳳《ずいほう》が傷ついたのに、瑞鶴だけが無事であったため、「野元は悪運のつよいヤツ」という評判がたったそうだが、これまた、なにも私の運ではない。

野元為輝大佐

敵の攻撃にむかった味方の護衛戦闘機が、途中で敵の攻撃機をそうとうに叩いてくれたので、来襲敵機が少なかったのと、こちらの攻撃隊を翔鶴と組んで編成する場合の都合から、艦を風に立てて発艦させるため、東方にしばらく航進して翔鶴と二〇キロぐらいはなれてしまった結果、南方から来た敵の攻撃隊は、あらかじめその位置がわかっていた翔鶴だけに、その主力が襲いかかり、瑞鶴にはホンの一部しか来襲しなかったし、これも味方の上空直衛戦闘機に撃墜されてしまったため、カスリ傷も受けずにすんだ、というのが本当のところだったのである。

当時、レーダーは旗艦の翔鶴だけにしか装備されておらず、これによって敵機の近接を知った旗艦からは、攻撃隊をはやく発艦させよ、と矢のような催促の厳命があったのは、ミッドウェーの二の舞をさけようとする配慮からであったろうが、幸か不幸かレーダーがないので、その逼迫《ひっぱく》した状況を直接知ることなく、むしろ冷静に、飛行機隊の発進処理をすますことができた。

これは、前に述べた東方航進によって、たまたま敵機をかわすことができたことと相俟《あいま》って、しいていえばケガの巧妙とでもいえようか。

涙をのんで海中へ投下

僚艦翔鶴、瑞鳳の二隻が損傷して、攻撃から帰ってくる味方の攻撃隊や、上空直衛機の着艦収容は瑞鶴一隻のみの仕事となり、着艦を可能なかぎり急いでも、燃料を使い果たした飛行機はついに待ちきれずに、つぎつぎと海面に着水してしまい、搭乗員だけを駆逐艦に収容するという手段に出るほかなかった。また、せっかく着艦した飛行機も、格納庫に収容しき

艦爆19機が配列されて出撃準備が整い、発艦すべく風に立とうとする空母瑞鶴

無線檣が倒され、全長242m幅29mの広大な飛行甲板上、前方に零戦９機、後方に

れないので、ちょっとでも損傷を受けている飛行機は、着艦後にムザムザ海中に投げ捨てなければならなかった。

それに、収容ばかりに専念していては、せっかく成果をあげた攻撃の効果を拡大増進して有終の戦果をおさめることもならず、また上空直衛のためにも飛行機の発艦が必要なのだが、それもできず、着艦と同時に一部の飛行機を発進させる必要を痛感したものであるが、ちかごろのアメリカ空母ではこれが可能になっていて、当時の瑞鶴のような苦労はないらしい。

防禦は万全だった

私が空母瑞鶴の二代目艦長となったのは、忘れもしないミッドウェー海戦当日の昭和十七年六月五日であった。

これより先、瑞鶴は僚艦の翔鶴とともに第五航空戦隊として、他の諸戦隊とポートモレスビー攻略作戦にくわわり、これがきっかけとなって珊瑚海海戦となり、敵の大型空母サラトガを撃沈、味方は小型空母祥鳳《しょうほう》を失うとともに、僚艦翔鶴も小破し、綜合的には勝利をおさめたものの、モレスビーに対する本格的な攻略作戦は中止となり、第五航空戦隊は内地に帰還し、搭乗員の再編成と訓練にあたりつつ、翔鶴もまた損傷部を修理中であった。

この間、五月下旬には、空母赤城、加賀、飛龍、蒼龍は他の連合艦隊とともに、ミッドウェー攻撃作戦におもむき、六月五日、不運にも四空母すべてを失ってしまった。

私の転勤内命はその数日前に下されたので、航空本部などに出向いて、今後の作戦予定などを問い合わせていると、つぎには機動部隊は大挙してオーストラリア攻撃をするはずなど と、なんら包みかくしもせずに、部屋にいた総員の前でうち明けるのであった。あとから考えると機密保持に対する配慮がぜんぜん欠けていて、それまでの赫々《かくかく》たる戦果におごってい る気分があったことは、後になってヒシヒシと痛感させられた。

ともあれ「人触《ふ》るれば人を斬《き》り、馬触るれば馬を斬る」とでもいうべき、常勝におごれる機動部隊がうけたミッドウェーの敗戦である。

残る大型正規空母で無傷なのは、瑞鶴一隻である。

同型の翔鶴は修理完成になお二ヵ月を要する。隼鷹、飛鷹は、大型とはいえ商船改装のもので、搭載機数、速力ともにおとっている。瑞鳳その他の小型空母が数隻あるが、その戦力は小さく、瑞鶴ただ一隻のみが、日本海軍を代表する空母というのが当時の状況で、したがって、その艦長の責任となると実に重大であった。

ミッドウェー攻略と同時に行なわれたアリューシャン攻略作戦に参加したのちは、艦自体もミッドウェーの戦訓にもとづき、防空機銃、防火装置（とくに泡沫消火装置）の増設、可燃物——それも艦の内面塗料をはがしとり、万全の処置をとっていた。

海軍航空の牙城消ゆ

かくして僚艦翔鶴の修理改造も終わり、戦隊としての訓練にいよいよ熱をくわえていたとき、耳に入ったのがガダルカナルの戦況である。

これに即応するため、連合艦隊は八月中旬にトラックに集合、以後はカダル奪還のため半年にわたり、熾烈な戦闘が展開され、その間、八月下旬の第二次ソロモン海戦をへて、十月下旬までソロモン東方に策動し、南太平洋海戦を終えて十一月上旬には内地に帰投、搭乗員の再編成とその訓練に従事し、その年の暮れに陸軍航空機の運搬もかねて、ふたたびトラックへと出動した。

その後は、ソロモンへの巻き返しのため、主として搭乗員をラバウル方面に派遣しつつ、瑞鶴は小沢治三郎機動艦隊長官の旗艦として、トラックに待機することが多く、飛行機隊の数次にわたるソロモン方面への進出にさいしては、春島基地が使用されていた。

昭和十八年六月になって私は、瑞鶴の武運長久を祈りつつ、艦長の職を退いた。

その後、瑞鶴は昭和十九年十月、比島沖の大和以下、空母をのぞく連合艦隊全力をあげてのレイテ殴り込み作戦を容易ならしめるため、敵の機動部隊を北方に誘致するための囮《おとり》部隊として内地から進出し、十分に目的を果たしたのであったが、しかしそれだけに受けた損害も大きく、武運を誇る光輝あるわが空母瑞鶴も、僚艦千歳《ちとせ》、瑞鳳とともに、海軍航空隊の名誉をかざるにふさわしい、悲壮な最期を遂げたのである。

じつに瑞鳳は戦艦大和とともに、一は日本機動部隊の精華として、一は世界に冠たる大艦巨砲をもって、日本海軍の伝統をしめすにふさわしい最期をとげた双璧《そうへき》とも称すべきであろう。もしや航空母艦瑞鶴に霊あれば、搭乗員および戦没者らとともに、かならずや祖国の繁栄を祈っていることと思う。

偶然か必然か　瑞鶴〝武勲艦神話〟誕生の周辺

元「瑞鶴」航海士・海軍大尉　野村　実

太平洋戦争の開戦初頭、パールハーバーの米艦隊を空襲して大戦果をあげた日本の航空母艦六隻は、いずれも昭和十六年(一九四一年)十二月下旬、搭載した飛行機隊には若干の被害を受けたものの、艦体にはかすり傷ひとつ受けることなく、生きてふたたび見ることはあるまいと覚悟して出撃した懐かしい祖国へ、つぎつぎに帰投することができた。

これら空母群が帰ってきたのは、呉軍港であった。そのころ豊後水道には敵潜水艦の侵入を防ぐため、多数の機雷が敷設されていた。機雷に触れないよう慎重に掃海水道を通って、瀬戸内海に入ったときのこれら乗員たちの歓喜の気持ちが、その後おなじような経験を何度かするようになった私には、痛いようにわかる。

呉軍港は、本土と江田島と倉橋島にかこまれている。空母群の泊地は、港の南寄りの倉橋島に近いところにあった。この泊地へ、瑞鶴がもっとも早く十二月二十四日に、つづいて翌日には赤城・加賀・翔鶴の三隻が、さらに二十九日にはハワイからの帰途ウェーキ島の攻略作戦を支援した蒼龍・飛龍が入泊した。

そのとき私は海軍兵学校の最上級生徒であった。所用で呉軍港を短艇で横断したとき、これら空母群の姿が目に入ると、それがハワイ空襲部隊であることを瞬時に直感することができた。

そのころの空母はまだ、飛行甲板の後尾を慶時のときの飾り幕のように、赤と白のだんだら模様に塗っていた。飛行機が着艦するとき、パイロットの目じるしになるようにである。倉橋島の緑を背景として、その赤と白が目にしみるようにきれいであった。

空母群は昭和十七年の元旦を呉軍港ですごして、やがてそれぞれつぎの作戦に出撃していった。そういった年の十一月、私も兵学校を卒業して戦艦武蔵に乗り組んだ。

武蔵は竣工直後で、瀬戸内海で就役訓練中であった。瑞鶴もこのとき、山口県の徳山沖を錨地として猛訓練をおこなっていた。しかし、このとき見る瑞鶴は一年前とはうってかわって、孤影粛然たるものがあった。

それも、そのはずである。

赤城、加賀、蒼龍、飛龍はミッドウェー海戦で沈み、僚艦の翔鶴も直前の南太平洋海戦で大破し、横須賀で修理中であった。あまつさえ、ミッドウェー海戦後、瑞鶴、翔鶴にくわわって第一航空戦隊を編成していた小型空母の瑞鳳も、南太平洋海戦で撃破され、佐世保で修理中というありさまなのである。

士気すこぶる高き瑞鶴

武蔵で候補生としての基礎教育を受けた私は、つぎのポストへの辞令を心待ちにした。それがなんと、瑞鶴乗組であった。昭和十八年一月十六日に、呉軍港の瑞鶴に着任すると、同艦は翌日すぐに、連合艦隊の前進泊地であったトラック環礁へむけて出撃した。

当時の艦長は、第二代目艦長の野元為輝大佐であった。また第三艦隊旗艦として小沢治三郎中将が座乗していた。トラックへの出撃行には、ようやく修理のできた瑞鳳がくわわり、初めて戦列にくわわる武蔵も従っていた。

私の最初の配置は航海士であった。

航海士としての多くの任務のうち、もっとも基本的なものは、航海中の大洋のなかで常時、艦の現在位置を明確にしておくことである。それにくわえて、飛行機隊が発艦するときには、艦の現在位置とともに飛行機隊が着艦するときまでの艦隊の行動予定を知らせ、飛行機がぶじに帰還できるよう艦長や航海長、飛行長を補佐することである。

武蔵から瑞鶴に乗艦したとき、私は両艦のあまりの違いにおどろいた。瑞鶴の飛行甲板は油で黒くよごれ、艦内の通路や各室のペンキはすべてはぎ落とされて、防火のためのしぶい塗料が塗られていた。あの印象的だった後尾の甲板の鮮やかな赤と白のまだらも、すでに消されていた。敵機からの目標となるのを避けるためである。

瑞鶴はハワイ帰りのときのきれいな姿とは、すでに〝別人〟になっていた。しかし私は、

飛龍から撮影したともいわれ、翔鶴か瑞鶴かは明らかでなく、場所と時期も未確定

写真はトラック泊地における翔鶴から見た瑞鶴、またはスターリング湾で

乗員の士気がすこぶる高いのに気づいた。

その理由はすぐにわかった。

瑞鶴は昭和十七年の一年間を通じて、ラバウル占領作戦（一月）、印度洋作戦（四月）、珊瑚海海戦（五月）、第二次ソロモン海戦（八月）、南太平洋海戦（十月）と参加したが、爆弾や魚雷はおろか機銃弾の一発さえも、艦隊に命中したことがなかった。これに反し、姉妹艦の翔鶴はつねに、第五航空戦隊または第一航空戦隊として瑞鶴と編隊を組んで戦いながら、珊瑚海海戦でも南太平洋海戦でも大被害を受けたのである。

戦前の日本国民は外敵と戦って、いまだかつて一度も負けたことがないというのが、戦争についての一つの自信となっていた。七世紀（六六三年）に日本の水軍が朝鮮で唐の水軍と戦って、白村江で大敗した歴史は、国民にはほとんど知られていなかった。瑞鶴乗員の高い士気の根源は、これに似たところがあった。

私が着任したとき、多くの乗員はこれらの海戦に参加した勇士たちの集まりであった。これらの乗員から、私は海戦の模様をしばしば聞く機会があった。

神はワレを見捨てなかった

昭和十七年五月、日本軍は海上からポートモレスビーを攻略しようとし、瑞鶴を旗艦とする第五航空戦隊は、攻略部隊を支援する機動部隊として行動した。暗号の解読により日本の企図を知った米国の空母群は、意表をついて珊瑚海に出撃してきた。

その結果が珊瑚海海戦となり、問題のクライマックスは、五月八日の午前十時五十七分から四十数分間であった。時間は現地時間であるが、日本の中央標準時によると午前八時五十七分からである。

第五航空戦隊を攻撃しようとしたのは、ヨークタウンから発艦したSBDドーントレス急降下爆撃機二十四機、TBDデバステーター雷撃機九機、グラマンF4Fワイルドキャット戦闘機六機、計三十九機と、レキシントンから発艦した同型の爆撃機二十二機、雷撃機十二機、戦闘機九機、計四十三機の合計八十二機であった。

この日、珊瑚海の北部には、よく発達した寒冷前線が横たわっており、第五航空戦隊の行動海面には濃密な下層積雲があり、雲量は七に達していた。ところどころに激しいスコールがあった。

空母は飛行機の発艦や着艦のときには、まっすぐに風に正向して直進しなければならない。横風を受けるのは、当然のことだがきわめて危険である。また空中攻撃隊を発艦させたあとでも、上空直衛の戦闘機をときどき発艦させたりする必要がある。

ヨークタウンの攻撃隊が最初に第五航空戦隊の上空に達したとき、旗艦瑞鶴と二番艦翔鶴との距離は、これらの飛行作業のため八千メートルから九千メートルに開いており、瑞鶴の前方には激しいスコールがあった。ヨークタウン隊は、攻撃の容易な翔鶴を集中攻撃し、爆撃隊が飛行甲板前部左方に第一弾を、つづいて後部右方に第二弾を命中させた。

このとき瑞鶴はスコールに入ったが、瑞鶴艦橋にあった参謀は翔鶴が爆撃されたのを望見し、火炎をふきあげたあとスコールに入ったとき、司令官の原忠一少将に「翔鶴撃沈」と報告したという。

私はこのことを、当時、瑞鶴艦橋にあった見張長の兵曹長から、着任後しばらくして聞いた。轟沈したと思った翔鶴が、ふたたびその勇姿をスコールの中からあらわしたときの瑞鶴艦橋の喜びは、だれにでも理解できる。

ヨークタウン隊につづいてレキシントン隊が第五航空戦隊の上空に達したとき、瑞鶴と翔鶴はスコールの中を見えつ隠れつしていた。しかし、翔鶴がまたしても主要な目標となり、その爆撃隊の第三弾が、右舷にある艦橋後部の機銃台付近に命中した。

瑞鶴はこの日、翔鶴とおなじく雷撃隊の攻撃は受けたけれども、初代艦長横川《よこかわ》市平大佐の操艦により回避し、米軍機で雷撃に成功したものはなかった。発達した寒冷前線の存在が、瑞鶴の好運であったといえる。

一発の機銃弾も受けず

昭和十七年十月、わが第二師団はガダルカナル島のヘンダーソン飛行場奪回の総攻撃をおこない、連合艦隊の大部がトラック環礁から出撃して、これを支援した。このときは翔鶴が第一航空戦隊の一番艦、瑞鶴が二番艦、瑞鳳が三番艦であった。翔鶴には機動部隊指揮官として、第三艦隊司令長官南雲《なぐも》忠一中将が座乗していた。

米国の南太平洋部隊指揮官ハルゼー中将は、手持ち兵力の全力をあげて迎えうち、キンケード少将の指揮するエンタープライズとホーネットの飛行機隊との間に、ソロモン諸島東方で南太平洋海戦が生起した。

クライマックスは十月二十六日で、早朝に瑞鳳が米軍の索敵機の爆弾一発を飛行甲板後部に受けて戦列をはなれたあと、午前九時二十七分（現地時間）に運命の時刻がやってきた。

そのころの米軍の機動部隊の戦法は、空母を中心として輪形陣を組むことであったが、日本の機動部隊の戦法は、空母のはるか前方に、戦艦と巡洋艦からなる前衛を配することであった。

このため、米軍の二空母を発艦した三次にわたる攻撃機のうち、かなりの飛行機は、日本の前衛部隊を攻撃し、問題の時刻に第一航空戦隊の上空に達しえたのは、ホーネットを発艦したSBDドーントレス急降下爆撃機十五機、TBFアベンジャー雷撃機六機、F4Fワイルドキャット戦闘機八機、計二十九機からなる第一次攻撃隊のうちの、爆撃機のみであった。

その日、付近の天候は珊瑚海海戦のときのようには雲量が多くなく、わずかの積乱雲があるのみで視界はよかった。しかし瑞鶴は、第二次攻撃隊を発艦させるのに意外に手まどり、ホーネット隊が第一航空戦隊の上空に達したとき、翔鶴から約二万メートルも後落していた。これは双方の艦橋から、相手を水平線付近に見うる距離である。

ホーネット隊は積乱雲から出たところで、翔鶴に攻撃を集中した。瑞鶴の存在には気づかなかった可能性がある。翔鶴は最初の三〜四弾を回避することができたが、急降下を避けて緩降下で至近距離まで接近して投弾する爆撃機からの爆弾は、避けることができなかった。

四発が飛行甲板の中部と砲台に命中した。

瑞鶴艦橋の最上部にある戦闘指揮所にあった野元為輝艦長以下の瑞鶴乗員は、翔鶴が攻撃されるのを水平線に望見したが、どうすることもできなかった。瑞鶴は結局、いわゆる「機銃弾一発」も受けることなく、攻撃機による戦果のみを得たのであった。

神のみぞ知る運命のジンクス

私が着任したのは、この海戦のあとの瑞鶴である。

当時、日本は新しい空母の建造を急いでいたが、米国の空母の建造計画は、日本よりもはるかに先行していた。国力から考えても、時日が経過すればするほど、戦局が日本に不利になるのは明白であった。連合艦隊は早期の決戦を希望した。

瑞鶴は、昭和十八年のほとんどをトラック環礁を中心に行動したが、米艦隊との決戦を求めて、米軍のアッツ島来攻にさいしては横須賀に進出して北太平洋作戦を準備し、九月と十月にはそれぞれ、マーシャル群島へ出撃した。しかし、いずれも求める決戦の機会はこなかった。

瑞鶴は艦体そのものには被害を受けていなかったものの、ハワイ以来の各海戦で、搭乗員には相当の戦死者を出していた。とくに南太平洋海戦での被害は大きかった。飛行機隊は昭和十八年中も、ガダルカナル島撤退作戦（一月・二月）、山本五十六大将の戦死となった「い」号作戦（四月）、六次にわたるブーゲンビル島沖航空戦となった「ろ」号作戦（十一月）、ギルバート沖航空戦（十二月）に奮戦し、ほとんど全滅となった。

昭和十九年になると、機動部隊は燃料補給の容易な、シンガポール南方のリンガ泊地で戦力を再建することとなった。第一航空戦隊の編制も、一番艦が新空母の大鳳、二番艦が翔鶴、三番艦が瑞鶴となった。

私はマリアナ沖海戦の直前に軍令部に転勤し、東京に赴任した。その後の瑞鶴の運命を、軍令部の作戦室の作戦記録係として見つめていた。

マリアナ沖海戦の第一日、六月十九日に、大鳳と翔鶴は米潜水艦の攻撃の結果で沈没するという、だれもが考えおよばなかった結果におちいった。視界はよく、瑞鶴からは両艦の状況が目の当たりにできたのである。瑞鶴につきまとう運命のジンクスは、このときも生きていた。このジンクスの背後にふみこんで、これを解《と》きほぐしうるものは「神」のみであろう。

海戦の第二日、瑞鶴は初めてミッチャー中将の艦上爆撃機の直撃弾を受け、やがて比島沖海戦の最期へと導かれていくのである。

栄光の軍艦旗「瑞鶴」檣頭に消ゆるとき

つねに小沢長官と共に艦橋にあった副官が綴る比島沖海戦

元 第一機動艦隊副官・海軍中佐　麓　多禎

私が空母瑞鶴に着任したのは昭和十八年（一九四三年）八月二十三日、場所はトラック基地の春島錨地であった。当時、瑞鶴は第三艦隊旗艦として、僚艦翔鶴ならびに瑞鳳とともに第一航空戦隊を編制し、連合艦隊唯一の母艦戦力を形成していた。

その後、空母航空隊が母艦と分離して編成されることとなり、第六〇一、六五二、六三四、六五三の各航空隊が第三艦隊に配属されることとなったので、これにともなって空母そのものの気風にも、なにがしかの変化が生じた。

今日《こんにち》思い出すと、私の着任直後の瑞鶴が一番なつかしい思いがする。瑞鶴は、ほんとうにいい艦だった。私自身がこの空母に命をあずけたという純心な気持ちだった。私はその職務上、たびたび空母を乗り変えなければならなかった場合にも、いつでも私の心は瑞鶴に残されていた。

私の当時の職場は「第三艦隊副官」（のちに第一機動艦隊副官を兼務）で、司令長官は当時の連合艦隊の各艦隊司令長官のなかでもひときわ目立って尊敬をあつめていた小沢治三郎中将であった。

私の前任地はモスクワの日本大使館であったから、私は当時のソ連海軍総司令部の次長であったステファノフ中将に面接し、おなじく海軍省の渉外部長エキプコ准将などをホテル・サボイに招待して、ウォツカの杯をかさねて大いに気炎をあげ、一万五千キロを旅してはるばるトラックまでやって来たわけであった。

瑞鶴の司令長官公室の食卓の上には、私が遠くモスクワから持参した、カスピ海産のキャビアが出されたことを今日でも思い出す。

この年九月の瑞鶴は、春島の飛行場を基地として、日夜、訓練にはげむ空中攻撃隊のためのやさしい母親の役割を果たしていた。空中攻撃隊は、いったん空に舞い上がると、作戦行動は司令長官が直率することになっていた。

当時、日本海軍唯一の母艦航空隊として、とくに瑞鶴飛行隊が率先して開発した戦法が、雷撃隊による夜間雷撃であった。このころ母艦ではまだ九七式艦攻が用いられていたが、檮《ゆず》原《はら》正幸大尉を隊長とする雷撃隊の練度は高く、九月下旬には、月夜の雷撃にはみんな自信を持っていた。しかし、このころの雷撃隊員で、今日まで生きながらえているものが何人あるであろうか？

この雷撃隊も、その後ラバウルへ進出して全滅に近い損害を受けた（雷撃隊は実際にはカビエンを基地につかったが)。私がいまもなお涙して思い出すのは、昭和十八年十一月十四日、ブナカナウ飛行場を出撃して帰らなかった檮原大尉とその部下たちの姿である。

愛称〝チョンさん〟こと瑞鶴雷撃隊長の檮原大尉とは、私も航空参謀といっしょに、訓練のあいまに酒を酌《く》みかわしたことも一度ならずあった。この人たちは、つぎに戦闘があればかならず戦死しなければならない若人たちであった。

息の合った古賀・小沢の両提督

このトラックにおける母艦群の生活のハイライトといえば、私は連合艦隊司令長官古賀《こが》峯一大将の「瑞鶴夜間訓練視察」であったように思う。

古賀長官と小沢長官のあいだは実にうまくいっていたと、私は見ていた。私自身も古賀長官の部下として地中海に行ったこともあり、また副官の山口肇中佐が私と中学校の同窓(日比谷高校)であった関係から、私が旗艦武蔵を訪れても、いつも歓待を受けていた。

「私は古賀さんに、今度、甲羅のある母艦(大鳳のことである)ができたら、それにお乗りなさいと言ってるんだよ」と小沢長官は、私に話して聞かせてくださったこともあった。

しかし、〝チョンさん〟と古賀長官とは、じつは同じ悩みを持っていたのである。檮原大尉は、これから必ず死んでいく部下たちに、動かぬ巨艦を見せながら訓練することが、辛かったにちがいない。そして自分も、この矛盾を目のあたりにして苦しんだにちがいない。

彼には美しい結婚そうその奥さんと、まだ生まれたばかりの男のお子さんがあった。戦後二十二年たって、私はお二人にお目にかかったが、私はあの〝チョンさん〟にめぐりあったような気持ちで、成人されたご子息の顔をつくづくと見たものであった。

古賀長官は、それから六ヵ月の後に航空事故で亡くなった。山口副官も一緒だった。当時、すでに古賀長官は巨艦を小沢長官にゆずりわたし、みずからはサイパンを死所ときめて、マリアナ諸島を防衛する決意であった、と私は解釈している。

「……向かいます、着艦！」

真っ暗な瑞鶴艦橋左後部の発着艦指揮所からの、元気のいい伝令の声を聞きながら、これら二人の提督がなにを考え、なにを語ったのか、私にはわからない。

ただひとつ、私がまちがいなく言えることは、古賀長官にかわった豊田副武大将と小沢長官のあいだのコミニュケーションが、ゼロ以下のマイナスになり、母艦部隊はただただ連合艦隊司令部の妄想に奔命徒労の日々をかさね、いたずらに勇敢な部隊を持ちながら、多数の貴重な人命を失い、高価な軍艦を沈めてしまったという歴史である。

私は今日でも豊田大将を骨の髄《ずい》からいみ嫌い、軽蔑している。あんな馬鹿者を、なぜ、連合艦隊司令長官という要職につけたのか、嶋田繁太郎海軍大臣の良識をうたがうものである。

失われた母艦搭乗員

われわれ第三艦隊の司令部が、一式陸攻に搭乗してラバウルに向かったのは、昭和十八年十一月三日の朝であった。私は舷梯をおりるとき、ふと瑞鶴の菊池朝三艦長の顔を見たとき、そこに無限の怒りと無量の悲哀とを同時にくみとった。この作戦が、どんな結果に終わるかを知りつくしていたのである。

「飛行機隊は全滅するだろう。いやいや、あの連中は一人も帰ってこないだろう」「ことわりもなしに、息子たちを墓場へ連れて行く!」「司令部のろくでなしめ!」

もし、私がそのとき瑞鶴の艦長だったら、航空参謀をひっぱたいて海へ突き落としていたにちがいない。とにかく人間の命をもっとも軽視したのが、いわゆる「艦隊司令部」という代物だったことに間違いない。

母艦で訓練した飛行機隊は、母艦に乗せて戦ってこそ意義がある。それなのに、なんのために夜間の発着艦訓練をやったのか?

この論理は正しく、その通りだった。そしてこの作戦を、母艦航空隊員の意志に反して強行したがゆえに、これから筆にするサイパン沖とエンガノ沖の悲劇が起こることになったのである。

しかし、いまはただ、私は瑞鶴の格納庫で行なわれた「ロ号作戦慰霊祭」に、菊池艦長の悲哀に満ちた顔を直視できなかったことだけを、ここでお伝えしておこう。

そしてまた、この慰霊祭が日本海軍の空母が行なった最後のものであり、その後の戦闘については戦後二十年にいたるまで、艦隊としてまとまった慰霊行事を、なに一つ行なわなかった史実も書き残しておきたい。

昭和十八年の末、私は小沢長官に随行して、幕僚の大部とともに九七式飛行艇で横浜航空隊へ帰った。旗艦は翔鶴に変更され、ふたたび瑞鶴の甲板を踏んだのは昭和十九年六月二十日、サイパン沖の洋上であった。そのとき翔鶴はすでになく、新造の旗艦大鳳も、おなじくその前日に爆沈していた。

大鳳爆沈の知られざる史実

サイパン沖の瑞鶴のブリッジでは、トラックのように呑気に構えていることは許されなかった。昭和十九年六月二十日、われわれ空母群が、ミッチャーの機動部隊から発進した雷撃隊の攻撃を受けたとき、日はすでに西へかたむき、まもなく黄昏《たそが》れがおとずれようとする頃であった。

「取舵一杯！」

「左舷後部急降下！」

私は、いつものように小沢長官の右後ろに立っていたが、急降下攻撃がはじまる三分ほど前に、左後方のやや深めの場所に位置を変えたが、これによって今日こうして戦友たちの慰霊を行なうことができるわけである。

最初の二発は、右舷から六〇〇メートルほど離れて、水煙を立てた。

「野郎ども、今日はへたくそだな！」と、私がうそぶいたのも束の間で、その後はどうなったか私にもよくわからなかった。気がつくと、ドタドタッと五、六人の者が折りかさなって倒れ、甲板はたちまち血の海になった。

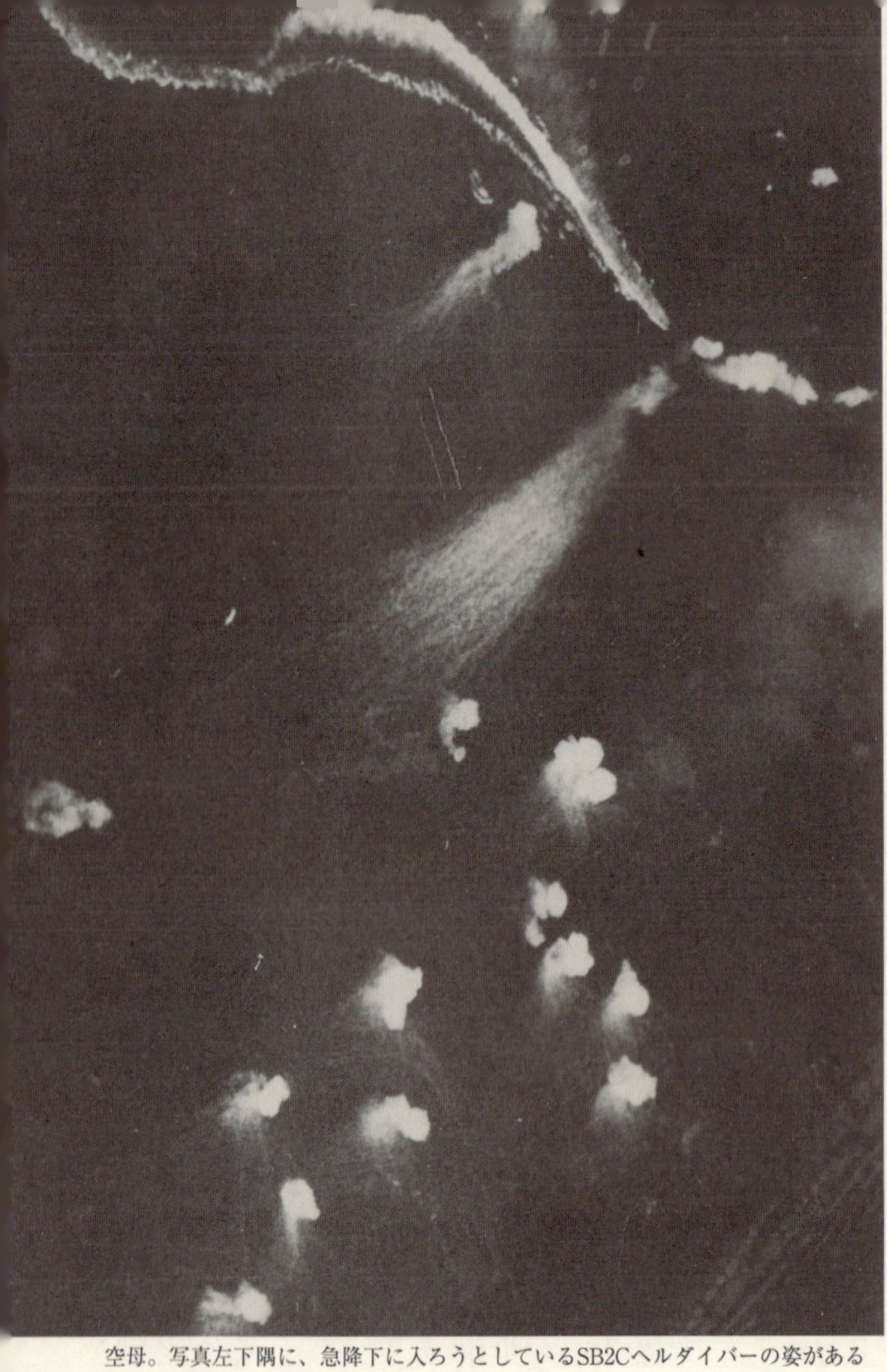

空母。写真左下隅に、急降下に入ろうとしているSB2Cヘルダイバーの姿がある

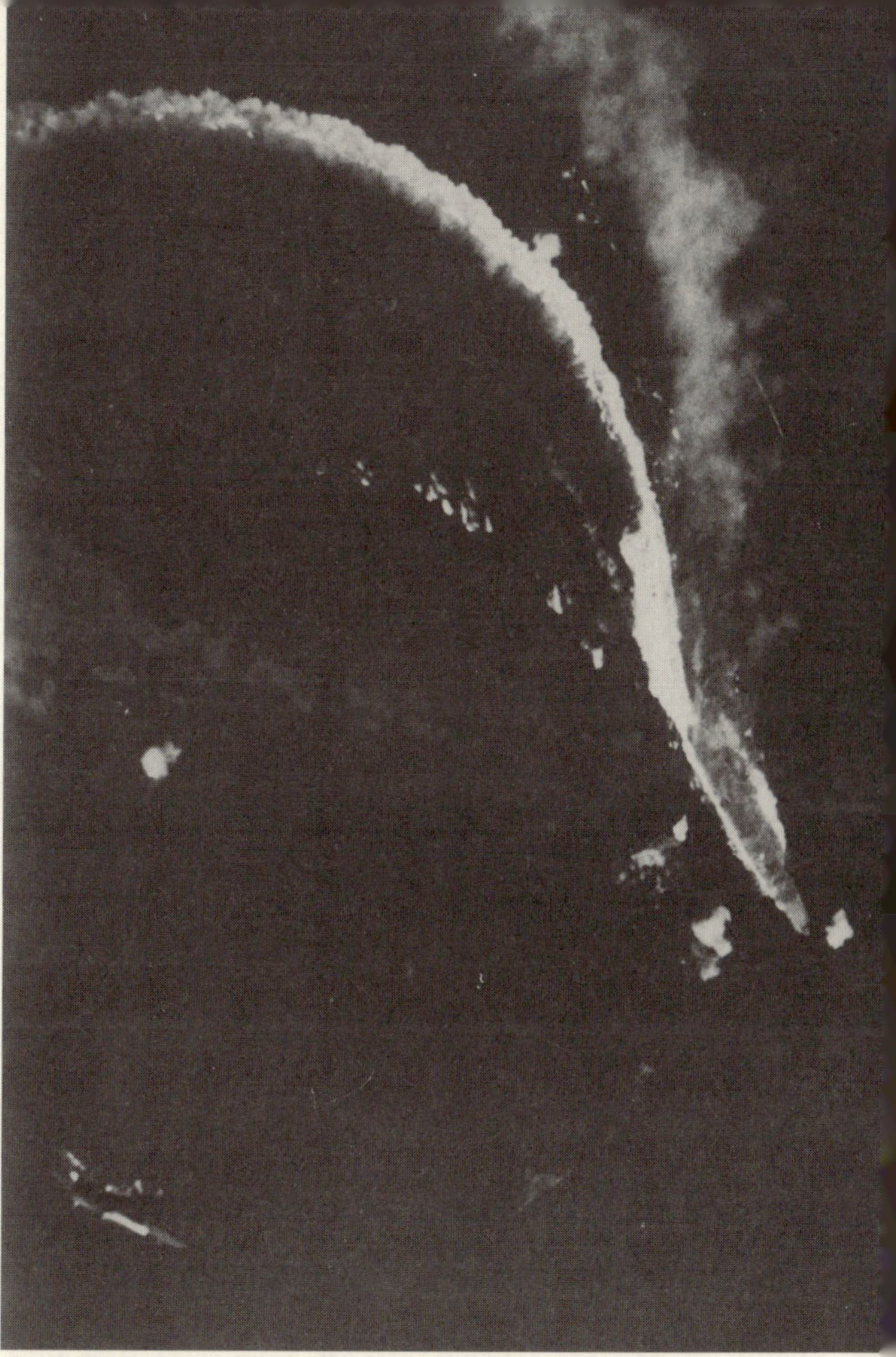

昭和19年10月25日、エンガノ岬沖で米艦上機の攻撃を回避する瑞鶴(左)と千歳型

私は小沢長官を見たが、三千年もたった大木が何事もなかったかのように艦橋前方を見つめた姿勢で、身動きすることもなく海面を見ておられた。あとで私は、当時のことを思い出すたびに、「長官は、あの時きっと死にたかったんだ」と考える。

前日における大鳳の爆沈の原因が、そもそも長官みずからが出した一八〇度の一斉回頭にあったことは、小沢長官自身がもっともよく知っている〝史実〟であったからである。

敵潜アルバコアの発射した一発の魚雷が、爆沈の原因になったことには長官の責任はなかったが、アウトレンジのための反転が、アルバコアに襲撃のチャンスをあたえたことは、逃れられない長官の責任であった。小沢中将が指揮権を栗田長官にゆずって、大鳳と運命を共にしたいと決意したことは事実であった。


ともあれ人間の宿命を、これほど見事に物語った史実はない。この瞬間、二五〇キロ爆弾の無数の破片は、小沢中将の右約五〇センチのところを通りぬけて、その後方にいた全員をなぎたおしたのであった。

この二つの爆弾は、右艦首前方至近のところで爆発した瞬発信管付のもので、偶然、上空でシャッターを切ったアメリカの飛行機によって撮影され、今日、サイパン沖海空戦の代表的写真の一枚として残っている。

私が、もし、いつもとおなじ位置に立っていたならば、おそらく私の上半身はめちゃくちゃにやられて、死んでいたに違いない。

どうした手ぬかりか、その日にかぎって艦橋の窓ガラスが降ろしてなかったことも、ひとつの悲劇を生んだ。こなごなになって飛び散ったその小さな破片が、私のすぐ隣りにいた石黒参謀の右目に突きささったのである。

「副官、副官、目が見えない！」と呼ばれてふりむいた時、すでに水晶体がとび出し、顔面には血が流れていた。それでも気休めに「大丈夫だ」と言いながら、私は腰の手ぬぐいをとって参謀の頭を巻いたが、正直に言って私は駄目だと思った。

すべて、一瞬に起こった出来事であった。私に命中した無数の破片が、ぼろぼろと出てきたのは、なんと戦後十年たってからだった。

瑞鶴喪失以後にたいする疑問

昭和十九年十月二十四日の比島沖海戦のおなじ時刻に、私はこのおなじ瑞鶴のブリッジで、二機の敵索敵機を見つめていた。

「ちくしょう！　いよいよやられるか」と思って艦橋の天井を見上げたとき、私の目にとまったものは、どす黒くにじみ出た血の流れであった。四ヵ月もたって、しかも塗りなおしたあとからまだ血が出てくる。

ただそれを知っているのは、私一人だった。サイパン沖海戦ののち幕僚はほとんど交代して、〝艦橋の血煙〟を知っているのは私だけだったからである。

予想どおり、明けて二十五日には、早朝から爆弾と魚雷のプレゼントをふんだんにいただ

瑞鶴の最期。25日午後1時58分、軍艦旗降下が令され、傾斜した飛行甲板で敬礼

いた。

「いやー、今日は手ごわいぞ！」

「勇敢なやつだな！」

私はシャーマン隊の雷撃を受けながら、思わずつぶやいた。おそらく護衛艦の数が少なかったためでもあろうか？　私は瑞鶴が最初の、かつ致命的な魚雷を左舷後部に受けたとき、三万トンの巨体がゆれ、二四二メートルの飛行甲板が波打ったのをおぼえている。

「長官、申し訳ありません！　あれがどうしても避けられませんでした」と貝塚武男艦長は、防空指揮所から下りて元気な声で小沢長官にわびた。

ここで私の瑞鶴の戦記をやめさせていただく。しかし、このあと司令部は、瑞鶴から大淀に移乗した。だがそれが、正しかったかどうかについては、私にも疑問がある。

小沢長官が大鳳のときに退艦を拒否するほど

だったならば、ここで瑞鶴を見すてる理由はなかったのではないか？　もちろん通信能力の問題はあったにせよ、すでに艦隊司令部のやることはまったくなかった。

いや、なかったというよりも、瑞鶴を退艦してのち司令部はなにもしなかったという史実を私は、ここに残しておきたい。退却戦の指揮が容易でないことはよくわかる。が、司令部はなぜ瑞鶴乗員の救助に、もっと努力しなかったのか？

部隊をとりまとめていれば、初月は撃沈されなかったであろう。戦後、私はエンガノ岬沖で日本の母艦群を最後まで追跡してきた米巡洋艦ニューオーリンズの乗組士官から、そのとき彼らが退却した理由を知ったからである。「レーダーで戦艦（日向と伊勢）の存在を知ったので、追撃をやめたのです」ということであった。

瑞鶴の最期はりっぱだった。私は、その最期の軍艦旗をおろしている写真を引き伸ばして、アナポリス海軍兵学校へ贈った。そして私が四年前に同校を訪れたさい、戦史担当教授のポッター氏が案内してくれた。

「はい、ここにこうやって掛けておきました。りっぱなものです」と教授は答えた。私が読者の方々に、最後に申し上げておきたいことは、〝戦闘旗〟を降ろして悠然と沈んだ軍艦は、史上、瑞鶴ただ一隻であるということを！

不沈の海城「翔鶴」炎上す

過酷なる三つの椿事に泣いた正規空母マリアナ沖の最期

当時「翔鶴」通信士・海軍少尉候補生　竹下哲夫

昭和十九年（一九四四年）六月十九日午後二時、サイパン西方五〇〇浬《かいり》の海域で、歴戦の空母翔鶴《しょうかく》の最期が急速にせまりつつあった。

翔鶴の名は、当時の一般の国民にはあまり知られていなかったが、緒戦のハワイ攻撃いらい、遠くインド洋に珊瑚《さんご》海やソロモン海域に東奔西走、奮迅の大活躍をつづけてきた連合艦隊きっての最精鋭をほこる大型正規空母であった。とくに、昭和十七年六月のミッドウェー海戦で、赤城以下四隻の正規空母群が悲運の最期を遂げたのちは、姉妹艦瑞鶴とともに文字どおり帝国海軍の虎の子空母であった。

ともあれ、この日、翔鶴は祖国の命運をかけた艦隊決戦である「あ」号作戦に、第一機動艦隊司令長官小沢治三郎中将直率の第三艦隊第一航空戦隊の二番艦として、僚艦瑞鶴、さらにはこの年三月に就役したばかりの新鋭艦大鳳《たいほう》とともに奮戦中だったのである。

当時、私は翔鶴乗組の少尉候補生で、配置は通信士であった。

というと聞こえはよいが、じつは三月末に海軍兵学校を卒業し、五月一日にシンガポール南方約一〇〇浬にあるリンガ泊地に停泊中の本艦に、同期生十六名とともに着任したばかりのまったくの新米《しんまい》候補生であった。

リンガに私が到着した当時は、三月に連合艦隊の編制が大きく改められ、第一機動艦隊が編制されたもののまだ日が浅く、空母を主とする第三艦隊、戦艦・巡洋艦を主とする第二艦隊（司令長官栗田健男中将）ともに全兵力はそろわず、第三艦隊についていえば、一航戦（第一航空戦隊）こそ大鳳、翔鶴、瑞鶴とそろっていたが、二航戦隼鷹、飛鷹、龍鳳、三航戦千代田、千歳、瑞鳳はまだ内地にあり、一航戦にしても搭載すべき艦上機は、シンガポール付近の陸上基地で連日猛訓練中で、母艦の格納庫はからっぽの状態であった。

しかし戦局の推移は急速であり、中部太平洋方面に向けられた米軍の攻撃は鋭さと厚みをまし、戦機は刻々と熟し、五月二日、連合艦隊司令長官豊田《とよだ》副武大将は、将旗を東京湾に停泊中の新鋭軽巡大淀《おおよど》にかかげ、連合艦隊最後の決戦と目されるあ号作戦の開始を五月二十日に発令する、という緊迫した時期であった。

当時の私は、あ号作戦が最後の決戦であるという方針は先輩上官より聞かされはしたものの、その作戦計画の全容とか、戦策の細部までは知りうる立場でもなく、また、かりに作戦の全資料を目の前に積み上げられても、すべてを理解できるだけの知識も経験も持ち合わせていない新米の士官であった。

したがって、この作戦全般に関しては、すでに公刊された多くの戦史戦記に記述もされており、また作戦の解説などは、しかるべき人々により適切に行なわれるべきだと考えるので、ここでは当時の思い出をつづることのみにとどめたい。

全艦上機参集す

五月六日には泊地を出て航空隊の収容が行なわれた。六〇一航空隊の新鋭機が次つぎと着艦してくる。

搭乗員も若さにあふれ潑剌《はつらつ》としている。彗星、天山、零戦五二型、九九艦爆など七十機をこす艦上機を見たときは、思わず武者ぶるいするほどの感激をおぼえ、もう負けるものか、こんどは米機動部隊を叩きつぶしてやると、自分が飛んでゆくわけでもないのに、勝手に意気込んでいたのがなつかしく思い出される。

空母が搭載機を収容するのを実際に見るのも、もちろん初めてのことであり、艦長松原博大佐のはからいで候補生全員が艦橋の一隅で着艦、収容作業をつぶさに見学したのだった。

発着甲板の先端から、風見の白い蒸気がふき出している。艦長の操艦号令により、三万トンの巨艦がゆっくりと艦首をふる。やがて風見の蒸気が、発着甲板中央にしめされた白線とピタリ一致する。あざやかな操艦である。風に立った艦橋からは母艦のスピードによる風速と、自然に吹いている風速とを合計した合成風速が、ただちに発着艦指揮所に連絡され、着艦をまつ艦上機には旗旒信号でしめされる。

一方、発着甲板後部には何条もの制動索が張られ、装備員は全員ポケットに入ってしまう。無人の発着甲板に、艦尾方向からまっすぐに艦上機が舞い降りてきて、胴体尾部にぶらさがっているフックが、何本目かの制動索にひっかかる。とたんにグーッと制動索はひっぱられるが、艦上機も短距離の滑走でガクンと停止する。思わずホッと息がもれる。

甲板上にとび出してきた整備員の、まったく無駄のない動きに助けられ、着艦した艦上機は前部へ集められる。と、すぐ後方にはバリケードが起こされる。整備員がふたたびポケットに消えるや、間髪を入れずつぎの艦上機が着艦してくる。

まったくダイナミックに進められる一連の作業は、ただただ感歎するばかりであった。かくして艦上機を格納庫一杯にのみこみ、士気さかんな小沢艦隊は五月十二日に、前進基地であるミンダナオ島南西部のスルー海に面したタウイタウイ泊地に向けてリンガを出港した。

出陣を祝う壮行の宴

五月十四日夕、無事にタウイタウイ到着。十六日には内地より二航戦、三航戦および戦艦武蔵などが到着し、第一機動艦隊が勢揃いした。泊地をうめつくす艦隊の威容は目を見はるばかりで、空母九、戦艦六、重巡十一、軽巡二、駆逐艦三十三、その他十を越える大小さまざまの補給艦艇を合わせ、じつに七十隻を越す大艦隊であった。

勤務の合間に、あかずに紺碧の泊地につどった大艦隊の威容に見とれていた思い出がいまも残っている。しかし泊地をとりまく周辺海域には、敵の潜水艦がはやくも出没し、無電で

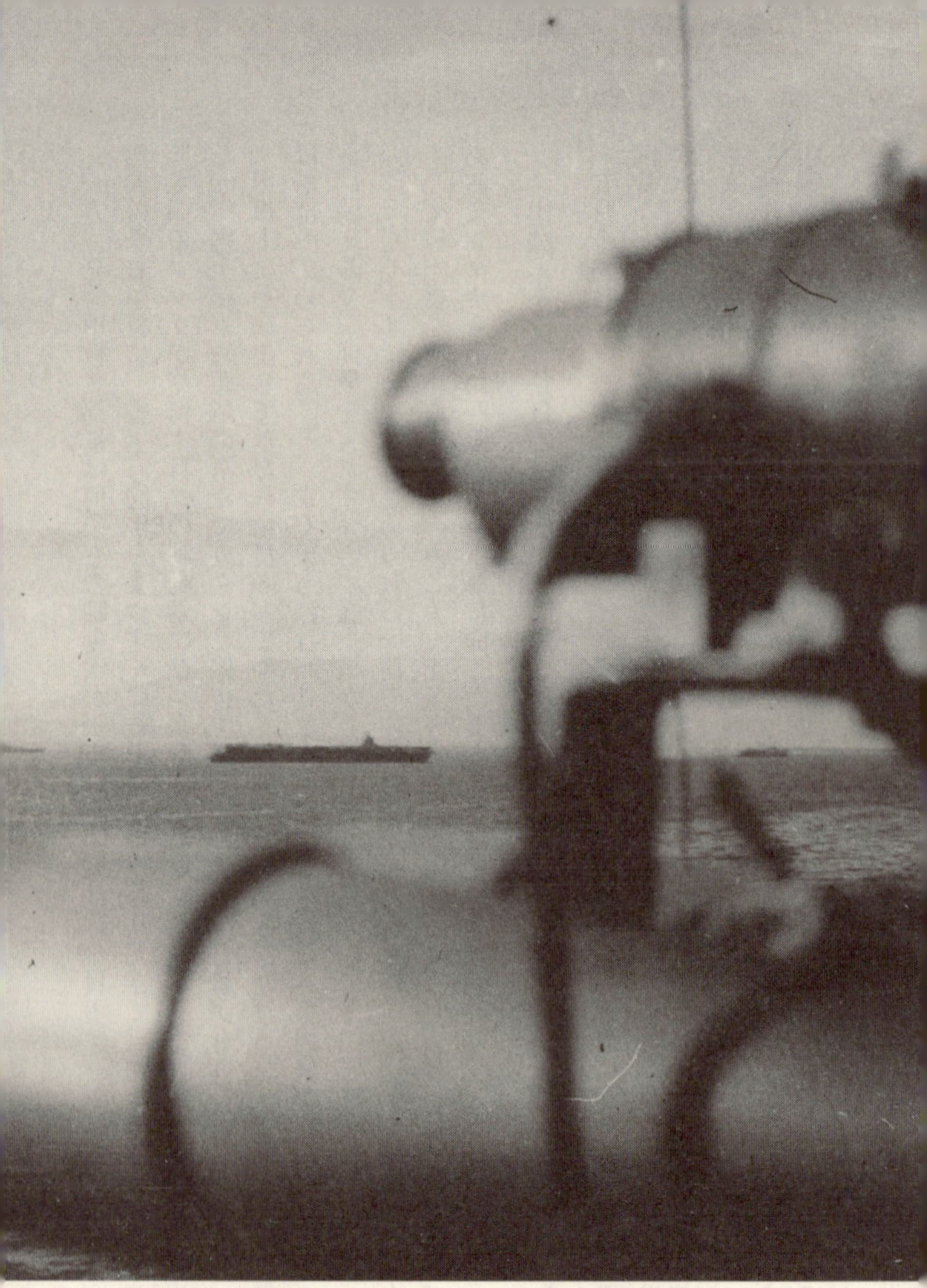

右頁の翔鶴型空母につづき、戦艦長門、隼鷹型空母、左端に大鳳の艦首が見える

昭和19年６月15日、マリアナ沖をめざしサンベルナルジノ海峡をゆく機動部隊。

送られてくる敵潜情報を図上に記してゆくと、泊地周辺には敵潜マークがいくえにも重なる日がつづきだした。

厳重な対潜警戒のもとで、各航空戦隊はじめ各部隊が連日のように湾外に出動し、発着艦に艦砲射撃に猛訓練が開始された。酷暑の炎天下での訓練はさすがにきつかった。日が落ちても風のない蒸し暑い夜がつづき、とにかく暑いところだったという印象が残っている。

暑さにもまして悩まされたのは、やはり敵潜の跳梁であった。六月に入ると湾口付近で新鋭駆逐艦早波《はやなみ》、谷風が相次いで撃沈されるというありさまで、やがて日ならずして相見える相手は、量だけでなく質的にも精神面でも、けっしてあなどれないぞと考えさせられた。

五月末よりビアク島を中心とする「渾《こん》」作戦が進められる一方、中部太平洋に散らばる敵の艦隊泊地（メジュロ、クウェゼリン、アドミラルティ諸島など）にたいする強行偵察が、わが海軍機によってくり返し敢行され、敵機動部隊の動きをつたえる新しい情報が入りはじめ、ようやく配置になれてきたおりから、ただならぬ緊迫感をひしひしと感じたものであった。

渾作戦支援のため、大和、武蔵をふくむ五隻の精鋭部隊が泊地を出撃したのが六月十日――そして、その翌十一日から、がぜん敵艦上機の大空襲がマリアナ諸島（サイパン、テニアン、ロタ、グアム）に開始された。いよいよ米機動部隊が動き出したのである。

六月十二日も敵艦上機のはげしい空襲にくわえ、艦砲射撃がマリアナ諸島にたいし反復して敢行されている。所在の各部隊から報告される電文を読むのもつらいほどで、苦闘をつたえる各部隊からの報告内容には、まったく身をきられる思いであった。もはや猶予はゆるされない、出撃あるのみだ、とだれしも考えはじめていた。

明くる十三日午前九時、小沢艦隊はつぎの前進基地ギマラスに向けて、タウイタウイを出港した。同日夕刻、あ号作戦決戦用意が、大淀艦上の連合艦隊司令長官より発令された。十四日午後、中部フィリピンのギマラス島泊地に入港した小沢艦隊は、休むまもなく最後の臨戦準備を各隊各艦でいそぎ、燃料の補給および可燃物の陸揚げなどを中心とした作業が、ときおり小雨をともなう強風下で、夜を徹してつづけられた。

翔鶴では暮色ようやく濃い午後七時すぎ、松原艦長が発着甲板に総員集合を命じ、決戦におもむく一艦の指揮官として、あ号作戦の意義を説き、乗員一同の奮闘努力をもとめた。そして、そのあと全乗組将兵に御神酒がくばられ、厳粛ななかにも盛大な出陣を祝う壮行の宴がゆるされた。乗艦いらい候補生一同に課せられた厳しい禁酒禁煙の戒律もこの瞬間にとけ、武人として晴れの門出を祝う御神酒に、一同は喉《のど》をうるおしたのであった。

泣きながらの電信兵

六月十五日午前七時、連合艦隊司令部はあ号作戦決戦発動を下令、小沢艦隊はただちにギラマス泊地をあとに、マリアナ西方海面をめざし、出撃を開始した。この決戦発動の電文を追うように飛び込んできた電文は、『皇国の興廃この一戦にあり、各員いっそう奮励努力せよ』の長官訓示であり、艦隊全将兵の士気はますますさかんであった。しかし、マリアナ諸島の各部隊から発せられる通信の内容は、いずれも急を告げ、ついにサイパン島に米軍が上陸を開始してきたことを報じていた。

小沢艦隊は午後五時三十分にはサンベルナルジノ海峡を通過し、夕闇せまる太平洋におどり出た。大洋特有の長いうねりにもまれ、さすがの巨艦翔鶴もゆるやかなローリング、ピッチングのくり返しが強く感ぜられるようになってくる。

十六日には、さきに渾作戦支援のため抽出された大和、武蔵以下の各艦が、第五戦隊妙高、羽黒とともに復帰し、午後からは最後の燃料補給が洋上で開始された。夜を徹して行なわれた補給も、翌十七日の昼すぎには終わり、艦隊は決戦場をもとめて、ひたすらに東へ進出をつづけた。

十八日午前五時、小沢艦隊はサイパン島の西方七〇〇浬の海域を、艦隊速力二〇ノットで一路、東進をつづけていた。敵艦隊ちかしと予想される海域であり、当然、日の出前からの厳重な索敵がはじめられていた。

午前十一時、わが翔鶴からも二式艦上偵察機(彗星艦爆の爆装を撤去したもの)四機が発進した。自艦から索敵機が飛び立つと、電信室の空気はいちだんと緊張がましてくる。もう私語をかわす者もいない。

この日のわが索敵機の報告を綜合すると、大鳳よりの距離約三八〇浬付近に、正規空母を中心とする三群の敵機動部隊の存在が判明した。しかし、あまりに距離が開きすぎているためか、攻撃隊の発進は翌日にもちこされた。

殊勲の索敵機隊は、日没ころにはつぎつぎと母艦上空に帰投してきたが、翔鶴より発艦したうちの一機がなかなかもどってこない。

なかば諦めかけていたとき、突如、受信機に電波が入りはじめた。燃料がとぼしく暮色濃い海上で帰投方位を見失ったことを告げていた。

と、機付の整備兵曹が、顔をひきつらせて電信室にとび込んできた。語るところによれば、発艦時より電信機の調子がよくなかったとのこと。そこで通信長佐伯《さえき》洋少佐の決断で、厳重な電波管制下ではあったが、帰投用の誘導電波の短時間発信が令せられた。機上の方向探知器がこの電波をうまくキャッチすれば、帰投方位がわかるはずである。

同時に索敵機の発信する電波の方位測定も行なわれ、逆方位の連絡もこころみられたが、的確な応答がない。送信は可能だが、なにかのトラブルで受信ができないでいるらしい。一同はいら立つもののなんとも手の下しようがない。

ついに索敵機が最後の電文を平文で送りはじめた。

『ワレジバクス　テンノウヘイカバンザイ』

たまりかねた通信長は、平文で「マテ」（待て）連装を指示したが、もはや応答はまったくなかった。

決戦を明日にひかえ、暗黒の波間に散ってゆく若き搭乗員の胸中を思うとき、その無念さがおしはかられ、暗い気持ちにならざるをえなかった。

送受信を受け持ったベテラン電信兵が、泣きながらレシーバーをかぶり電鍵をたたきつづけていた後ろ姿が忘れられない。

勝機は小沢艦隊にありや

運命の六月十九日、まだ夜の明けやらぬ午前三時すぎに、東へ進む艦隊の北東から南東方向にかけて、十六機の索敵機が前方三五〇浬にわたって放たれた。

日の出約一時間前の午前四時すぎには、さらに第二、第三段の索敵機が飛びたち、合わせて二十七機が発進していった。作戦図にこれらの索敵網を記入してゆくと、三段に重なり合った扇形は、まったく水ももらさぬ緻密な網の目になっている。

翔鶴からの索敵隊は、三段索敵に参加した二式艦偵数機が発進していった。通信室は機動艦隊の神経中枢である。通信分隊は早朝から全員配置につき、緊張もその極に達していた。新米通信士といえども指揮室を瞬時としてはなれられない。

緊張するうちに時間だけが刻々とすぎてゆく。こちらが先に見つけるか？　それとも先に見つけられてしまうか？

午前六時三十分、『敵機動部隊発見！』の第一報が、索敵網の中央線付近を飛んでいた機からとび込んできた。以後、相次いで索敵機からとび込んでくる。いよいよ攻撃隊の発進だ。

午前八時きっかり、一航戦の三空母は一斉に風に立ち、空母四隻をふくむ敵機動部隊めがけて第一次攻撃隊一二八機を発艦させた。通信指揮室は、発着甲板のすぐ下のデッキにある。巨艦を圧してごうごうとひっきりなしに響きわたる攻撃隊発艦の轟音を耳にしつつ、ただ攻撃成功を祈るのみであった。

第一次攻撃隊が発艦したのちも、索敵機はつぎつぎに新たな敵機動部隊の発見を報告してくる。十時三十分、翔鶴からは第二次攻撃隊がふたたび轟音をとどろかせて発進していった。あとは攻撃隊の戦果報告を待つばかりであった。しかもそれは、いまや完全に小沢艦隊が勝者の場に立ったかのように見えた。

しかし、ここにまったく予期せぬ、大椿事が発生したのである。

第一次攻撃隊が飛び立って約三十分後、前方約一〇〇浬を航行中の前衛部隊（第二艦隊と三航戦）が突如、『航空機見ゆ、敵味方不明』『艦上機約一〇〇機』とたてつづけに緊急発信してきた。

通信指揮室の一同がハッと息をのんだ瞬間、おっかぶせるように先刻発艦したばかりの攻撃隊指揮官機が、『味方水上部隊より攻撃を受く』と打電してきた。

声にならぬ歎声を発した一同のおどろき。さいわい混乱はただちに収拾されたものの、決戦を目前にしての同士討ちとは、なにやら不吉な予感におそわれたのも事実であった。

そしてこの攻撃機は、あくまでも不運であったのか、約二時間後の十時三十分ごろ、全艦隊待望の『トツレ』（突撃隊形つくれ）電が指揮官機より発信され、ほどなく「ト」連送（全機突撃せよ）の発信がたしかに受信されたが、その後は母艦との交信がまったくとだえてしまった。

やがて発信されてくるであろう華々しい戦果の報告電をまちかまえる通信指揮室には、しだいに焦《あせ》りの色がただよいはじめた。

総員、発着甲板に集合

戦運に見放されたのは、攻撃隊だけではなかった。時計の針が十一時を少しまわったころ、翔鶴に突如として大爆発が起こった。なんたる不運！　海中にまちかまえていた敵潜水艦の放った魚雷四本が、相ついで左舷前部に命中したのである。それは緊急回避のいともない至近距離からの雷撃であった、といわれている。

艦内の将兵は突然に起こった耳をつんざく大爆発音、巨艦を上下左右、めちゃくちゃにゆさぶる大震動に、一瞬なにがどうなったのか、まったく見当がつかなかった。

室内はもうもうたる塵埃《じんあい》とともに、棚上にあった暗号書をはじめ一切のものが、ドサーッと一斉に落下してくる。机上のものは風に舞い上がってデッキ一杯に散乱してしまった。

水線下の下部電信室につながる伝声管からは、キナくさい異臭とともに、かすかに人声らしきものが聞こえてくる。血相かえた電信長が伝声管に飛びつき、声をかぎりに呼ぶが、もはや応答はなかった。

それから約三時間余りの間、副長と内務長の陣頭指揮による全艦あげての必死の応急作業も効を奏せず、大小の誘爆をくり返しつつ、火災はついに格納庫にまでひろがり、浸水箇所も刻々に拡大していったのである。

応急電源も切れ、受信機も送信機も作動しなくなってしまえば、通信科にはもう仕事はない。艦橋からの通信長の指示にしたがい、舷窓から舷外通路へぬけ出し、発着甲板への避退がはじめられた。すでに艦内への通路は火災のため、とうてい使用は不可能になっていた。午後一時を少しまわった頃であった。なれぬ通路をたどって発着甲板へ行く途中、伝令が「総員、発着甲板に集合！」を伝えまわっていた。

「総員、発着甲板に集合」が下令され、火炎につつまれた艦内各部の配置から、いまはこれまでと身をもって避退し、広大な発着甲板に整列しつつある乗組員の目に映った翔鶴の姿は、もはや力も尽きんとしていた。

海面上十数メートルの高さで〝浮かべる航空基地〟の威容をほこり、ハワイ攻撃いらい何十回となく攻撃隊を送り出した栄光の発着甲板も、相つぐ誘爆のために波打ち、左舷前方にかたむいて沈下した艦首部は、はやくも波に洗われはじめていた。

カンカンカンと威勢のよいベルの音をひびかせて、艦上機の上げおろしに大活躍をしていたリフトは前部、中部、後部の三基とも格納庫内におち込んで、パックリと大きな孔をあけ、真っ赤に燃えさかる格納庫内からは、火炎と黒煙を継続的にふき出していた。

艦の中枢である右舷にそびえ立つ艦橋も、そのすぐ後方の信号マストも炎と黒煙につつまれ、軍艦旗はすでに降ろされていた。

猛火がうずまく各機銃砲台の砲側に準備されていた機銃弾の誘爆であろうか、連続的な爆発音が絶え間なくひびき、はやくも黒煙と炎が船体前半部をつつみこんでいた。私にはものすごい疲労感があったこととと、この期におよんで見苦しいふるまいは絶対にしてはならぬぞ、としきりに自分にいい聞かせていたことを憶えている。

艦首を下に一気に海中へ

悲痛な面持ちの松原艦長の簡潔な最後の訓示が終わり、副長友成《ともなり》潔中佐より海上への避退が指示された。わずかに焼け残ったカッターは、後部短艇甲板に収容されている負傷者の避退にまわされ、自力で歩ける者も退艦が粛々とはじめられた。

右舷艦首方向には直衛の駆逐艦が、左舷正横付近には第十戦隊旗艦の軽巡矢矧《やはぎ》が安否を気づかい、危険海面であるにもかかわらず、両舷機を停止して見守っていてくれる。そして救助のための内火艇が降ろされようとしていた。

つぎの瞬間、またも全員がまったく予期しなかった事態が起こった。

船体の沈下は相当ひどかったものの、左舷前方へのわずかな傾斜のまま浮かんでいた巨艦が、グラリとゆれた瞬間、アッと息をのむ間もなく艦首を下に逆立ちの状態となり、グーッと一気に海中に没しはじめたのだ。

発着甲板上の全員は、巨大な滑り台をころがされる赤児のごとく、真っ逆さまに海中へ放り出されるより仕方がなかった。海中に落ちた者はやがて、沈没にともなって発生した巨大な渦にまきこまれるのだが、それはまだしも幸運であった。

左舷方向へ傾きながらの沈没であったため、中心線付近より右舷寄りに整列を余儀なくされていた若い分隊番号の将兵の多くは、リフトの開孔部より燃えさかる格納庫内になだれ込み、艦と運命を共にせざるをえなかった。

猛炎うずまく艦内で最後まで、それぞれの部署を守り奮闘しつづけてきた将兵をまちうけていた運命は、まさに酷であったとしかいいようがなく、悲壮きわまりない翔鶴の最期であった。時に午後二時十分。位置は北緯一二度〇分、東経一三七度四六分と戦史に記されている。私にとって生涯わすれることができない日であり、時刻である。

痛恨の念にたえない翔鶴の追憶であるが、憑《つ》かれたように私をしてペンを走らせさせたものは、一体なんであったろう。私にもよくわからない。いまはただ散華された幾千の翔鶴乗組の英霊のご冥福を心からお祈りするのみである。

艦本式"正規空母建造プラン"の成功と失敗

開戦後の大型正規空母の就役が大鳳だけという建艦計画の打算と誤算

元 連合艦隊通信参謀・海軍中佐　中島親孝

ミッドウエーの敗戦で、第一線空母六隻のうち四隻を失った日本海軍は、総力をあげて航空母艦の増強をいそぐことになった。

二年間の血のにじむような努力をつづけた結果、マリアナ沖海戦に参加できたのは、応急手段として商船などから改装したものをのぞけば、開戦前に起工した大鳳ただ一隻であった。そして、つづく六ヵ月間には、六隻もの正規空母がぞくぞくと出来あがった。

マリアナ沖海戦が、太平洋戦争における最後にして最大の航空母艦同士の戦いであったことを考えると、この空母緊急整備を開戦直後にはじめていたならば、ちがった経過をとったのではないかとおしまれる。

中島親孝中佐

太平洋戦争で活躍した航空母艦は、すべて戦前の計画によるもので、赤城と加賀はワシントン軍縮条約の結果、戦艦などから航空母艦に改装されたものであるから、航空母艦の生いたちから振り返ってみよう。

わが海軍最初の航空母艦は、大正十一年（一九二二年）に竣工した鳳翔《ほうしょう》（七五〇〇トン）である。はじめから艦上機用の母艦として計画建造したものとしては、世界最初の艦である。この艦は太平洋戦争でも艦隊の対潜警戒用につかったり、若い搭乗員の着艦訓練用につかい、終戦後の復員輸送にまで活躍した。

大正十一年二月に調印されたワシントン軍縮条約で、「航空母艦とは特にもっぱら航空機を搭載する目的をもって設計した、排水量一万トンをこえる軍艦をいう」と規定して、排水量二万七千トン以下、備砲八インチ砲十門以下に制限、英米十三万五千トン、日本八万一千トン、仏伊六万トンをもつことが許された。「会議開催前に現存し、または建造中であった一切の航空母艦は試験的のものとみなして、艦齢のいかんにかかわらず、合計基準排水量の範囲内で代換えすることを得」という特例がしめすように、当時は、まだ艦型についても使用法についても、研究をはじめたばかりであった。

米海軍は石炭運搬船を改造したラングレー（一万九五〇〇トン）で実験中で、わが海軍と五十歩百歩というところであった。英海軍はさすがに一日の長があり、商船改造のアーガス（一万四四五〇トン）、チリ戦艦を改造したイーグル（二万二七九〇トン）につづいてハーメス（一万〇九五〇トン）を設計建造中であった。これらのうち、イーグルとハーメスは片舷に寄せた大きな艦橋と煙突があり、のちの航空母艦とおなじような型をしていた。

また、ワシントン条約では廃棄すべきまたは建造中の主力艦中の二隻を利用して、三万三千トン以下の航空母艦を建造することが許された。

この条項によって、巡洋戦艦赤城と天城が航空母艦につくりなおされることになったが、天城は関東大震災のため船台の上で傷ついたので、戦艦加賀がこれにかわった。ともに基準排水量二万六九〇〇トン、速力は赤城三十一ノット、加賀が二十八・三ノット。両艦は数次の改造をへて、太平洋戦争の第一線で活躍した。

米国でも対日戦線で活躍したサラトガと、珊瑚海海戦でわが第五航空戦隊によって撃沈されたレキシントンは、このときの二隻である。

改装艦が頼りの数合わせ

昭和八年（一九三三年）に龍驤が完成した。基準排水量八千トンで、条約上の航空母艦には入らない心算で計画したものが、昭和五年調印のロンドン第一次軍縮条約によって、一万トン以下でも航空母艦に参入することになったので、残りは二万トンばかりになってしまった。

これを一隻にするか、二隻にするかが問題になった。けっきょく二隻ということになって、昭和九年の第二次補充計画（略称㊁計画）で「蒼龍」型航空母艦（基準排水量一万五百トン）

世界初の航空母艦「鳳翔」。右舷側に艦橋構造物と軽三脚檣、起倒式３本煙突

二隻を建造した。この二隻は能率的にできたので、のちに中型空母の基準としてさかんに造られることになった。

軍縮条約が失効した直後の昭和十二年度海軍補充計画、略称㊂計画は戦艦大和、武蔵をふくむ大きなものであるが、航空母艦としては基準排水量二万トン、速力三十四ノット、搭載機数九十六機の大型艦二隻を建造することになった。開戦直前に竣工した翔鶴と瑞鶴がこれである。

昭和十四年度海軍軍備充実計画（㊃計画）は、米国の第二次ビンソン計画が議会で成立した（一九三八年五月）という情報によって、着手を一年くりあげたものである。この計画では陸上航空隊の増強に力をそそいだので、航空母艦は一隻にとどまった。排水量は三万〇三六〇トン、速力三十三ノット。

友軍航空母艦よりもいっそう敵の方にすすみ出て、飛行機の中継をおこなうことも考え、搭載機を八十一機に減らして艦の防禦を厚くした新しい着想によるものである。開戦後の昭和十九年に竣工し、第一機動艦隊の旗艦になった大鳳がそれである。

このころになると、航空母艦の使用法もだいたい見当がついてきて、先制空襲によって、まず敵航空母艦の攻撃力を封殺することを重視するようになった。しかしまだ、航空母艦に戦艦主砲の弾着観測機と、その護衛にあてる戦闘機を搭載するという、旧式の要求もあった。

母艦搭載機の攻撃圏が二〇〇浬《かいり》におよび、急降下爆撃の精度がよくなり、魚雷攻撃が確実有効になるにしたがって、初期航空決戦の思想がかたまってきた。

ここで問題になってきたのが爆撃機、攻撃機の集中使用と、母艦の脆弱性である。攻撃力の集中には大型母艦が有利であるが、脆弱性をおぎなうためには数がほしい。この相反する要求のもとに、日本海軍の伝統である個艦性能の卓越をすてて、でき得るかぎり、米海軍と同数の航空母艦を保持するようにつとめることになった。

㊁計画で建造中の高速給油艦剣埼《つるぎざき》と高崎《たかさき》はこの方針によって、小型航空母艦に改装されたもので、剣埼は潜水母艦に変更して完成したのち、さらに航空母艦に改装、昭和十七年一月に完成して祥鳳《しょうほう》となり、高崎は建造の途中から空母に変更して、昭和十五年末に竣工して瑞《ずい》鳳《ほう》となった。ともに小型ながら、速力が出たので第一線に活用された。公試排水量一万三九五〇トン、速力二十八ノットである。

第二次欧州大戦に対応するため一九四〇年一月、米国議会に海軍大拡張計画が提出された。戦闘力二五パーセント増強という大きなもので、議会で削減されて一一パーセント増となり、六月十四日に成立した。これが第三次ビンソン案で、航空母艦三隻をふくんでいた。

わが海軍は、これにたいして㊄計画を研究中であったとき、米国はさらに厖大なスターク案を発動すると発表した。明くる昭和十六年七月のことで、両洋艦隊といわれたものである。

㊄計画は五一センチ主砲を搭載する改大和《やまと》型戦艦や、三〇センチ砲を主砲とする超巡洋艦をふくんでいたが、航空母艦は大鳳型三隻であって、昭和十六年春、軍令部から海軍省に下協議をはじめていた。

ちょうど㊂、㊃計画の実行途上であり、出師《すいし》準備第一着作業の関係もあって、各海軍工廠、民間会社とも手いっぱいであったが、いちおう陸上航空隊の整備からはじめて、できることから順に着手することになった。

第一線に乗りだす客船空母

米国の各次ビンソン案と、その間にはさまれた追加軍備計画による新規建造の航空母艦は九隻もあるのに、わが海軍の㊂、㊃計画の航空母艦は三隻にすぎない。空母の隻数均等主義を維持しようとするわが海軍としては、別の緊急対策を必要とした。

昭和十五年いらい、臨戦準備と関連して研究した結果、建造中の春日丸《かすがまる》、出雲丸《いずもまる》、橿原丸《かしはらまる》を特設航空母艦とすることになった。この三隻は、日本郵船で建造中の優秀船であった。

進水前の橿原丸と出雲丸は、昭和十六年二月十日に現状のまま買いとって、航空母艦として建造した。昭和十七年五月三日に完成した橿原丸は特設航空母艦隼鷹《じゅんよう》となって、同年七月十四日、航空母艦籍に編入された。出雲丸は同年七月三十一日に完成、航空母艦飛鷹《ひよう》となった。ともに基準排水量二万四一四〇トン、速力二十五・五ノットとやや遅かったが、飛行甲板が大きく、各種飛行機五十三機を搭載して大いに活躍した。

竣工まぢかであった春日丸は、昭和十六年五月一日付で徴用し、九月五日に改装をおえて特空母春日丸《かすがまる》となり、翌十七年八月三十一日、航空母艦籍にうつして大鷹となった。基準排水量一万七八〇〇トン、速力が遅いため（二十三・八ノット）海上護衛と飛行機輸送に使われたにすぎなかった。

開戦直前の昭和十六年十一月六日、軍令部総長は海軍大臣にたいして、兵力整備の方針と緩急順序をしめして、艦船建造および航空兵力の拡充に関する商議をおこなった。

兵力整備の緩急順序を、航空機、潜水艦、航空母艦および防備艦艇、駆逐艦、飛行艇母艦および運送艦、巡洋艦、戦艦および大型巡洋艦、その他の艦艇として、一部艦艇の建造を中止し、飛龍型空母一隻をはじめ、小艦艇多数の建造を追加した。㊎と呼ばれたものである。

もろすぎた戦中派正規空母

ミッドウェー敗戦の応急策である航空母艦の緊急増勢は、つぎのように発令された。

一、昭和十七年度改装完了予定の飛鷹、大鯨《たいげい》、新田丸《にったまる》をすみやかに完成する。

二、昭和十八年度改装予定のあるぜんちな丸、シャルンホルスト号、千歳《ちとせ》、千代田《ちよだ》、ぶらじる丸を至急航空母艦に改装する（ぶらじる丸は駆逐艦用機関を換装）。

三、信濃《しなの》を昭和十九年十二月末の完成をメドとして航空母艦に改装する。

四、飛龍型および大鳳型建造計画のなかで、建造中のものは極力工事をいそぎ、その他も至急建造に着手する（飛龍型十四隻、大鳳型は大鳳をくわえて六隻）。

すでに述べたように飛鷹は、この年の七月三十一日、大鳳は昭和十九年三月七日に竣工した。大鯨は昭和十七年十一月三十日に完成して龍鳳《りゅうほう》（一万三三六〇トン、二十六・五ノット）となり、千歳（昭和十九年一月一日完成）、千代田（昭和十八年十月三十一日完成）は、いずれも一万一一九〇トン、二十八・九ノットの小型空母として活躍した。

新田丸（昭和十七年十一月二十五日完成、沖鷹）あるぜんちな丸（昭和十八年十一月二十三日完成、海鷹）、シャルンホルスト号（昭和十八年十一月十五日完成、神鷹）は、いずれも速力が遅いため、護衛空母および飛行機運搬に使用された。

飛龍型の第一艦雲龍《うんりゅう》は(急)計画によるものであるが、蒼龍や飛龍が三年かかったのを二年二ヵ月に短縮して、昭和十九年八月六日に竣工、第一航空戦隊に編入された。搭載する飛行隊を台湾沖航空戦につかってしまったので、緊急輸送任務に従事し、神雷部隊の桜花三十基を搭載してマニラにむかう途中、昭和十九年十二月十九日、宮古島北西で米潜の雷撃により沈没してしまった。

つづく天城《あまぎ》（昭和十九年八月十日竣工）、葛城《かつらぎ》（昭和十九年

昭和18年８月、トラックへの輸送任務を終え、横須賀に帰投した商船改造の大鷹

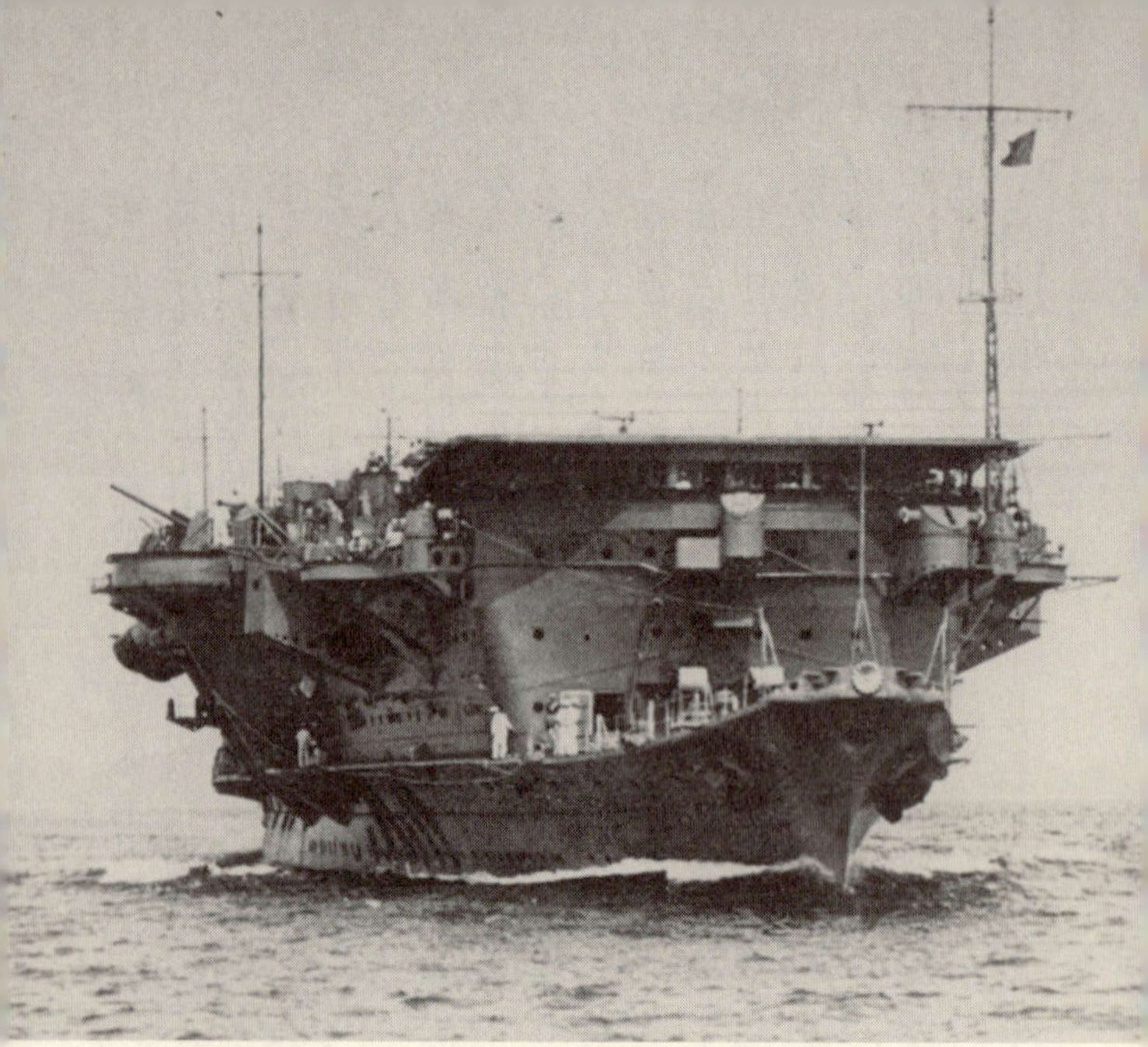

竣工当時の龍驤。小さな船体に巨大な構造物、全長180m、公試排水量9800トン

十月十五日竣工）は、いずれも米軍母艦機の攻撃によって呉軍港内で果てた。

信濃は昭和十九年十一月十九日、横須賀で竣工した。基準排水量六万二千トン、速力二十七ノットの巨大空母として誕生したが、呉に回航の途中、同月二十九日、潮岬沖で米国潜水艦の雷撃をうけて、もろくも沈没してしまった。隔壁の防水工事が不完全であったためと見られている。

なお、戦艦伊勢《いせ》と日向《ひゅうが》は、比較的かんたんに航空戦艦に改装できることがわかり、昭和十八年五月ごろ改装に着手した。主砲塔六基のうち、後部の二基をとりはずして、そのあとに、両舷にカタパルトをそなえた飛行機射出甲板をもうけたもので、水上爆撃機二十二機を搭載することになっていた。

昭和十九年五月一日付で第四航空戦隊を編成したが、戦備完成は同年八月であった。せっかく訓練した飛行機隊を台湾沖航空戦でつかってしまって、小沢艦隊の牽制作戦には、単なる戦艦として参加した。

艦の大小、搭載機と攻撃力

日本海軍には、小さくて役に立たない航空母艦が多かったという批判があるが、これは以上に述べたように、数がほしいばかりに無理をしたためで、龍驤《りゅうじょう》が小さいわりに役に立ったことから考えられた方法である。

龍驤が第一段作戦中、南方作戦で活躍したのは別としても、対空対潜警戒用として重用され、ミッドウェー海戦のあとでは、各航空戦隊に一隻ずつ配されることになった。また窮余の策であるが、マリアナ沖海戦のときは爆装の戦闘機をつんで、攻撃力をおぎなうことに活用された。

蒼龍型は中途半端で、効率が悪かったのではないかという意見にたいしては、すこし説明をくわえる必要がある。

航空母艦の攻撃力の大小は、搭載機の数ではなくて、一度に攻撃にさしむけられる飛行機の数と、その出発の遅速できめられる。飛行甲板の前の方を、発艦に必要な滑走距離だけあけて、その後方にできるだけ多くの飛行機をならべ、一度に試運転をおこなって、前の方から順に発艦して攻撃隊を編成する。一度に発艦できる機数は、飛行甲板が大きい方が当然多いけれども、大型空母の三十六機にたいして「蒼龍」型二十七機がふつうであった。すなわち四対三の割合である。艦の建造日数、使用資材、所用工数などを考え、航空母艦が本質的に脆弱であることを重視すれば、「蒼龍」型を三対四の割合でつくった方が有利である。

ただ、飛行機が大型となったり、性能向上のために、発艦のための滑走距離がのびると、その後方に準備できる機数が少なくなり、小型の方が急に不利になる。さらにすすめば、小さな母艦では発艦できなくなったり、飛行機を乗せるリフトが取り付けられなくなる。現に最近の米空母は七万トン、八万トンという大型になり、飛行機を長いスチームカタパルトで射ち出している。

本質的にいえば、航空母艦は搭載する飛行機に合わせてつくるべきものであるが、母艦は建造に時間がかかり、その命数も長いから、搭載機の設計にあたっては母艦に合わせてゆくことになる。

謎の決戦空母「大鳳」設計始末記

飛行甲板、舷側甲鈑、艦橋、煙突など〝完全無欠空母〟の秘密

元 海軍技術少将 矢ヶ崎正経

矢ヶ崎正経少将

航空母艦建造の目的は、陸上の航空基地からでは、とうてい攻撃をしかけられない遠い距離にある敵の陣地を攻撃するため、海上を自由に行動でき、しかも有効適切な攻撃の拠点となる航空基地として、陸上基地にかわる役割を果たすことにある。

けれども航空母艦は、あくまで船であるから陸上の基地とちがって、おのずから大きさに制限があり、その制限内で陸上基地と同じようないろいろな要素を満たさねばならないところに、その設計上の苦心があったのである。

飛行機をできるだけ沢山積むこと、その飛行機が急速に発着艦できるようにすること、また飛行機が存分に活動できるように、航空燃料とか攻撃用爆弾その他を多量に積み込める構造であること——こういったさまざまな要求を、狭い艦内に全部みたさなければならないこ

とに、それこそ大変な苦労がはらわれた。

構造の上から見れば、飛行甲板は上部にしなければならない。そして、そこに邪魔物があってはいけないのである。邪魔物があることは、飛行機の行動――つまり発着艦がむずかしくなることだからである。ところが邪魔物がない広い面積を上部に要求することは、艦自体の安定性が悪くなってしまう。

加えて、軍艦であるから敵の攻撃は必至であって、その攻撃のために発着艦する場所である甲板の機能が止まってしまったのでは、まったく意味をなさないことになるから、甲板は敵の攻撃を少しぐらい受けても平気であるように防禦しなければならない。この防禦をより強固にすればするほど上部が重くなるから、艦の安定が悪くなるわけである。

こうした技術的にむずかしい設計を緻密《ちみつ》に研究しつくして、日本が世界に誇れる航空母艦として建造したのが大鳳《たいほう》であった。

飛行甲板に見られる苦心

つまり、大鳳は搭載機の数といい、必要な武器（魚雷、爆弾など）や燃料を多量に積み込むことができ、敵の攻撃にたいして容易に機能を失わない甲板をもっている新しい航空母艦として、設計建造された。

艦の全体のバランスをどのようにするか、武装や搭載機の数をどの程度にするか――これが計画の第一歩であった。この計画をいろいろな面から審議《しんぎ》検討をかさね、昭和十六年（一九四一年）七月十日に、大鳳は起工された。

大鳳の建造にあたって、どこに重点をおくかが、いちばん問題であった。これはもちろん飛行甲板であるべきだった。

当時、敵の攻撃用兵器として考えられていたのは、鉄孔性爆弾の使用であった。この爆弾はアーマー（装甲鈑）をつらぬいて爆発し、その破壊力は偉大なものだった。たとえ甲板上で炸裂しても飛行機の発着艦に大きく響くくらいの威力があった。予想された爆弾の大きさは、はじめは二五〇キロ爆弾であった。しかしながら、途中から五〇〇キロ爆弾に耐えうる防禦が要求された。それには、いっそう厚いアーマーを甲板の上に張らなければならないことになる。

飛行甲板の全長は二五七メートル、最大幅は三〇メートルもあるから、この広い面積にアーマーを張りめぐらすことは、安定性のうえから見て、また艦の機動性からも到底《とうてい》できない相談だった。そこで飛行機が発着艦する場合、最小どれだけの面積を必要とするかを調べ、長さ一五〇メートル、幅十八メートルの部分——つまり飛行機の滑走路となる部分——だけにアーマーを張ることに決定したのである。五〇〇キロ爆弾に耐えるには、七五ミリの厚さをもつアーマーが必要だった。このアーマーの下には、二〇ミリの特殊鋼板を張ることになった。

さて、格納庫から飛行機を甲板に上げるためのエレベーターをどうするか。大鳳ほどの大きい艦だと、前部、中部、後部と三ヵ所ほしいのであるが、なにしろ縦横一四メートルもある四角なエレベーターだから、相当の重量になってしまう。三つのエレベーターを同じ構造にすることはまずできなかった。そこで前部と後部の二ヵ所に設けることにしたのである。

エレベーターの部分のアーマーは五〇ミリの厚さのものとしたが、それでも動かすときの重量は一〇〇トンに達したほどだった。

クサビ型に造られた甲鈑

大鳳の側面、つまり横腹の甲鈑は、艦の総重量の上から、敵の攻撃による影響とにらみあわせて、その機能に甚大な影響があるところは完全防禦をほどこし、その他は約八割程度の防禦率とした。しかしそれでも、おおむね五〇〇キロ爆弾の水平爆撃に耐えうるように設計されたのである。

最終的には戦闘機27、艦攻18、艦爆27、艦偵３機を搭載していたともいわれる

横腹が攻撃される場合として予想される敵の攻撃は巡洋艦、駆逐艦、潜水艦からのもので、巡洋艦からは八インチ砲弾、駆逐艦や潜水艦からは魚雷であった。そのため火薬庫の部分は、八インチ砲弾に完全に耐えうる防禦をなした。魚雷攻撃にたいする水中防禦には二重の壁をつくり、壁と壁との間に液体を入れることで万全を期した。

この方法は、魚雷攻撃にたいしてはもっとも有効であって、液体は油か水を使用するのである。油は発火の恐れがないかと案ぜられるが、その心配はまったくない。案外、燃えないもので、気体とちがい弾力性がなく、魚雷が外壁に当たったときの衝撃を広い範囲に伝播するから、そのため内側の壁は広い部分に衝撃をうけることになって、約三割ほど被害を軽くすることができるのである。

タウイタウイ泊地の大鳳。昭和19年３月竣工、飛行甲板の全長257m、最大幅30m。

液体層の厚みは、薄いと効果がなくなり、約九〇センチの厚さを必要とする。魚雷の炸薬は四〇〇キロが普通であるから、水中防禦はもちろん、これに耐えるものであった。

この艦の腹部の甲鈑は、特殊に製造されたものであった。クサビ型につくられた甲鈑で、上の方が厚く下にいくにしたがって薄くなっているのである。上部の厚さは一八五ミリで、下部は七〇ミリだった。

また、大鳳の腹部の吃水線下は、艦の中心線にむかって斜めになっている。それを傾斜甲鈑といって、魚雷が垂直に当たるよりも、斜めになっていれば、それだけ当たる力をそらすことができるからであった。

アイランド型の艦橋

爆弾攻撃には八〇〇キロ爆弾に耐えられなければならなかった。しかも飛行機から投下される爆弾は、かりに高度三千メートルからの水平爆撃とすれば、急降下による爆撃より撃速が増すことになり、その破壊力は相当増加する計算となる。そこで、実際の防禦はもっと上まわったものにしなければならなかった。

機関室や操舵室の防禦は、八割ほどであった。地下室や罐室《かましつ》、ガソリンタンクの上方のデッキは、五〇〇キロ爆弾にたいして平気なものとした。側面は、一五センチ砲の砲撃にバランスがとれるよう設計してある。つまり駆逐艦の攻撃なら絶対に大丈夫であった。

空にたいする防禦である対空砲は新式精鋭なもので、砲身の長い一〇センチ高角砲の二連装六基をもっている。また機銃は二五ミリ三連装十七基で、計五十一門を数えた。

艦橋つまり指揮塔は、飛行機の発着艦のとき、いちばん邪魔なものであるから、この設計と位置はずいぶん検討を要した。これは艦の行動のうえからも、飛行機の発着指揮の点からも、艦全体が一目に見渡せることが要求されるけれども、飛行機の方からいえば、これが甲板からニューと突き出ているのは、なんとも邪魔な存在となるのだ。

はじめのころの空母（大鳳よりも前のもの）や小型空母などは、艦橋は甲板の上に出ないよう設計されたものである。それは指揮官が艦の全体を見る必要の生じた場合、艦橋の横に突き出た補助艦橋の高い台にのぼると、甲板の上に体が出るようにつくられていたのである。しかしこれは、やはり不自由であった。そのため大鳳は、いわゆるアイランド島型の艦橋を採用することになった。

しかしながら艦橋の位置をどこにするかの問題が残っている。甲板の機能を害さぬためには、できるだけ艦のサイドに置くことは当然であるが、前後の位置がむずかしいのだ。飛行機が発艦するときは艦橋が後方に、着艦のときは前方にあった方が具合よく、その中間をとって、ほぼ中央と決めた。しかし実際には、着艦のときの方が、滑走する距離をながく必要とするのである。

煙突にもこんな苦心

つぎに、甲板にとって邪魔な存在は煙突だった。この大きな巨体を動かすには大変な動力がいるから、機関室から出る熱気と煙をいかに処理するかの問題は頭を悩ました。原子力を利用した機関なら話は別で、さして苦労がないが、蒸気による機関では大変なさわぎだった。

莫大な燃料から発生する煙や熱気は、その処理をよほどうまくしないと、排気ガスが飛行甲板上の気流を変えてしまって、飛行機の発着に大そう影響するものである。しかも構造上からは、主力機関室は艦の中央でなければならず、格納庫の下側にくるのである。

大鳳以前の航空母艦にこの点を苦慮した設計を見ると、鳳翔、龍驤などが変わっている。それは、煙突が動くようになっていて、飛行機の発着のときは煙突が横にたおれるように設計されたものである。しかしこの方法は、巨大な煙突を急速に起こしたり寝かしたりすることに困難があったし、また、ひどい熱気で煙突が膨脹したり縮んだりするから、どうしても故障が起こりやすいという欠点があった。

そこで加賀などは固定式を採用し、煙路を横にはらせ格納庫の上を通して艦尾にもっていき、そこから煙を出すようにしたのだった。けれども、これは煙路が長くなり、万一この煙路の管が敵弾片などで破れたりすると、艦内は煙と熱気に満たされる恐れがあった。

さて大鳳は、いかに煙路を短かくし、吐き出る煙と熱気のために甲板上の気流が変わらないようにするかについて、細心の設計がなされたのであった。

前にも述べたとおり、機関の罐《かま》は、どうしても格納庫の下になって、これは避けられなかった。そのため煙路の管をいったん格納庫の下側に下げ、そこで横這いにはわせて、甲板の上に出すことにしたのである。

煙突の口は、上にむけた方が排気上よろしい。しかし、これは甲板上の気流を処理することの壁につき当たる。煙突を高くすれば気流の問題は解決できるが、飛行機の発着艦の邪魔となって面白くない。そこで大鳳の場合は、煙突をできるだけ斜めに傾け、さらに煙突の内部にシャワーをとりつけて、その水により、出てくる排気の熱度をさげるようにした。

また煙路の管は大変な熱気と煤煙をその腹におさめているから、万一これに被弾した場合を考えて、煙路管にはとくに十分な防禦をほどこした。

さらに、格納庫に熱気が伝わらぬようにと、格納庫の床の下側に空間をつくり、煙路管をその空間内を通すことにより、たとえ煙路管の破損により煙や熱気があふれても、この空間内だけにとどまるように工夫した。もちろん、この空間をとりまく防禦も強固にした。

蒸気機関では、この煙と熱気の排出と同時に、空気を取り入れる装置が、また大変である。この点にも大鳳は、いろいろと苦心した。

結局、艦橋の後ろに煙突をつき出した恰好の航空母艦になったのであるが、こ

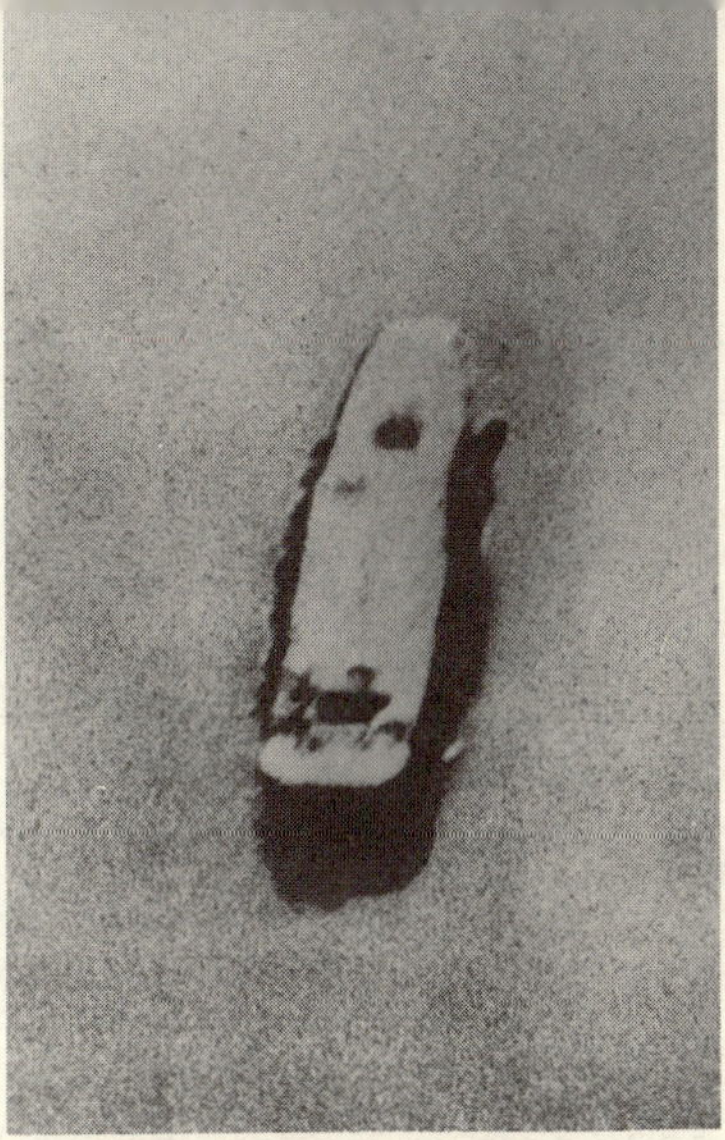
上空後方より撮影した大鳳の飛行甲板。黒く見える前後エレベーター間の150 mが装甲された

れからは原子力機関の時代となるから、設計の面も、ずいぶん楽《らく》になるだろうと考えられる。なにしろ煙突や煙路の問題、空気の取り入れの問題が、原子力機関になれば、いっぺんに解消してしまうからである。そうすれば、電波兵器などを取りつける場所も豊富になるし、そのことによって、そうした器材の機能を充分に生かすことができるようになるだろう。

完全無欠な艦として

海軍の大鳳への要求の第一は、敵の攻撃下にさらされても飛行甲板の機能が止まることなく、永く使用できる第一線空母としての建造であった。

このことは、別の空母が損傷した場合、帰る母艦を失ったその艦搭載機を大鳳に着艦できるようにすることでもあった。そしてまた、大鳳に着艦したその飛行機が次の攻撃に出動できるように、余分な燃料と攻撃用兵器をも積めるようにすることでもあった。普通の空母なら自分の搭載機数だけの燃料と攻撃兵器しか積めなかったが、大鳳の場合は、この点がいままでの空母と大きくちがっていたといえよう。

全長じつに二六〇・六メートル、水線間の長さ（吃水線のところの長さ）二三八メートル、幅二七・七メートル（飛行甲板の幅でなく艦体の幅）の大型空母大鳳は、こうして昭和十八年四月七日に進水したのであった。起工から約二年の後だった。この空母は、公試状態で吃水の高さ九・五九メートル、そのときの排水量は三万四二〇〇トンである。燃料その他を満載したときは、吃水の高さ十・一五となり三万六八〇九トンの排水量となった。

速力は飛行機が甲板から飛びたつときに必要な風力が一三メートルとなることから、巡航速度二六ノットを出せるように設計してある。最大速力は三三ノットで十六万馬力の機関をもっている。機関室は全部で四室だった。

甲板の高さは、水面から高ければ高いほどよい。そのわけは、飛行機が甲板から飛び立ったときはどうしても少し下がるから、飛行機が水面をなめないようにするためである。しかし甲板を高くすることは、艦の安定度が悪くなるので無闇に高くすることはできない。しかし少なくとも水面から一二メートルが必要で、大鳳は公試状態で一二・四メートル、満載のときが一二メートルの高さとなるようにした。

最後に搭載機の数であるが、飛行機の機種によってやや異なってくる。大鳳の場合は、戦闘機二十四機、爆撃機二十四機、大型偵察機四機の計五十二機が搭載できる航空母艦であった。

大鳳が就航したのは昭和十九年三月七日であるから、その起工から就航まで、およそ二年半かかった勘定になる。

不沈空母「大鳳」完成こそ青春の証し

造船所内に泊まり込みで大鳳建造に熱中した短現技術士官の回想

当時「大鳳」船殻担当・川崎重工技師　吉田俊夫

昭和十九年（一九四四年）七月のある日、当時勤めていた川崎重工の森本猛夫造船工作部長より呼び出しがあった。何事だろうと思いながら出頭すると、別室にみちびかれ、「これは絶対極秘で他に漏らしてはならない」との前置きで、軍艦大鳳の沈没を知らされた。一瞬、体のなかから血の気が抜けてしまった感じで、しばらくは溢れでる涙をとめることができなかった。

当時、予備役海軍技術大尉であった私は、八月一日付の召集令状を受けており身のまわりの整理などをしながら待機中であった。空母大鳳は三月七日引渡しが終わったばかりで、不沈空母として日本海軍の期待を一身にになった新鋭艦であった。

しかし川崎重工で建造の期間中、すべてが極秘で〝幻の空母〟としてその存在すら国民に知らされることもなく、誕生後三ヵ月の短い生涯を終える悲運の軍艦となった。

のみである。

　130頁の写真は日本に現存する少ない写真のなかの一枚で、旧海軍整備兵曹の新津武氏が北ボルネオのタウイタウイ泊地において出撃の直前に撮影されたものである。大鳳の姿を偲ぶものは同じく新津氏の撮影と思われる他の一枚と、後年、川崎重工が薄命の艦の姿として残るものがあまりにも少ないのを惜しんで、数少ない資料を頼りに作り上げた模型がある

　昭和十三年十二月、第七十四帝国議会において米国第二次ビンソン大建艦計画に対抗して戦艦二隻と空母一隻をふくむ日本海軍㊃計画が提出された。その説明資料のなかには「決戦場裡において航空機による攻撃成果如何《いかん》は緒戦において勝負のわかれる所併《しか》し米新ビンソン案に対し尚《な》ほ劣勢なるを免れざるも」と述べられている。当時、大艦巨砲主義を主流とする日本海軍のなかに、ようやく空母主兵論が日の目を見ることになった。空母大鳳はこの㊃計画の一隻で、仮称一三〇号艦として川崎重工で建造されることになったのである。

　戦後、旧日本陸軍の技術の後進性をヤリ玉にあげる言論が多く見られるが、先進技術をほこる海軍においてすら当時は航空兵器の重要さがやっと認められる程度であった。技術軽視の思想は単に軍のみにかぎらず政官界、学界、産業界、言論界すべてにわたる傾向で、これは当時澎湃《ほうはい》として世をおおっていた孤立精神主義から発したものであろう。

　一三〇号艦は昭和十六年七月十日、神戸の川崎造船所の第四船台において第六七〇番船として起工された。昭和十八年四月七日、高松宮殿下により大鳳と命名され進水、昭和十九年三月七日、呉軍港において海軍に引き渡された。

当初予定の引き渡し期日は昭和十九年六月であったが、高松宮殿下の進水時をふくめて二度にわたる御来臨のつど御みずからの工事促進要請があり、物的にも人的にもきわめてむずかしい情勢下に、造船所長吉岡《よしおか》専務および森本工作部長以下全員、必死の努力によって三ヵ月余工期が縮小された。

大鳳の主要目は、基準排水量二万九三〇〇トン、公試排水量三万四二〇〇トン、水線長二五三メートル、垂線間長二三八メートル、幅二七・七メートル、軸馬力十六万馬力、速力三三・三ノット、搭載飛行機八十一機であった。

艦隊からこの新鋭空母への要求は「敵の攻撃にさらされても飛行甲板の機能を維持し、永く第一線に止まり、損害を受けた他空母の飛行機をも収容し次の攻撃に備える余分の燃料弾薬を保有して全空母に代わって海上基地の役目を勤め得る不沈空母たるべし」であった。設計、建造の責にあった艦政本部は要求に応えて、未だかつて試みたことのない飛行甲板の耐爆甲鉄防禦法を採用した。

五〇〇キロ爆弾に耐えるために中央幅一八メートルを二〇ミリDS鋼板上を七五ミリ甲鉄をもって覆った。水雷防禦は戦艦や重巡と同じ湾曲防禦縦壁とし、二五トンDS板二重張構造とし、水雷防禦縦壁の上部外板には、厚い防禦甲鉄が取り付けられ、罐室、機関室、弾薬庫、軽質油庫を防禦した。

とくに弾薬庫、軽質油庫は、天井周囲を五五ミリ甲鉄でかこみ、艦底部は三重底構造にするという念の入れ方であった。かような重防禦による船体重心上昇を防ぐために、瑞鶴にくらべて甲板数が一段減少され、また乾舷減少による凌波性劣化対策として艦首外板を飛行甲板までのばしたクローズド型が採用された。これが大鳳沈没時の軽質油ガスの艦内充満という危険事態を招来する主原因となったとされている。

一人でこなした起工までの作業

昭和十三年に大阪大学造船学科を卒業し、川崎造船所の技師として勤めていた私は、新たに設けられた海軍二年現役士官制度に応募し、同年七月一日付で海軍造船中尉に任官した。三ヵ月の横須賀砲術学校の士官教育の期間と、四ヵ月の連合艦隊乗艦実習の期間を除いて、在役の大部分の期間を佐世保海軍工廠で過ごした。

砲術学校時代は上海戦の指揮官として勇名を馳せ、のちに昭和十八年一月二日にブナにおいて玉砕され軍神となられた当時の安田義達中佐が主任教官であった。また、同じく上海戦の勇者で戦時中に侍従武官として陛下の御側にお仕えしたのち南方戦線で苦労をされた今井秋次郎海軍大尉、その他、より抜きの教官によって文字どおり月月火水木金金の猛訓練をうけた。

敬礼一つできない大学出身のにわか士官たちが、三ヵ月の後には曲がりなりにも堂々たる海軍士官に生まれかわるこの海軍教育は、その後の私の人生に大きな影響をあたえた。人は問う「その教育の実態は何か」、答えるに「言としては言い難し」、あえて言うならば魂が魂を打つのだ」――人間教育のために最高最精鋭の人物を配して惜しまず、魂を魂に移す海軍

飛行甲板上には天山艦攻の姿も見える。左上方は翔鶴型空母、右に戦艦長門

昭和19年５月、タウイタウイ泊地に停泊中の空母大鳳を上空より撮影した一葉。

教育の実態に接することができたのである。

艦隊実習中は駆逐艦夕立《ゆうだち》、軍艦金剛《こんごう》に乗艦した。艦隊司令官を取りまく俊秀参謀のきらびやかな肩章にまず圧倒されたが、時のたつにつれ黙々と専門の道を研鑽《けんさん》する真の軍人の姿を見つけることができた。そのなかの何人かの方々に親しく教えをいただいたが、これらの軍人は何ら自己顕揭の言動なく黙々と任に従い、ほとんど戦死された。

艦隊勤務を除く足かけ二年の佐世保海軍工廠時代は、駆逐艦の新造ならびに空母加賀の改造工事に従事した。造船部長庭田《にわた》尚三造船大佐をはじめ造船官は立派な方ばかりで、その威厳のある立ちふるまいは十九世紀の英国海軍士官をしのばすものがあった。

昭和二十年五月十一日、ドイツUボートに便乗して貴重な潜水艦資料をたずさえて日本帰還の途中、ドイツUボートとともに米軍へ投降することをきらい、Uボート艦内で自決された友永英夫技術中佐がおられた。中佐は吉村昭著の『深海の使者』の一人であるが、当時造船少佐で、親しく教えをいただいた。

潜水艦設計のバイブルといわれたテッヘルのウンターゼボートを教科書として、毎日夕食後、少佐の家に新任造船中尉が参集して三時間ばかり講義をうけ、終了後一杯いただいて帰るのが常であった。これが何ヵ月もつづいたのだから、さぞや奥様も大変であったと推察されるが、日常の勤務終了後の塾教育は少佐にとってまた大変なことであった。

私は五十年にわたる造船家としての生涯のほとんどを、船体および構造物の工作ならびに金属材料の溶接技術の開発に費やしたのであるが、友永少佐から教えられた潜水艦の運動理論を一日として忘れたことはない。とくに波浪水面下を浅い没水状態で航行する半潜水型超高速船の開発は、私の今日のなお止むことのないライフワークである。

駆逐艦雪風と磯風の船殼工事を担当した二年間の短期現役を終了、昭和十六年六月末に造船大尉に進級、予備役に編入されて神戸の川崎重工に復帰した。復帰に先立ち会社にたいし軍艦建造の現場部門に勤務したいとの希望を提出しておいた。

七月、会社に復帰後の配置は軍艦瑞鶴および一三〇号艦船殻工事担当補佐であった。私の四年先輩の長谷川鍵二氏が担当技師であったが、引渡し前の空母瑞鶴工事に忙殺されていたために私が起工までの一年間、一三〇号艦の設計図から原寸法作画作業、海軍造船監との折衝、材料手配などを行なうかたちとなった。

徹夜につぐ徹夜の突貫作業

昭和十六年七月十日いよいよ大鳳の起工式が行なわれ、同年十二月八日に日米開戦の日を迎えた。開戦の報を聞いて、船台の現場事務所に関係者が集合した。船台は起工後五ヵ月で、艦底外板の半分程度がならべられてまだ閑散とした風情であった。

これは大変なことになるぞ、この艦が果たしてこの戦《いくさ》に間に合うかといった感じで体が熱くなったのをいまでも覚えている。それから一年四ヵ月後の昭和十八年四月七日の進水までの期間は、戦場さながらで日夜を分かたぬ強行工事の連続であった。

軍艦の船体はいくつもの区画に分割されており、とくに大鳳は防禦のために区画の数がなみはずれて多く、この区画に油管、空気管、応急注排水管あるいは電線管など無数のパイプ管が導入されるこれらの管や兵器機材の取付位置を決定する現場罫書の仕事、あるいは区画構造の完成、水圧試験の立会いなど、一つ一つみずから確認する仕事が船殻工担の任務にふくまれていた。

何百という水線下区画に一日何回となくもぐる作業は大変な仕事で、とくに夏の暑い日は一回「もぐり」で文字どおり水を浴びたように汗でぬれたものである。しかし船殻工担の本務は「もぐり」の労働力ではなく、船殻工事を遅滞なく進めるマネージングにある。

一日の仕事が終わった夕刻からその日に出図された図面を整理して一つ一つの工事指導書を作り、翌日に備えねばならない。夜中を過ぎても山をなす図面の処理ができず徹夜の作業も常であった。もぐりの体力作業に対し、夕刻からの頭脳作業はまた大変であった。よく体がもったものだ。

進水後の大鳳は、港から見える船首部を隠蔽《いんぺい》して岸壁での艤装工程に入った。本艦は煙路が斜めに舷側外に張り出した構造で、船体幅が大となり、ガントリークレーン下におさまらない部分があり、その範囲を幅の狭い仮構造として進水した。

進水後これらの改造工事をはじめ機関艤装、兵器艤装に関する複雑な工事がひきつづいて行なわれた。昭和十八年秋、高松宮殿下の再度の御来臨があり、吉岡保貞専務主催の工期短縮会議がもたれた。その結果、昭和十九年六月の竣工期日が、三月七日に短縮されることとなった。私は十二月二日、艦内の一隅に身のまわり品をまとめて艦内生活をすることとした。

十二月三十一日の夜から元旦にかけての一日を除いて、自宅に帰ることはなかった。

本艦の母港は舞鶴軍港で、下士官兵は舞鶴出身者で編成された。艤装員長は澄川道男海軍大佐で、伏見宮殿下と同期の特進組である。昭和十八年末少将に栄進され、その後任として同期の菊池朝三大佐が着任された。菊池大佐は飛行機乗り出身で、いかにも古武士を思わせる重厚な武人であった。私は短日時ながら海軍に縁のあったものとして、澄川、菊池両艦長をはじめ乗組士官各位から多大のご愛顧をいただいた。

艤装工事もいよいよ進み、艤装員の人客もととのい、一月三十一日、川崎重工岸壁から港外に仮泊、二月三日に神戸を出港、来島水道をへて呉軍港に回航して、最終艤装臨戦準備、諸公試実施の工程に入った。安芸灘における諸公試の成績も上々で、三月七日、完成引渡式を艦上にて挙行、軍艦旗掲揚、大鳳はただちに第一航空戦隊に編入された。

私は大鳳引渡し後、十日間ほど呉に滞在して整備作業を手伝ってから神戸に帰着した。そこで私を待ち受けていたものは、召集の内示通知であった。旧日本海軍の人事管理の精密なることまことに驚くべし。四ヵ月半待機の後、八月応召ただちに横浜の磯子から大型飛行艇に便乗して、フィリピンのキャビテ海軍基地、ボルネオのバリックパパンをへてジャワ・スラバヤの第二南遣艦隊第一〇二工作部に着任した。

約一ヵ年の艦船出師準備作業、応急修理作業を担当。ついで終戦、オランダ軍への降伏、インドネシア軍への再降伏。最後はシンガポール、英国への移管へと盥《たらい》まわしの捕虜生活の後、昭和二十一年夏の終わりに神戸に帰還した。

大爆発のナゾを秘めて沈没

これより先、大鳳は昭和十九年三月二十五日に呉より徳山に回航。三月二十八日、第一機動艦隊集結地スマトラのリンガ泊地に向け出港。五月十五日ボルネオ北東方タウイタウイに入泊。ここで、戦艦武蔵および第二、第三航空戦隊が合流、大鳳以下九隻の航空母艦を基幹とした七十三隻の艦隊の集結が完了する。

こうして小沢治三郎長官の率いる第一機動艦隊は、六月十五日「あ」号作戦を発動した。この作戦は日露戦争における日本海海戦に相当し、日米両艦隊がおのおの主力を投入して戦った太平洋戦争中の最大の海戦である。

六月十九日、艦隊旗艦として堂々進撃中の大鳳は、午前八時十分、米潜水艦アルバコアの発射した魚雷の一本が前部右舷に命中したが、戦闘航海になんら支障なく、艦隊の先頭に立って作戦を続行していた。午前十時ごろ、魚雷により損傷を受けた軽質油庫の損傷部より漏れた揮発油ガスが艦内に充満し、すべての舷窓隔壁扉などを開放してガス排除の処置を行なった。

午後二時三十二分、突然、全艦大爆発を起こした。

後年、麓多禎《ふもとまさよし》という参謀少佐として大鳳に乗艦しておられた方が、私が大鳳建造に関係したことをどこかで聞いて訪ねてこられたときの話によると、艦内充満ガスは、おそらく罐室の火気により引火したと思われる。艦体は一瞬、小山のように隆起して艦内各所に大火災を誘引したとのことであった。

平成二年の初頭、私を訪ねてこられた元大鳳乗組六〇一航空隊所属吉村《よしむら》嘉三郎海軍大尉の話によると、前部エレベーターの下部甲板は軽質油で油びたしになっており、罐室、機関室の要員は最後まで健全で、引火の原因は罐室の火気とは考えられないとのことであった。

かくて午後四時二十八分、比島東方マリアナ群島サイパン沖二〇〇浬の北緯一二度五分、東経一三八度一二分の位置に不沈空母大鳳はあえなく沈没した。このとき全乗員約二三〇〇名のうち司令長官、艦長以下約七百名が救助されたが、その救助にあたった駆逐艦のなかの一隻磯風は、私が佐世保工廠勤務時代に船殻担当として手塩にかけた艦であったのは奇しき縁というものであろうか。

大鳳の引火の原因が何であったか、その後、調査が進められた。爆発時に造船官として塩山策一技術大佐が作戦室に乗艦しておられたが、原因は全くナゾとして不明のまま残されている。しかし、一発の魚雷によって軽質油タンクあるいは油系統にきわめて大量の油漏れが生じたことは、事実として

日本の識別資料として右舷上空から撮影された大鳳。昭和19年10月、米側で公表

間違いない。艦政本部の造船官をはじめわれわれ造船技術者にとって、想像もしなかったことである。

しかし冷静に考えれば、鋲接手構造として設計された艦構造の中軽質油タンクは、全溶接構造として当時の衆知をあつめ、最高の溶接技術を駆使して作り上げたものであるが、果たしてタンクを形成する材料が溶接性のあるものであったか。また溶接技術そのものに不充分なものがなかったか。さらにまたタンクへの注排油系統に欠陥がなかったのか――これは溶接技術者として全く個人的見解であるが、私はみずから油の漏曳の原因は溶接部の欠陥、広い意味での溶接技術の未熟にあったと考えている。

もちろん充分な水圧テストにより構造強度は確認されているが、それでも省りみて内心忸《じく》怩《じ》の感を禁じえないものがある。アメリカでも戦時中、四六九四隻の全溶接構造の標準船が建造され、そのうちの二八パーセントが何かの破壊を起こし、五パーセントが破滅的大損傷を起こしている。

なかでも一万八千トンＴ２タンカー・シエネクタ事件は有名で、岸壁繋留中、何の前ぶれもなく真二つに破壊した。その原因は不明とされていたが、戦後これは溶接構造に特有な脆性破壊現象であることが解明され、溶接鋼の改良により防止されることが明らかにされた。

私は昭和五十四年アメリカのマサチューセッツ工科大学で開催された「先進溶接技術の傾向」と題する国際会議に日本溶接学会長として出席したが、その夕食会の席上、溶接破壊の経験談を二、三の人とかわした。

そのさいたった一発の魚雷により溶接構造と目される部分が損傷し、不沈とされた大艦が沈没した、との私の見解を披露した。その中にかつて空軍長官であったロバート・シーマン氏もいたが、聞く人は非常な感銘を受けたようで、日米ともおたがいに当時の溶接技術の未熟を回顧しあった。

昭和三十一年、日本は英国をぬいて世界一の造船大国になったが、日本の溶接技術こそが日本造船を世界一に仕立てたものである。この技術が大鳳に適用されていたならばと思うのは、一老技術者の単なる懐旧であろうか。

取るに足らぬと考えられるほんの些細な技術も巨大艦を沈め、ひいては一国の運命を左右することになる。日本にとって技術の軽視や、反対に驕りの風潮は国をほろぼすものであるとの警鐘が、すでに五十年前に鳴らされていることを深く心に銘すべきである。

艦長よりの痛恨の手紙

大鳳艦長菊池朝三大佐は、沈みゆく艦と運命を共にすべく身体をロープで結びつけて最後まで艦橋に留まっておられたが、海面から駆逐艦磯風《いそかぜ》に救助されたと聞く。生くるも死するもこれ天命である。菊池艦長はその後、少将に昇進され南方戦線で大層な苦労をされた。

昭和四十四年六月二十二日、第一回大鳳戦歿者慰霊祭において菊池元艦長は次のような祭文を読まれている。

「戦友の多くは身命を国家に捧げられ、昭和十九年六月十九日午後四時二十八分、船と共に夕景迫る南海に没し去られました。当時を回想し、言語に絶する悽愴悲惨の状況下、戦友最後の様相が眼底に映じ、一艦の責任者として死を決して果たし得なかった不肖の不運とも合わせ考え、誠に痛心切々断腸の思いで、只々英霊の御冥福を祈る次第であります」

昭和四十九年、舞鶴に大鳳慰霊碑が建立されたときに大鳳会会長でもある菊池元艦長より、七月六日付で次の手紙を戴いた。

「拝啓（中略）貴下が精魂を打込まれました大鳳をあの短命悲運の最後に終わらせましたこと誠に申し訳なく存じております。さて此度の戦歿戦友の慰霊碑建立につき貴台の御高配により貴社より多額の御寄附を賜り御芳志誠に有り難く御礼申上げます。工事は順調に進捗し九月二十三日除幕式挙行を予定しております。尚碑裏面建立記の冒頭には、軍艦大鳳は太平洋の風雲急を告げる昭和十六年七月川崎重工業株式会社神戸艦船工場において起工され……と書かれておりますことを申し添え御礼の御挨拶と致します」

これに対し、私より次の返事をした。

「拝啓　憶えば既に三十数年の昔に相成りますが私自身、当時青年時代の全身全霊を軍艦大鳳の建造に投入するの機会をもった事を六十年の人生を顧りみて心から誇りに思っております。私はかつての一介の二年現役技術士官とし又その後の期間を通じ多くの海軍々人とおつき合いさせて戴きました。私の其の後の人生観に日本海軍が強く影響を与えていることを感じております。御書翰に接し往時の憶出に切なるものがあります」

顧みてわが青春とは何であったか、二十二歳で学校卒業後、三十歳にして故国に帰還するまで八年有半、その間二年間は短現、二年間は戦地、四年有半は大鳳建造、楽しかったことも数多くあったが、これらは色褪せ、苦しかったことのみが鮮明によみがえってくる。

それには人や物の命に感ずる詩があった。記憶には消え去るものが多いが、歳月にみがかれ美化されて忘却の彼方から年とともに輝きを増して還ってくるものがある。汗と油と血と涙でぬれた大鳳は、まさに私の青春そのものであった。生き残って何か負い目を感じつつ、やらねばならぬことをやり残したまま、世を送り世を去った人のことを憶いつつ本文を綴った次第である。

空母「大鳳」マリアナ沖の最期

燃えくるう火炎地獄。熱風のなかで戦いぬいた機関科員の証言

元「大鳳」機関科員・海軍兵曹長　西村孝次

ボルネオ北東端沖タウイタウイの錨地にいて、単艦あるいは艦隊で訓練をしているうちに、ここの根拠地が敵の探知するところとなった。

ある夜、突然、総員配置につけ——のブザーが鳴り渡り、すわとばかり配置についたところ、味方当直駆逐艦が艦隊泊地の哨戒に出たおり、突然、敵潜水艦の魚雷攻撃をうけて一瞬のうちに撃沈され、乗員のほとんど全部が戦死するというようなことがあった。

こんな状態のなかで、敵側はさかんにマリアナ防禦線を突破し、サイパン攻略の気配をしめし、まさに戦機は熟した。そしてあ号作戦が発動下令された。

六月十二日、明日はいよいよ艦隊はここの錨地を抜錨して、決戦場へ向かうむね発令された。この日は一日中、錨地の各艦より旗艦である本艦、空母大鳳へ、内火艇が連絡や打ち合わせのため、しきりに往復していた。それが終わると、明日はいよいよ出撃するから、今晩

は出撃祝いとして各分隊とも十時まで、充分に呑んでよろしいとの令達があった。

今宵ばかりは無礼講である。海のつわものや軍歌、お国自慢の民謡等々、わが班の秋田出身の三十二歳の新兵さんもお国自慢の秋田おばこを一節やるなど和気あいあいである。

内地からの便りがあるでなし、上陸もなし、男ばかりの殺風景な艦内である。せめて、酒でも呑まなきゃなんの生き甲斐ありやと、徹底的に呑んだ。

さて、翌日はつぎつぎと抜錨して、一路マリアナの決戦場へ向かった。厳重な燈火管制をして、粛々と枚《ばい》をふくんで敵陣に迫る。

十五日、出撃にさいし長官より麾下一般に「皇国の興廃かかりて此の一戦に在り、各員一層その責任を自覚せよ」と。また菊池朝三艦長よりは「責任を重んずる者は真の勇者なり」との訓示があり、まさに我が国としては、天下分け目の関ヶ原である。

戦機は刻々に熟しつつあるようで、ときどき艦内令達器よりの放送によって、われわれにもひしひしと感ぜられた。当直は三分の二当直となり、夕方より総員配置となる。

十六日、この日の昼間、飛行機の発着訓練のさい一機が着艦をあやまり、飛行甲板の前部に発進準備を完了して待機していた飛行機の上に降り、飛行機数機を損傷させるという、なにか前途に一抹の暗影を投げかけるような出来事があった。夜、洋上にて最後の燃料補給をする。燈火管制下のうえに雨であり、難作業であったが夜半までに終了した。

十八日の深更、決戦予定海面より進出しすぎたとかの話で、後退しているようなことを聞いた。

待望の決戦の日

六月十九日、いよいよ決戦の日である。敵も艦隊の進出を察知したらしい。哨戒機が味方の進路に出現してきた。

午前八時、乗艦大鳳の艦内令達器より「只今より味方の第一次攻撃隊が発進する。手空きは上甲板で見送れ」との令があった。速力通信器も第三戦速に増速、機械も回転を増し、さあ来いと士気まさに天をつくばかりである。

艦内防水扉蓋が固くとざされ、各配置は電話による以外は外部との往来は遮断された。いよいよ、敵の攻撃圏内に入ったようである。戦闘中、われわれ機関兵はまったく縁の下の力持ちで、ただ与えられた自分の配置を守り、ときどき艦内令達器よりの放送によって判断する以外はないので、まことに残念である。「第一次攻撃隊発進す」との令達後、数分に

左頁手前の重巡最上の向こうに旗艦大鳳、左に隼鷹型空母。右頁は翔鶴型の２隻

して右舷前部の方にものすごい音響があった。そして船体もものすごく振動したので、さてはもう始まりかと電話で状況をきいたところ、右舷前部軽質油庫付近に魚雷が命中したが、格別な被害はないとのことだ。

もうお出でになったか、この巨大堅艦大鳳である。魚雷の一本ぐらいは平気さ、とかえって艦への信頼を高めたりした。令達器からも「右舷前部に魚雷命中、戦闘航海差しつかえなし」とのことであった。

私は分掌指揮官のA中尉と、この戦争が終わったら、大艦だから舞鶴へはとても入れまい、呉へ行って修理となるだろう。機関部もいろいろと修理箇所があるから、休暇どころじゃないなどと語り合っていた。

午前十時ごろの連絡によると「前部揚錨機室や補機室の配置にある者は、魚雷命中の衝撃で船体のリベットがゆるみ、ガソリンガス

マリアナ沖に敵主力を撃滅すべくサンベルナルジノ海峡を通過中の小沢機動部隊。

の漏洩からガス中毒患者が大分出ている」との話で、親しい人たちの消息が気になった。なお、飛行甲板にある飛行機昇降のエレベーターが魚雷命中のショックで昇降不能となり、工作科で応急修理中とのこと。艦内もガソリンのガスが漏洩しているから、火気にはとくに注意せよとの令達があった。そのうち味方の攻撃隊の飛行機も、つぎつぎと発進したもようである。

午後三時ごろ突然、一大轟音とともに電灯は消え、各機械は一度に停止した。通風筒の下で蒸気圧力の管制をやっていた私は、帽子は吹っ飛び、煙と火が通風筒から一度にどっと入って、息もつけぬありさまである。どうしたのであろう。耳もジーンとしてなにも聞こえない。とにかく息することが出来ないので、低い姿勢でいれば煙もないかと、口を押さえてしゃがんだが、どうにもならぬ。これはやられたらしい、いよいよ、最後かと瞬時ではあるが、母のおもかげがちらっと目前に浮かんだ。

私は真っ暗いなかで、肩にかけた懐中電灯を点《つ》けようとしたが点かない。昨夜、新しい電池と電球に取りかえたばかりであるが、さっきの衝撃で駄目になったらしい。仕方がないので手さぐりで隔壁をさがすと、懐中電灯があったので、これを点けた。班員もあわてて防毒面をつけるやら、大騒ぎである。通信も絶えて、どうなったのかさっぱり判らない。自分の配置の被害を過大評価して配置をはなれることで、全体の運命を左右するようなことがあっては申し訳ない。日常の血の出るような訓練も眼目はそこにあるようである。

航空母艦「大鳳」艦内概要図

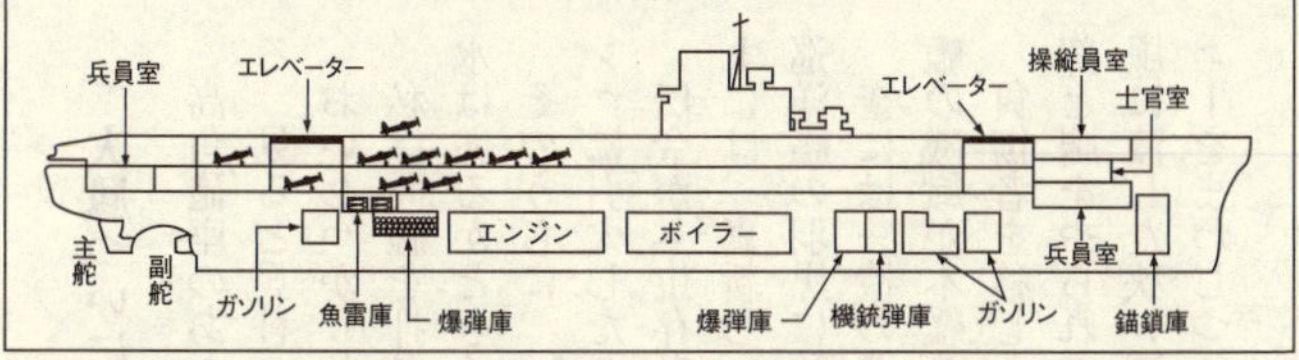

幸いに通風筒よりの煙はその後、入らないようである。しかし、室内に煙が充満しているので送風機のトッテを全開にしたところ、送風機が回転をはじめ煙は退散したが、外の機械はどうしても運転がかからない。おまけに一番大事な各機械へ油を送る注冷ポンプが、管接手をはなれて各補助機械の滑動部へ油がいかない。

高性能の機械であるから、油がいかなければ数分にして機械を焼損する。私は蒸気バルブの開閉など出来得るかぎりの処置をしたが、いかんともなし難い。おまけに一度に止まった蒸気の余熱で、暑くて息もできない。そのため、分掌指揮官とはかって退去することにして、上部へのぼるラッタルを握るとそれが焼けているため、火傷しそうである。

ようやく、下甲板の通路へ出る。中甲板あたりを昇るにつれ、各構造はめちゃめちゃに破壊され、ところどころに黒焦げの死体がごろごろしている。その惨状たるや目もあてられないほどである。

やっとのことで、飛行甲板にたどりつく。今朝までのわが空母大鳳の威容はどこへやら、総トン数四万トン近く、飛行甲板の全長二五七メートル、二五〇キロ爆弾ぐらいではどうにもならぬという厚い装甲の飛行甲板も波のごとくに起伏し、あちこちに死体が折り重なったり散乱したりして、悲惨目をおおわしむるありさまだった。

大鳳ついに羽ばたかず

高角砲座のあたりに来たとき、仰向けになって、いまや息を引き取らんとする下士官がいる。見ると兵科のK兵曹だった。よく煙草盆でいっしょになった仲だ。

「おいしっかりしろ」

私は両腕を押さえてゆさぶった。ちょうど私の後から来たB兵が水筒を提げているので、水はあるかときくと、あるというので呑ましてやると、がっくりと逝った。

そのうちに、いったん下火になったかに見えた火が、ふたたび燃えさかり、爆弾や燃料タンクに引火したと見え、前部より火焔に包まれはじめた。

伝令が「生存者は後部飛行甲板に集まれ。総員退去せよ」との命令を伝える。艦橋のマストには、真新しい軍艦旗が煙の中にはためき、艦も刻々に傾斜をはじめた。長官や司令部は巡洋艦の羽黒に移乗されたという。

空には一機の飛行機も見えず、私たちにはどうしたものかもわからない。そのうちに駆逐艦の磯風が本艦の舷側に横付けになり、負傷者を収容する。

負傷者を移した後に、生存者が移乗を始める。私が移る前に隣りの班の応召の下士官が胸部と腿をやられてうめいている。相当の重傷である。これを無理やり背負って、本艦より磯風に渡した狭い道板をわたり、無事に移した。敵潜の攻撃が懸念されるので、磯風もスクリューをまわしつつ、早く移れと叫んでいる。

磯風がはなれて間もなく、大鳳は最後の雄叫びのごとく一大音響とともに左舷に横倒しとなって、海中ふかく姿を没し、あとはもうもうたる黒煙を残すのみ。時に午後四時過ぎ、暮色せまるサイパン沖に、幾千の英霊とともにその姿を消したのである。

爆発とともに蒸気が噴出し、なお機械室上部付近に魚雷室があったので、とくにその悲惨さは倍加されたのだろうと思われる。かくして艦隊は、夕闇せまる怨《うら》みの海上をあとに戦列をとき、沖縄へ沖縄へと帰港の途をたどったのである。

まぼろしの不沈空母「大鳳」の悲劇

秘密裡に出撃したまま南溟に消えた重防禦空母の生涯

元 在「大鳳」第一機動艦隊司令部付技師長・海軍技術大佐 塩山策一

日本海軍の空母のなかで最大最新鋭をほこる大鳳についていは、当時の海軍士官でも親しく見た者は少ないはずで、いわんや一般の国民にはあまり噂にのぼらなかった艦である。

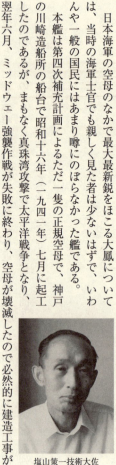

本艦は第四次補充計画によるただ一隻の正規空母で、神戸の川崎造船所の船台で昭和十六年（一九四一年）七月に起工したのであるが、まもなく真珠湾攻撃で太平洋戦争となり、翌年六月、ミッドウェー強襲作戦が失敗に終わり、空母が壊滅したので必然的に建造工事が急がれた。

塩山策一技術大佐

同時にそのときまでの数々の戦訓をとりいれて、文字どおりの最新鋭となることを期するとともに、一刻もはやく第一線へという実戦部隊の要望により、造船所はうって一丸となり全勢力を注入して、不眠不休の努力をつづけた結果、その竣工期をみごと三ヵ月短縮して、昭和十九年三月七日に完成した。

そしてただちに当時の航空部隊である第三艦隊に編入されシンガポールに回航、ここで新しく編成された第一機動艦隊の旗艦として、小沢治三郎中将の将旗を掲げることになった。したがって、大鳳の雄姿は建造に関係した人々のほかは、あまり見る機会にめぐまれなかった次第である。

私はこれより先の昭和十八年十二月、横須賀工廠勤務から連合艦隊司令部付を命ぜられ、この年もおしつまった十二月二十日、横浜の水上基地から大日本航空の運航する水上偵察機で南下し、この日はサイパンで一泊、翌日ふたたび同機でトラックに着いた。そしてここの環礁内に停泊していた武蔵の連合艦隊司令部に着任し、主として損傷艦船の修理に関与していたが、戦況はしだいに不利となったので、司令部は武蔵に乗艦のまま東京の軍令部とその後の方針を打ち合わせのため、二月十日にトラックを出港し、私も乗艦のまま横須賀に回航した。

この間にトラックは米機動部隊の徹底的な大空襲をうけ、ふたたび基地として使えなくなったので、つぎの基地をパラオとさだめ、ここに必要な機材や要員を満載して輸送するため、武蔵は二月二十日、横須賀を出港した。途中ものすごい荒天になやまされ予定より一日おくれ、しかも前甲板に露天積みにした、現地で必要な舟艇や弾丸、爆弾などを洗い流されて、ようやくパラオ環礁内に到着した。

しかしこの環礁への入口は武蔵がやっと通れるだけで、内部も暗礁が多く、とうてい訓練もできないので、水上艦部隊はシンガポールにほどちかいリンガ泊地に回航して、ここで訓練をはじめた。

私は南西方面へ作戦会議にいく小林謙五参謀副長の一行にしたがって水偵で出発した。そのあとパラオは敵機動部隊の大空襲をうけ、長官以下の司令部主要職員はダバオの陸上に司令部を移すべく飛行艇に分乗して出発したのであるが、ダバオ近くで低気圧にまきこまれ、長官機は全滅の悲運にあったのである。時に三月末であった。

予定の行動をすませた私は内地へ帰り、新しく豊田副武大将を長官とする司令部にくわわり、横須賀在泊の旗艦大淀に乗っていた。そしてつぎの作戦には司令部（大淀）は瀬戸内（柱島泊地）に占位して全艦を指揮することになったので、私は機動艦隊司令部にいくよう指令された。これは司令部が第一線で動きまわると、どうしても目先に

大鳳（右端）。中央の重巡鳥海の右遠方に軽巡能代、左へ高雄、愛宕が浮かぶ

とらわれ、全貌が見えなくなるとの考え方によるものであった。

パラオが空襲されたのち、環礁を脱出した軍艦武蔵は、環礁を出たとたんに待ち伏せしていた潜水艦の雷撃をうけた。たくみにこれをかわしたが最後の一本が避けきれず、前部水線下に命中し、破孔を生じたもののさすがは新計画の戦艦で、なにごともなかったかのように平然として呉に帰り、ここで入渠して修理をすませ、機動部隊と会同のため瀬戸内海の柱島泊地に停泊していた。

私はこれに便乗して、この巨艦でぶじにフィリピン南西端のいままで名前も聞いたこともない新しい根拠地であるタウイタウイ泊地（ボルネオ北東端沖）へ向かったのである。

重要区画に見る重防禦の数々

武蔵は途中、佐伯湾に待機していた空母部隊の一部と編隊を組んで南下し、五月十六日の夕刻、

昭和19年5月初め、シンガポール南方、スマトラ東端沖のリンガ泊地に進出した

タウイタウイ環礁に到着した。そしてここで私は初めて、このできたての空母大鳳の雄姿をはるかに眺めたのである。夕焼けの西空を背景にくっきりと黒く浮きだしたシルエットは、まことに心強いかぎりであった。

大鳳は大きささこそは翔鶴、瑞鶴とほぼ同じようであったが、防禦には格段の考慮がはらわれていた。まず飛行機格納庫の天井にあたる飛行甲板に、五〇〇キロ爆弾の急降下爆撃に耐えるように厚さ二〇ミリのDS鋼板の上に、七五ミリのCNC鋼板を張りつめ、さらにこの甲板のビームの下に一〇ミリDS鋼板を張って断片防禦として、飛行甲板を貫通するときに破砕した爆弾の破片が飛行機や人員機材に損傷をあたえるのを防ぎ、さらに上部格納庫の舷側に、二五ミリDS鋼板を張りめぐらしてあった。

それにくわえて本艦の死命を制する重要区画、すなわち揮発油タンク、機関室、弾火薬庫などにたいしては、前二者のためには三千メートルの高度からの水平爆撃による八〇〇キロ徹甲爆弾および一五センチ砲弾の砲撃に、後者のためには同高度からの一トン徹甲爆弾および二〇センチ徹甲弾の砲撃に耐えるよう計画され、また万一火災が発生してもこれを消火するため、泡沫消火装置をはじめとする消防施設がそろっており、万全の体制がととのっていた。

本艦の主要要目は全長二六〇メートル、水線幅二七・七メートル、深さ二二・一メートル、吃水九・六七メートル、公試排水量三万四二〇〇トン、基準排水量二万九三〇〇トン、搭載飛行機として戦闘機は零戦を改良した烈風二十四機、爆撃機流星二十四機、偵察機彩雲四機

（あ号作戦では従来の機種を積んでいた）。大砲は一〇センチ高角砲連装六基（十二門）、主機械はタービン四基で合計十六万馬力、これに蒸気を供給する罐は八基、推進器は四個、全力のとき速力は三三ノット、乗員数一七五〇名であった。

このデータを見て、いままでの空母と違う点は、主力艦を改装した加賀と赤城は三万四千トンとだいたい排水量は同じであったが、主砲としては巡洋艦の主砲と同じ二〇センチ砲にくわえて一二・七センチ高角砲をそなえていたのにたいし、本艦のすぐ前の昭和十六年に完成した瑞鶴、翔鶴では一二・七センチ高角砲だけとなり、さらに大鳳では一〇センチ高角砲となったことがあげられる。空母としては水上艦との砲戦は考えず、襲撃してくる敵機を撃破するためには、射撃速度のはやい一〇センチ高角砲が適当となったのである。そして二度や三度の空襲にはビクともしないような防禦ができていたのである。

私は大鳳の司令部に着任したが、すでに適当な部屋はふさがっていたので、二番艦の瑞鶴に乗艦を指定され、ここでは格納庫の舷側のゆったりした一人部屋をあてがわれた。

戦局は日に日に切迫してきたものの、米機動部隊はここのところしばらくなりをひそめていたが、このつぎはいずれ大軍をもって攻めてくるにちがいない。そのときのために航空部隊の猛訓練が必要なので、さっそく環礁外へ出動したところ、水中聴音機で敵潜を発見して大騒ぎとなった。

空母において飛行機の発着訓練をするには、どうしても風にたいし艦首を立て、全力に近い高速で直進せねばならない。だがこのとき潜水艦に狙われたら、魚雷を避けるための舵をとることができない。舵をとれば発着艦ができなくなる。そのためこの潜水艦騒ぎで発着艦訓練はとりやめとなり、ようやくタウイタウイの陸上にできた飛行場での訓練で我慢することになった。

五月二十七日になるとニューギニアのビアクに上陸部隊来襲の報がはいり、これを攻撃するために渾作戦が発動され、まず扶桑以下の十二隻が派遣されたがおもわしくなく、大和、武蔵の一八インチ主砲を撃ち込むことになり、両艦は護衛部隊をひきいて在泊部隊の登舷礼のうちに堂々と出港していった。

だが、このようにしてわが軍の注意をビアクに引きつけておいて、米機動部隊の主力はこの頃ひそかにサイパンを目がけて進んでいたのである。

揮発油庫を直撃した一発の魚雷

サイパン大空襲、艦砲射撃、上陸と立てつづけの猛攻に、かねて準備されていた「あ」号作戦が発令された。六月十三日の朝、全艦隊は列をただしてタウイタウイを出港した。出港に先だち私は旗艦大鳳に乗艦を指定され、軍刀に仕込んだわが家伝来の一刀を腰に、着換えなど入れたトランク二つをぶらさげて、大鳳の舷梯をのぼっていった。そして私と同期に相当する先任参謀の大前敏一大佐が、「自分は出港すればずっと艦橋につめるので、わたしの部屋を使うように」といってくれたので、この部屋におちついた。

出港してまもなくシブツ海峡にさしかかったとき、前路の哨戒に出ていた飛行機が着艦をあやまって、飛行甲板に係止してあった飛行機の上に墜落炎上した。この火はすぐ消しとめたが、しかしこれは搭乗員の熟練度について前途に不安をおぼえさせた出来事であった。

艦隊は行動を秘密にするため比島内海を通過し、ギマラス島沖で仮泊、ここで最後の補給をおこない、北上してサンベルナルジノ海峡から太平洋へ出ることになった。比島の内海は紺碧の水をたたえ、島はあくまでも緑、そこここに淡い煙が立ちのぼるなど、まことに平和のありさまであった。しかしこの煙は、なにか信号でもしているのかと疑うものもあった。

いよいよ太平洋に出ると、大きなうねりが巨艦の艦首を持ちあげ、ついで波の谷にずしーんと落ちこんでいく。艦隊は輪形陣をつくり、つぎつぎに哨戒機をはなって厳重な警戒のなかで進撃がつづいた。

やがて、ビアク作戦から呼びもどされた大和、武蔵がはるか洋上に姿をあらわした。洋上での出合いはまことに嬉しいものである。全軍の士気はますます高く、一路サイパンに向かった。

しかし、六月十八日の午後、偵察機は米機動部隊を発見したが、彼我の距離が三八〇マイルもあるうえ、夕闇がせまるのに間もない時刻なので決戦は明朝ときめられ、一時、距離をひらくため反転が発令された。

明くれば六月十九日、まだ敵に発見された兆候がないので、司令部はわれに有利と判断し、かつての日本海海戦において「皇国の興廃この一戦にあり」を告げられたあのZ旗が大鳳の檣頭高くかかげられ、大空海戦の幕が切って落とされた。

大鳳の左舷正横。直立煙突、艦橋上と後方に21号電探が見える。右後方は翔鶴型

飛行甲板に勢揃いした飛行隊は、艦橋後方の指揮所に陣どった飛行隊長の指揮のもとに、順次、搭乗員は首に巻いた白いマフラーを風になびかせつつ、右手の白手袋を上げて艦橋に、そしてまた飛行甲板の両袖に立ってちぎればかりに帽を振る本艦乗員の歓呼にこたえつつ、飛び立っていった。

つぎつぎに発艦した機は上空に集結して編隊を組んでいたが、最後の一機はこれにくわわらずに突然、右に舵をとって水面めがけて突っ込んだ。その瞬間、敵潜水艦アルバコアの放った魚雷が、白い雷跡を引いて大鳳めざして走ってきた。海面に突っ込んだ飛行機は、この潜水艦の潜望鏡に向かって体当たりをおこなったのである。

艦橋ではただちに魚雷をかわそうと緊急操舵をおこなったが、突如カーンという鋭い金属音とともに艦橋の右舷に下方から水柱がもりあがってきて、飛沫は艦橋をぬらし、艦全体は激しい衝撃を感じた。一本が命中したのである。

〝魚雷命中〟と一瞬、艦内はざわめいたが、さすがは新鋭空母の大鳳である。なにごともなかったように、平然として高速のまま走りつづけている。

とにかく、艦内の損傷をしらべて対策を立てなければと、私は艦の防禦の中枢である防禦指揮所へおりていく途中、防禦甲板の人孔からやっとはい上がってきた兵員が「エレベーター室がやられました」と報告して倒れてしまった。

揮発油タンクが直撃されたらしく、揮発油の異臭が鼻をつく。防禦指揮所にはいり、この部屋の指揮官である内務長と浸水区画の確認とその局限を見たあと、揮発油の漏洩をくいとめ、艦内の通風をよくして火災を防ぐよう打ち合わせた。

しかし、揮発油タンクの上部は前部エレベーターであるが、先刻の衝撃で戦闘機を乗せたままおどり上がったのでガイドからはずれ、傾いたまま途中で止まってしまった。こうなっては動かすなどもってのほかである。発着艦のときはこのエレベーターが飛行甲板の孔をふさぐことになる。だが、このままではいまに帰ってくる飛行機を収容することができない。

しかし、長官命令で応急処置をして、これを塞《ふさ》ぐことになり、本艦工作長の指揮で応急用材木が飛行甲板に集められ、兵員食卓や腰かけなども運びあげられ、どうにか着艦できるかっこうがついた。だが、この頃になると艦内の揮発油タンクの後方の弾薬庫から、ガスのため退去するという報告がきた。

そのうちに攻撃隊がぽつりぽつりと帰ってきて応急処置のできた甲板に着艦して、前甲板に係止されたが、帰還機の報告はいずれも敵を発見できなかったというのみで、部隊に近づいた機は、いずれも敵の迎撃機に食われてしまったらしく、戦果の報告はこない。

燃える浮城から決死の脱出

私はこれより先、エレベーターの孔が一応かたづいたので艦橋後方にある作戦室へ帰り、長官に報告してから椅子に腰をおろして、朝からの疲れでテーブルに頬杖《ほおづえ》をついてうとうとしていた。

そのとき突然、はげしいショックと轟音で私はわれを忘れて飛びあがった。すわとばかりに肩からさげていた防毒マスクをかぶって艦橋へ駆けつけた。最初、私はすぐそばに大型爆弾が落ちたと直感した。そのうち作戦室の天井にまるめて押し込んであった海図が、艤装当時からの埃といっしょに、ばらばらと落ちてきた。そしてたちまち室内は、もうもうたる煙が立ち込めていた。

海面を見ると、いままでの高速はどこへいったものやら、ただ惰力で動いているだけで、あたりはしーんと静まりかえって死の町のようであった。しかし空にはぎらぎらと南洋の太陽がきらめいている。

そのとき急に、飛行甲板の左舷の機銃台から火の手が上がった。パチパチと機銃弾のはぜる音がして、赤い舌があちこちに炎をひろげていった。これは飛行機の格納庫が内部から爆発したとみえて、せっかく飛行機の防禦に張った甲板防禦がそのまま中高に浮きあがって、爆発のすさまじかったことを示している。

艦橋のうしろで飛行機の発艦を指揮していた飛行隊長、甲板の応急修理に活躍していた工作長、両舷の機銃についていた射手なども姿は見えず、爆風でみんな海中へふき飛ばされたらしい。私もエレベーターのところでまごまごしていたら、おなじ運命になるところだった。火の手がすごい勢いで艦橋にもせまってきた。おもわず「消防！」とさけんだが、機関部が壊滅したいまとなっては、消防管のバルブを開けてもポンプが駄目だから、水が出るわけはない。駆逐艦をよんで消火させてはと提案したが、高角砲の弾丸が燃えてぽんぽんはねているので、駆逐艦の寄りつくはずもなく、おまけに大鳳が潜水艦の魚雷をくったと信じている彼らは、潜水艦を沈めんとばかりやにわに走りまわっている。

艦内との連絡は依然まったくとれないが、やがてぼろぼろに破れたワイシャツ姿で通信長がやっと脱出してきて、無線室の状況を報告した。それによると通信指揮室や無線室は爆発のショックで一瞬に壊滅したが、人員はその持ち場、持ち場で、無傷の者と戦死傷者と、運命はその位置によってきまったらしい。

艦橋にせまった火の手は、一時、応急用防火水をバケツでぶっかけて止めたが、ふたたび燃えさかってきて、防毒マスクをかぶらねば耐えられないようになった。

この頃になると手のつけようがないと判断した艦長は、司令部の退艦を進言し、艦橋のかげにあったため飛ばされずに残ったたった一隻のカッターをおろして、艦橋の下の機銃台から縄梯子をぶらさげた。

古村啓蔵参謀長は「長官、私が模範をしめします」と、あの大きな身体でたくみに縄梯子をつたわってカッターにおりた。これに力をえて長官はじめ司令部の職員がつぎつぎとカッターに乗り移ったとき、飛行甲板の前部に係止してあった戦闘機に火がうつって炎上し、ガソリンが燃えながら海上に流れおち、あたり一面が火の海となった。まさに、危機一髪であった。

かろうじて一行は接近してきた護衛駆逐艦若月に移乗、さらに重巡羽黒にうつって、ここに将旗を掲げ、機動艦隊長官は全軍に「本職羽黒にありて指揮をとる」との布告を発し、ようやく司令部の機能をとりもどすことになった。

そのころ大鳳の艦尾におなじく護衛駆逐艦磯風が艦首を接舷させ、生存者を移乗させたが、大鳳はしだいに傾斜がましてきて、急にぐらりと大きく左へ傾いたかとおもうと、遠巻きに見まもる各艦の乗員の悲しみの敬礼のうちに艦首を急に高くあげて、夕闇のせまる南溟の海底ふかく沈んでいった。

司令部の指示で待機していた内火艇は、退艦をこばんで後甲板に立ちつくしていた艦長が、沈んだ大鳳とともに海中に沈み、ふたたび浮かびあがったところを救いあげた。

そのとき突然、ずしーんと腹の底にしみわたる轟音とともに、羽黒の船体は急にゆすりあげられ、ちょうど魚雷が命中したときのようなショックをうけた。「それ敵襲！」とばかりに戦闘を告げるラッパが鳴りひびき、戦闘態勢をととのえたが、まもなくどこにも異常がないことがわかり、やれやれと一同胸をなでおろした。なんのことはない、あの振動は大鳳に搭載してあった爆雷が調定深度に達したため、爆発したのだろうと推定された。

その夜、私たちは羽黒の士官たちがそれぞれ寝るところを心配してくれて、どうにか休むことができたが、翌朝、羽黒には艦隊旗艦としての通信能力がないので、大鳳が参加するまで旗艦であった三番艦の瑞鶴を呼んでここに将旗をうつし、ちりぢりになった生き残りの艦を集めていちおう戦場を離脱することになり、ほうほうの態《てい》で逃避行がはじまった。

そこへ「敵襲！」の声がかかった。

きのうはわが方が先手をとって殴り込みをかけたが、けさは逆だ。わが方には飛行機の持ち駒がきわめてわずかである。こうなれば勝敗はあきらかである。

しかも空母の各艦は大なり小なりの損傷をうけ、瑞鶴と同型の翔鶴、商船出雲丸を改装した飛鷹の二隻が撃沈され、私の移乗した旗艦瑞鶴も煙突付近に大型の爆弾が命中し、そのほか至近爆弾を無数にうけたため、水線付近に弾片による破孔を生じ浸水した。一方、飛行甲板は敵機の機銃掃射をうけて損傷し、格納庫から火災を発生したが、泡沫消火装置を出しっぱなしでやっと敵の攻撃圏から逃れ出た。

このようにして、大鳳の沈没は作戦に大きなブレーキをかけたのであるが、その原因がたった一発の魚雷命中によるものとはだれが予想したろうか。せっかくの完全な爆弾防禦も、一度も空襲をうけず、その効果もためさないうちに内部爆発でまいったのである。

揮発油の引火については早くからいろいろと実験をおこない、泡沫消火装置を考えだし、この装置の効果は瑞鶴の格納庫火災で威力を発揮した。しかし揮発油タンクが魚雷命中で破損し、そのガスが艦内にひろがっては、電気の火花が出やすい艦では止めようがなかった。

瑞鶴以下の生き残り空母については、この作戦の直後、各工廠で不眠不休の努力の結果、揮発油タンクの外側の区画にコンクリートを充填して、強靱な防禦をほどこした。しかし、時すでにおそく、つぎの作戦である比島沖の海空戦では、空母部隊はおとり部隊として敵機動部隊をここに引きつけ、その間に水上部隊のレイテ侵入を容易にしたのであるが、みずからは空襲を一手に引き受けることになり、結局、再起不能の大損害をこうむることになったのである。

戦艦「信濃」を空母に改装するまで

世界最大の空母。しかし戦艦からの改装は技術者泣かせだった

当時　横須賀海軍工廠造船部員・海軍技師　立川義治

信濃《しなの》は、横須賀海軍工廠で建造した最後の航空母艦である。信濃の建艦記録は公私ともに、終戦時、軍命令によって焼却してしまったので、参考となるような資料は現在手許に残っていない。かすかに残っている記憶をたどりながら、施設、計画、作業面にわたって述べてみよう。

戦艦を生みだす造船所の条件は、かならずその艦の主要寸法以上の大きさと、進水時の圧力にたえる船台と諸施設をもち、かつ設計技術者と工作技術者とが戦艦建造の経験者である造船所にかぎられる。その条件にあう造船所は、横須賀および呉海軍工廠、長崎三菱および神戸川崎造船所の四ヵ所であった。そのなかでも横須賀工廠は、もっとも古い歴史と優秀な技術者をかかえていたことは有名である。

立川義治技師

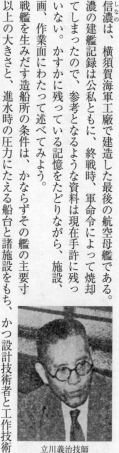

大正十二年（一九二三年）のワシントン軍縮会議によって戦艦の建造が中止せられ、日本の造船所は戦艦建造技術の維持につとめた陸奥、長門級の建造から大和、信濃級の建造まで、二十年の空白状態がつづいたのである。そのため戦艦経験者の大部分は退職、または転職してしまった。

そこへ大艦建造である。第一号艦（大和）は呉、第二号艦（武蔵）は長崎三菱、ついで第一一〇号艦（信濃）は横須賀でそれぞれ着手することになったのである。

信濃建造のための新設備

大型ドックの建造

戦艦陸奥を建造した横須賀海軍工廠のガントリー船台は小型であり、機密保持の上からも具合が悪いため、信濃の建造候補地として横須賀軍港内の蠣ケ浦《かきがうら》が決定された。

当時、満載排水量七万五千トンの大戦艦が入渠し修理できるドックは、佐世保海軍工廠にただ一基あるだけで、太平洋岸にはなく、そこで建造ドックをかねた修理ドックを新設したのである。

ドック建造の場所は横須賀軍港の内港で、北風をさえぎる良地を長年にわたり調査した結果、決定された。ドック建造には大型のスチューム式ジッパードレジングクレーンを使い、二年以上の日子《にっし》を要した。

ドックに付属する排水ポンプ所、ジブクレーン、ドックゲートなど一切は、機密裏に横須賀工廠の手で完成した。ドックの掘り上げた土砂は相当な量となるので、ドック隣接地の砲術学校海面の埋立にあてた。広大な運動場が副産物としてできあがった。

船殻工場

信濃建造用として第六号ドックを蠣ヶ浦に建設するとともに、ドックの左側に近代的設備をもつ新船殻《せんこく》工場を併設した。これに要した日数はおなじく二年であった。この工場は現図場、撓鉄場、鍛冶場、溶接場、ガス切断場、木工場、アセチレン発生所、溶接ブロック組立場を網羅《もうら》したものである。

ドックのまわりには、百トン二台、六十トン二台、三十トン二台のジブクレーン計六台を配置した。ジブクレーンは組立より試験まで、工廠が一貫作業で整備をおこなった石川島造船所製である。そのため石川島および日立製作所の試験立会者は、塀の外で待機するといった有様であった。

ポンプ所、クレーン、電気溶接電源などは、ドック側に設けた大型暗渠にみちびいたため、暗渠内に敷設する電纜《でんらん》などの修理工事には便利であった。

ミッドウェー海戦惨敗で空母に改装、昭和19年11月11日、東京湾で公試中の信濃

船底諸盤木

すなわちキールブロック（竜骨盤木）やビルジブロック（湾曲部盤木）、ドッキングブロック（入渠用盤木）などであるが、信濃建造大ドックの盤木用の欅《けやき》材や樫《かし》材の所要量は莫大な数量にのぼり、当時、物資統制下にあっては軍においても、その収集には非常に苦労したものである。信濃は鹿児島産の材木を採用した。グランドブロック（キールブロックの最下部）はコンクリートを使い、ほかは全部木材を使用し、ウエッジブロック（矢盤木）だけは欅と樫材を充当した。

ドックゲート

ドックのドックゲートは鋼製で出来ており、信濃が竣工して出渠するとき取りはずして、出渠後ふたたび渠口に据え付けるのである。ドックに注水するときには、ゲートの浮揚を防止するため、バラストタンク（荷重タンク）に注水する。それからバラストタンクの水を排除しつつ浮揚させるのである。

三五〇トンのハンマーヘッドクレーン

このクレーンは大和、信濃の一八インチ（四六センチ）主砲や旋回盤を分解せず、そのまま陸揚げし、搭載するためにつくられたものである。主砲や旋回盤は呉海軍工廠で組み立てられ、発射試験ずみであった。主砲砲身および旋回盤を海上輸送するにあたり、砲塔運搬船樫野《かしの》（載貨重量一万一四六〇トン）が新造された。その積入口は一五・七メートル×一四・八メートルもあった。

クレーン据付《すえつ》けにあたってもっとも注意をはらった点は、基礎土木工事と基礎連絡構造物の埋設および鉸鋲《こうびょう》であった。クレーン旋回ポストと固定ポストの建方および旋回部以上の組み立てについては、つねに垂直水平の芯出しを充分注意しながらローラーパス（ローラー軌道）まで作業をつづけた。この上部構造物と上部旋回部などは、陸上にて組み立てずみのものをシャース（組立柱）、または海上クレーンにて順序よくさらに組み立て、鋲接、完成したものである。

上部は石川島造船所、下部は鹿島建設にて組み立てた世界でも珍らしい型式の大クレーンで、当時、東京湾を出入りする船から見ることができた。

戦艦から空母へ

大東亜戦争の劈頭《へきとう》、ハワイ真珠湾攻撃におけるわが航空部隊の大戦果、つづいてマレー沖海戦におけるイギリスが誇る不沈戦艦プリンス・オブ・ウェールズの航空部隊による魚雷攻撃での撃沈などが、これまでの大艦巨砲第一主義から航空母艦、航空機による機動部隊建設の作戦転換の素因となったのは事実である。

昭和十七年六月、ミッドウェー海戦の結果、日本は第一線空母赤城ほか三隻を失い、そのために空母の彼我勢力のバランスがくずれ、戦局はいよいよ悪化のきざしを見せてきた。当局は戦勢挽回の一策として、中型空母の新造整備を急ぐこととなった。当時、横須賀海軍工廠第二船台で建造中の第三〇二号艦雲龍《うんりゅう》（排水量一万七五〇〇トン）型を多数建造することに乗りだしたのである。

第一一〇号艦の戦艦信濃は工事を中止され、昭和二十年春までに航空母艦として衣替《ころもが》えすることに急遽決定されたのも、止むを得ない戦局の推移であった。昭和十八、九年は艦艇建造のブームであったので、信濃の艤装替えは甲鉄および鋼材などの主材料の割当、改訂がそうとう面倒になった。とくに信濃のような大艦の兵装、兵器の製造中止、航空機関係の諸設備の製作、新設などで上部艤装がほとんど改変されるのだから、その困難なことは筆舌につくしがたいほどであった。

戦艦信濃を航空母艦に改造をほどこした主な個所は、前後部の主砲火薬庫の廃止、それにともなう同部構造の改正、舷側の高角砲塔の新設、高角揚弾筒の新設、中甲板以上の飛行機格納庫の新設、飛行甲板に七五ミリ防禦甲鉄の新設など、船は各部に大改造工事がくわえられた。

下甲板以下では火薬庫関係をのぞき、水中防禦、船体水防区画、注排水装置関係は大和と同様であるが、空母としてもっとも重要なスピードは、戦艦なみの二十七ノットではなはだしく遅い。しかも飛行機搭載数は四十二機で、純粋航空母艦の三分の一くらいである。

空母改変への困難

日本海軍が一八インチ主砲の超弩級戦艦を多数建造していることが洩れると、作戦上の不利となるので、造艦工事の従事者は宣誓をおこない、作業場は内外とも軍機密工場として、

設計を担当した福田啓二造船中将が戦後の昭和35年に描いた空母信濃

出入りは厳戒をきわめていた。とくにドックの四周は高いトタン塀をめぐらし、視界に入るのをさけていた。

災害防止ということは、口でいうほど簡単なものではない。信濃は溶接構造の採用によって、完備したブロックを取り付け、現場組み立て後の鋲打、溶接工事をぜんぜんなくした。また一策として足場見廻り係を設けて、高所にはロープ製の綱をはりだし、足場および丸太手摺《てすり》などの移動、取り払いを命じた。溶接電纜エアーホースなどは、ホース係専門職が新設や撤去にあたり、その結果は良好であった。

戦時物資統制下において超戦艦信濃のような莫大な鉄量（鋼材および甲鉄）使用艦の概括工事予定の立案、実施にはなみなみならぬ苦心のあることは予想していたが、突如として空母に改変せられたのであるから、その困難はいうまでもない。

その概括予定立案調整にあたり、陸奥建艦いらい二十年の空白をうずめるため、昭和十四年の大和建造の新経験を取り入れることになった。さっそく呉工廠における大和の実績、呉製鋼部の甲鉄圧延実施工程を考慮してあたった。

また工事の緩急順序は、そのつど海軍艦政本部の最高方針によって決定計画され、指示ある戦傷艦が入港すると、信濃よりただちに工員を派遣したり、諸材料をゆずったため、概括予定がしばしば変更されたものである。

船体を正確に組み立てる

船体外形を計画どおり正確な寸法に組み立てるには、まずキール、ビルジ、サイト各種の盤木の配列や構造に注意する必要がある。

外板、ロンジ（縦通材）、フレーム（肋骨）の組み立ておよびその配列が進捗するのにともなって、艦底支柱の配列が問題となる。とくに鋲鋲溶接後の水圧試験、主機補機の積み込みにともなって、船体が垂下しないように増支柱、盤木が必要になる。

船体だけで三万三〇〇〇トン以上の重量があり、ほかに機関電気などをくわえると四万三〇〇〇トンの重量となる。したがって水線舷側甲鈑、火薬庫下の弾床甲板、前後部スクリーンバルクヘッド（傾斜包囲隔壁）甲鈑直下および付近は、垂下量が多くなるので、船体の固めを完全にするとともに盤木支柱の配列にはとくに注意をはらった。

船体組み立ては下層より順序よくおこない完成検査後、水圧テストをする。機関、電気、兵器の艤装もおなじように下層より並行し、搭載をはじめる。

船体は船底外板、フレーム、ロンジ、二重底、三重底の順に下部構造物より上部構造物を搭載し、これに必要な艤装品、諸管金物を装着して水圧テストを実施する。その直前には同区画の船殻艤装品完備状態の検査をおこなった。

とくに信濃では前後部の砲塔直下付近の船底、中央部では舷側甲鈑付近舷側、発電機室直下の区画、後部ではスタンフレーム（船尾骨材）、スタンチューブ（船尾管）、シャフトブラッケット（飛出軸承材）、舵取機室囲壁甲鈑部分がもっとも難工事であった。

さて船体構造の搭載がすすむにしたがい主機関、発電機や水圧機や諸ポンプ類の補機、および主電路の積み込みを同時に終わるように実施した。こうして下部より積みかさねたため陸奥級の建造方式とかわり、短期間に工事を完成させ、災害防止にもきわめて有益で、船殻各部の艤装とも残り工事の進行状態は良好であった。

これらのことは簡易のようであるが、遂行にあたっては並々ならぬ努力と、推進力とが肝要である。

空母信濃は戦艦大和、武蔵とおなじく前後部に厚い甲鉄でつくられた弾床を二重底（内底板）の上部にそなえ、三重底として弾火薬庫の床を防禦しているのである。前部の弾床の長さは後部の二倍で、組立も非常にむつかしかったので、ここもとくに細心の注意をはらった。

超大空母「信濃」は私たちが造った

座談会／技術の粋を結集した一一〇号艦建造秘話

横須賀海軍工廠技術陣

本誌（「丸」編集部）　大和、武蔵につぐ大戦艦になるはずだった信濃も、母艦払底《ふってい》の理由から急遽、空母へ改装。しかし、完成したころにはすでに載せる飛行機もパイロットも底をつき、作戦投入もままならない戦況に追い込まれていた。とはいえ、これを建造した技術者にとっては、いろいろ尽きない想い出も多い。

そこできょうは、元・横須賀海軍工廠造船部の技術陣の方々の中から、設計担当の塩川重雄氏、安田千代松氏。船殻担当の立川義治氏（165頁参照）、和田都松氏、丸源吉氏。艤装担当の山内長司郎氏。以上六名の方にお集まりいただき、司会を艦政本部・空母設計担当でいらっしゃった山本五郎氏と、海軍技術少佐の福井静夫氏のお二人にお願いして、お話をお伺いしたいと思います。では、司会の山本さんからお願いします。

山本　きょうの座談会は、だいたい主力艦の話と関係して、信濃のことをやっていきたいと思います。横須賀は、わが海軍の工廠としては一番古く、日露戦争中に国産戦艦第一号の薩摩を起工して以来、鞍馬、河内、比叡、山城、陸奥をつくり、ワシントン会議のときには天城も建造中でした。

その後、二十年ぶりに戦艦第一一〇号、つまり大和型の第三番艦を建造したわけです。これが信濃で、ミッドウェー海戦の直後に計画を変更して航空母艦として出来あがったのですが、それまでは、こんなことは予想もしなかった。私たちは当時、戦艦として第一一〇号艦を造っていたんです。

とにかく、大艦建造ということと空母ということから言って、一番ここで苦労したのは信濃でしょう。信濃はその前に大和、武蔵を呉と長崎でやりましたので、だいたい図面は呉から来たんですね。もちろん第一一〇号艦（戦艦）として――。

塩川　そうです。設計も呉に出張しましてね。そして、はじめは向こうで図面を書き、それをこちらに持ってきました。オフセット（船の線図の寸法表で、これによって現図場で線を入れる）も呉から持ってきました。

山本　そこで安田さん、まず信濃をやりますとき、設計上、苦労されたことは何ですか。

安田　図面を書くうえでは、同じ設計係の中で特別に扱われたわけじゃないんですが、一般艤装図とか、そのほか重要な図面書類は軍機扱いにされていました。それまでの艦は軍極秘という扱いであったのが、一一〇号艦だけは軍機、つまり最高の機密になっておりました。それで重要な図面、書類は特別な室をつくって、また特別の金庫の中に納められて保管されていました。そのために図面を書く者は、全体の図面を見ることが割合に少ないんです。そういう点で設計の関係者は、実際書きにくかったと思います。現場へ出す図面も、むろん全体の図面は出せなかった。だから、一つの平面図、たとえば下甲板とか上甲板、中甲板とか、こういった図面を三つにも四つにも切って、一つの図面だけを見たんでは全貌がわからないようにして現場に出してました。したがって、現場でもその点はずいぶん見にくかったろうと思うんです。

山本　設計の部屋を別にしたとか、そういうことはなかったですか。

塩川　そうです。分室のわきに特別室をつくりまして、それで大臣に申請してマークをもらって、その特定の人でなければその部屋へ入れなかった。つまり呉や長崎の大和、武蔵とまったく同じですね。

山本　設計には何人ぐらい従事しましたか。

安田　まあ、設計だけで全員在籍六百人ぐらいおりましたね。設計は徴用工員をなるべく使わない方針でおったんですけどね。

塩川　そうです。一一〇号艦の方は徴用員にはやらせませんでした。

山本　それで、大和を呉の造船船渠で起工したのは昭和十二年

塩川重雄技師

安田千代松技師

和田都松技師

ですが、一一〇号艦の図面にかかったのはいつごろですか。

安田　はっきりした記憶はないんですが、十四年早々だと思います。

山本　起工が昭和十五年五月ですね。

安田　そして二十年完成というように、はじめ予定されていました。

福井　それで大和、武蔵とくらべて本艦は同型の第三番艦ですが、細かい点でいろいろ改正された所がありますね。たとえば、舷側甲鈑の厚さが五ミリ薄くなっているんですよ。あれは亀ヶ首（呉）の実験の結果、大和クラスに多少でも余裕があるというんで、薄くしています。そんな関係で呉からもらった図面そのままではなしに、全部チェックして訂正しなければいかんわけでしたね。

安田　どうも、あまり細かいところは憶えておりませんがね。（笑声）

福井　実際、六船渠で造ったわけなんですけれども、昭和十四年のなかごろから現場の方でどんどん仕事していくと、それで起工は十五年の五月と、はじめから予定されておったわけです。ド

福井静夫少佐

山本五郎中佐

山内長司郎技師

丸源吉技師

ックの方の工事と、にらみ合わせてですね。
その前に内業の方はどのくらい進んでおったでしょうか、起工前の……。私の記憶では津軽が昭和十五年の六月十五日かに進水しまして、それでもってあのガントリーの船台は、もう新艦建造には使わないんだという方針だったですね。

三四〇メートルの大ドック

山本 いまガントリーの話が出ましたが、私はこういう経験があるんですよ。艦本から横須賀のガントリー船台で、進水できる一番大きな船は——つまりロンドン軍縮条約の時代ですね、計算してみろと言われたことがある。そのときの答えとして五万五千トンぐらいならいいだろうと……。ところが、実はそれが福井さんの本にも書いてあるんですね。私はあのとき、こういうような絵を描きまして、たしか柱のサイドから五〇〇ミリぐらいぎりぎり一杯でやってみる、それでやって……。

福井 それが昭和八、九年ごろです。軍縮条約破棄後に、将来、船台の上から進水し得る最大の主力艦のトン数はどのくらいかという諮問《しもん》について、調べられたんです。それが残っているんですが、それが五万五千トンです。

山本 五万五千トンの絵を横須賀で描いたんですよ。それで覚えているんだけれども、このあいだ福井さんの書かれたのを見て、よく合っているもんだなと思って（笑声）感心したんですよ。

福井　いや、それがもとですよ。

山本　それで、一一〇号艦が起工のときには、何トンぐらい船体は加工されておったでしょうかね？

立川　三千トンぐらいでしょうね。つまり起工式というのは船台というか、本艦の場合ドックだけれど、ドックのキール盤木にキールを置く儀式です。その前には三千トンくらい、船の材料が工場で加工されて出来あがっているんですよ。それだけしていないと、工事が順調に進まないわけですね。ですから、起工というのはほんとうの儀式であって、起工の前に着工で、着工はもうとうにしているわけです。着工と起工とは違う。その起工前の仕事は、どんどん鉄板工事を船殻工場の機械場で一部分ずつ組み立てしているわけです。船台で津軽が進水してそこが空いていたから、そこで組み立てたわけです。

塩川　そう、能代《のしろ》（軽巡）を造るまで空きましたね。

福井　というのは、ガントリーの上のレールがくずれてひどい形になっていたんです。六〇トンのクレーンが三〇トンも使えるかどうか、だからここで造るのは津軽が最後だというつもりだったんです。

和田　ひどい形でしたね。あんなにレールが減るもんかと思った。

山本　それで、こちらからの答申に対して海軍省で、初めて第六号ドックを造るハラを決めたんだろうと思うんです。

福井 それで将来の大きな主力艦を造るには船台じゃ無理だ。また施設からいっても横須賀工廠は航空母艦もやらなければいかんというので、将来を考えて非常に厖大《ぼうだい》な横須賀軍港の水陸施設の拡張を計画したわけですが、実際に第六ドックというのを、新しく山をけずって造ったわけです。したがって、それぞれ工場の敷地が増えた。横須賀の第六ドックというのは、佐世保の第七船渠と同じ大きさです。

安田 長さが三四〇メートルですね。

福井 そう。それで幅が六〇メートル。それだけの大きなものを造ったわけです。ただ横須賀の六船渠が佐世保の七船渠と違うのは、これは造船船渠として、将来主力艦をここで造るし、造らない場合には修理ドックにも使おうと、こういう点で佐世保と違っておった。だから、一緒に大きな起重機も造ったわけですね。同時に船殻工場をそちらに移し、さらに艤装工場もそっちへ持っていくというような、大きな施設の改善をやった。現図場も実に大きいものを造りましたし、それ以前も主力艦の大改装をやっているころに、小海の艤装岸壁を拡げましたね。そのおかげでいま、アメリカの第七艦隊のレンジャーが横付けできるんですよ。

和田 三五〇トンクレーンのところですね。

福井 ええ。アメリカ海軍にも珍しい三五〇トンの岸壁クレーンがある。これは石川島重工で造ったやつで、東京湾にそびえてどっちからでも見えます。高さが三越の塔のてっぺんぐらいあるんです。あの上に登ると眼の下に東京湾が見えます。あの三五〇トンクレーンを造るために、その横の六〇トンクレーンを造ったんでしたね。とにかく、このクレーンも岸壁も大きなもので、戦後アメリカ海軍は少しは改良していますけれども、大体そのまま使っているわけなんです。

和田　砲塔と砲身は呉工廠で造り、特務艦で運んできて、三五〇トン起重機で本艦に積み込もうというわけでしたな。

誕生からつきまとった悲運

立川　要するに四六センチの三連装砲塔を最大限に分解して持ってくるわけです。分解して持ってきた一つ一つの重さは、三五〇トン以内ということが計画されておったわけです。それまでは、小海の反対側に二〇〇トンのクレーンがあったわけですよ。あれは河内のときに造った。一二インチの五〇口径砲塔および一四インチの四五口径砲塔に対する分だったわけです。陸奥のときもそれでどうやら間に合っておったわけですね。

安田　それから造兵部の砲熕《ほうこう》工場も、あそこは二〇〇トンが最大なんですよ。

立川　私はあの三五〇トンの起重機を造るときに、担当をいつかったんですよ。基礎の工事はどういう関係か工廠の方でやれということで、私はそのとき芯《しん》を見たりする分担をいつかったわけですよ。とにかく、あの場所は岩盤で、半分ぐらいは柔かいんですね。パイルを打って、それにコンクリートをやって、その上にタワーを立てるわけです。ところが、あのクレーンは芯がそのままで、外側がグルグル回るんですね。いままでのものと逆で、そのために中心を決めるのに、非常に心配したことがあるんです。しまいに上部の方は製造所の石川島が受けましたけれども、下の方は横須賀の方で面倒をみたわけです。

丸 それで大和は、あとで資料を調べると、大体、造船部だけの工事が約九十九万九千工数かかっているんですよ。ちょっと百万工数ですね。

立川 ところが信濃はそれ以上かかっているはずですね。つまり造りはじめてからいろいろ他の工事のために、本艦の工事の段取りが何回も変わった。ことに日米開戦後はそうです。

山本 開戦後、しばらくあそこに寝かしておったんでしょう。それで相当ロスができましたね。

立川 そう。大和は非常にスムースにいったと思うんですが、信濃の方は改造が入り、そして戦争以来、損傷艦の緊急工事に本艦にかかりきりの工員をそちらに回したり、思うように輸送が出来ないというので、非常に変更があったんですね。だから一貫して予定どおりいったわけじゃないんです。

本誌 なにか誕生からして、すでに悲劇的なものがあるわけですね。

立川 そうなんですよ。そういうようにいろいろな他の仕事が入ってくる。魚雷を受けた艦が入ると、その方へ工員を持っていく。それがくりかえされたんです。

和田 それは工事の段取りにとっては非常に損ですし、第一、戦艦として造っているものを空母にすること自体、大変むだな仕事をしているわけです。何しろ設計からして全部やりなおすんですから。

ベストメンバーの技術陣

本誌　さっきのお話で、水線から下は大和、武蔵と同じだという話がありましたが――。

福井　同じだというけれども、全部同じじゃないんです。空母としたためにバルジの形だとか、舷側の鋼鉄の厚さが違うんです。上甲板の旧一番砲塔のところの低くなっている部分も変えられたし、また、まだ造られてないところも変更したんです。だから同じといっても、戦艦なら砲塔の下に弾火薬庫があるが、本艦の場合は、実際はそれをガソリンタンクにしろ、爆弾庫にしろという変更があったんです。

塩川　ごく外側だけは……。

福井　ええ、水線下の外板の中、メインバルクヘッドは同じですが、それ以外は変更しました。

立川　そう。信濃は水圧で動く大きな主砲がないですから、水圧コンプレッサーはいらなくなるとか。

福井　ミッドウェーで空母が全滅しちゃったんだから、急がなくちゃならない。本艦の場合、昭和二十年完成といえば、ずいぶん先のように思うけれども、とんでもないことで、それがギリギリなんです。平時ならゆっくり一年ぐらいでやるような工事をたった四ヵ月でやれ、しかもそのうち戦訓の改正が入ってくる。たとえば泡沫消火装置だとか、ガソリンタンクの防禦だとかつぎつぎに入ってきて、ひっくりかえるような騒ぎですよ。

福井静夫少佐が昭和27年に描いた空母信濃。飛行甲板の長さ256m、幅40m

山内　その前に、開戦まもなくのころだと思うんですが、船艙甲板ぐらいまでかたまったときに、あれをドックから出すという話があったですね。ドックから出して本艦はそのままにして、その代わりに中型の空母を二隻ならべて建造するというようなこともありました。とにかく、しばしば工事はストップ状態だったですな。

安田　昭和十六年の末ごろ、ちょうど戦争の起こったころの本艦の状況は、艦の前の方は弾火薬庫の床の部分までが、大体現場の取り付けが終わっていた。中央部は中甲板付近までの隔壁が組み立てられていた。バルジの部分も搭載がすんでいた。艦尾の方は弾火薬庫の床と、その上部もかなり搭載されていた。シャフトブラケットが、そのころ到着しました。開戦と同時に、本艦は戦艦としての仕事を中止して、とにかく浮かべて出渠させる。それに必要な工事だけをしろというように訓令が出ているんです。

立川　そういうことがありましたか。

本誌　そのころの工廠側の信濃に対する態度はどうなんです。たとえば信濃の工員さんに特別な待遇をするとか、あるいは逆に信濃工事がそっちのけになるように、工員さんに対しても冷たかったとか？

福井　いや、そういうことはありません。それどころか一一〇号艦には、工廠はベストメンバーを総がかりにしていました。高等官から工員まで優秀な人ばかり選ばれてかかっていたんです。

立川　そうです。そうです。

福井　立川さんなんか日曜も祭日もなかったんです。たまの休日に運悪く私が当直になって事務室にいると、なんのことはない、むしろ当直より早く立川さんは出勤されてる。そうして私が帰るまで頑張っておられる。

そういうなら、当直を代わってくれりゃいいのに（笑声）。それでなけりゃ我慢してこちらは出ているんだから、ゆっくり休まれていればいいのに、とにかく工場へ出てないと夜眠れないという悪い癖の人で……。

立川　そうかなあ、そういうことはないよ。それは誤解だよ。（爆笑）

本誌　そうすると、今日ここにお集まりの方はベストテンになりますね（笑声）。皆さんは信濃になる前、いわゆる戦艦時代から本艦に関係したわけですね。

丸　そうなんです。信濃の苦労というのは世界一の大戦艦であったということの苦労のほかに、一つは年がら年中、突発工事のために犠牲にされて非常に辛《つら》かったという、変更の苦労がありました。

本誌　そこで、苦労話をお聞かせ下さい。

機密が生んだ喜劇

立川　信濃を造るときまだ図面ができないという時分に、私は呉の造船部へ出張を命ぜられたんです。目的は信濃をやるための準備なんですが、呉では大和が相当進んでいるから、大和の経験とそれから例の呉製鋼部、呉の砲熕部などへ行き、参考にしてきたんです。なにしろ横須賀で戦艦を造るというのは二十年ぶりぐらいですからな。

山内　そうです。陸奥が完成したのは大正十年ですから。

立川　その二十年ぐらいのブランクを埋めなくちゃならん。これは大変なことでした。それに呉から図面を持ってくるのに、袋を作ってその中へ入れ、それをバンドの下へ巻いてきたんですよ。これは変に腹が出っぱってね。（笑声）

山本　大事なものを大事なところへか。（爆笑）

立川　それでないと持たせない、というんだ。もっともそれがバレたら大和も、武蔵もわかっちゃうんだから。

福井　本艦の起工当時、横須賀でも戦艦を造っているという噂はさかんに飛んだんですよ。翔鶴が進水したころから機密が非常に厳重になって、進水のときは、空母と言っちゃいけないというんです。命名式で翔鶴という名をつければ、空母ということは想像がつくんだけれども。

また、艦の大きさも知らせちゃいけない。吃水マークも進水式のとき大勢の客が来るから、中に具眼の士がいると、トン数がわかる。ですから数字を入れちゃいけないというんで、イロハニホヘトと入れたものです（笑声）。それも白くすると遠くから目立つから、黒くぬりましたね。

立川　翔鶴の進水重量は日本のレコードだったから……一万九千トン。しかし翔鶴を造ったために、丸さん、船殻は非常にいい勉強だったですね。

丸　ええ、ほんとうに、翔鶴の経験は大きかったですね。

安田　一一〇号艦では船渠でつくるから、大和と同じように進水重量というものが制限されない。心配なしにどんどんドックの中で工事が進められるというようなところもありましたね。

山本　はじめから本艦の進水というか、浮揚は極力現場工事を進めてからやる方針だったわけですね。それで私、思うんですが、ドックの中にいても、進水当時はそうとう軽いから、そういう心配はなかったでしょうが、ペラを付けたりすると、重量の計測が相当うるさかったんだろうと思うんですがね。

塩川　艦側重量係がそばにいまして、それが毎日、たとえば鋲一本でも計算しましてね。

山本　うるさかったわけですね。

塩川　それを設計の方へ送りまして、設計の整理班というのがあって、旬報、月報ですね。十日に一回、それから月報、毎月の締めを艦政本部へ報告していたんです。あれが、なかなか大変なことでした。造船ばかりでなく、造機も造兵も、それから空技廠もです。

山本 そう。それを私はよくやったと思うんですよ。それが狂うと、実際ひっかかったりしかねなかったんだけれども、まあ、昔の海軍の組織だから、あれができたんだろうね。

塩川 なかなか大変なものでした。

山内 その重量計算で、けっきょく進水のときの……。

塩川 計測しましたら、その重量を推計して、こんどは船が浮き上がったときの吃水排水量を出すんです。それと比較して、どのくらい不明重量が出るかどうかという検討までするんです。

本誌 どのくらい不明重量というのはあるんですか。

塩川 不明重量というのは大体〇・一か〇・二パーセントぐらいですね。

山本 人間が造るもので、そのくらいのエラーですますというのは相当の精密作業ですよ。それが非常にうまく行ったわけです。これが狂うと、船は予定どおりのトリムと吃水で浮かばない。

塩川 実際の重量と、片一方は吃水で測るんですからね。どっちが正確であるかということもはっきりしない。

安田 それから、ドックを出るとき中当たりといって、扉船の当たっているところがありましてね。それが一番浅いんです。それにくっついちゃったらそれっきりですから。で、ドックを掘るときにも、そんな余分な、何というか、深さの余裕はとってないんです。将来つくる船にぎりぎりのドックを造っているわけですから。

お祓いも工員の手で

山本　さきほど福井さんが、機密保持でいろんなカモフラージュ的なことをやったというお話がありましたが、日本の軍事関係の機密保持ということは、おそらく世界で一番だったと思うんですがね。

福井　いや、ソ連の方が。（笑声）

山本　私の読んだアメリカの本に、日本人というものは軍事に関する機密保持というのは徹底的に、戦時はもちろんだけれども、平時にも徹底的にやっている。だから向こうさんが集めたデータは、主として朝鮮、中国から入ってきたコースによるということがありますね。そういうことが書いてあるんですよ。結局、あれだけのものが造れたということは、日本の機密保持が相当なものだったということですね。長崎や呉は天幕のようなものを張ったそうですが。

塩川　長崎の武蔵は、縄のれんでした。

山本　横須賀のそのときの状況を話してくれませんか。

和田　ドックのまわりをトタン板でかこみましてね、だいたい縦に三枚でした。しかし長崎はもちろん、呉にくらべても非常にらくでした。海軍の敷地の一番奥ですしね。しかもドックを造るときに、その頭の方に土手を造っているんですよ。

山本　土手というと……。

山内　二十五メートルぐらいの高さでしょうか。大きな貯水池のダムみたいなものを造っちゃってね。山をくずしてドックの頭をそれで遮断したんです。

山本　見えないためにですか。

山内　これは見えないばかりでなく、風とか、造船ドックに対するいろいろの天然の影響を避ける意味もあるんです。

和田　それから工場を造るとき、山をくずして拡げようとしたんですが、機密上のことで鎮守府から反対をくって、予定より小さくなったこともあります。

福井　しかし、あれが全部完成していたら、世界一の船殻工場で、ちょっと類がなかったでしょうね。起工式のときも、なにしろ軍機事項ですから、起工式はいい日を選ぶんです。これは職工気質で、いい日を選ぶのは無理もないんですね。ところが、その当日、神官は来られない。部外者を呼ぶわけにいかないんです。それで困っていたところ、工廠というのは面白いところで、たくさんの作業員の中には特技の持主がいる。それで大須賀さんという、見るからに生まじめな職手さん……。

丸　いや、あの人は運搬です。いわゆる足場ですね。

福井　足場の方の組長さんで、その人が神主さんの資格があるんですよ。ところが階級からいうと工員さんで、居並ぶ将星や工廠のお歴々の中で御祓いをして、アガったりしなけりゃいいが（笑声）と心配したほどです。

立川　そう、そう。

福井　なにしろ工員が御祓いをしたというのは前代未聞でしたね。

むずかしかった船殻工事

山本　船殻の方を少しお話し願いましょうか。どうです、立川さん。

立川　船殻の方でぼくが一番むずかしいと思うのは、カマの火薬庫の弾床甲板ですね。あれとスクリーンバルクヘッドの関係が一番むずかしかったと思うんですよ。そのことは丸さんが御専門だ。

丸　これは戦艦として、大和型の特徴の一つでしょうな。火薬庫の底の厚い甲鉄が複雑な形になっていて、一応ドックの底でそれを組み合わせて、またリベットのホールを合わせます。それでいろいろやったんですが、結局、要点は外壁の舷側のアーマー板と床の境のところですよ。すでにこまかい点は打ち合わせていますから、ある点までは確実ですけれど、やはり立川さんの言われたように、この高さの点が一番苦労したんですね。

山本　それから、あれだけの船をやりますと、あのドックの下の方の固めはやはり相当にひずむんでしょう。

丸　ひずみましたね。

和田　コンクリートそのものは影響なかったんです。

丸　盤木の圧縮が問題でしたね。

山本　盤木の圧縮だけですみますかねえ。

和田　ええ、すみますね。あのドックの両側へ一〇〇トン起重機と、六〇トンと、二〇トンと片舷に三台ずつあるんです。それが一〇〇トン起重機三台が並らんでいるんです。パラレルでなく、シリーズに並らんでいるから一番はしの起重機を反対側の方まで走らせようとすると、二台の起重機を一緒にしながらどんどん押してゆかなければならない。それで、一〇〇トン起重機という能力を決めたのは、アーマーの一番重いものが八〇トンあるんです。その八〇トンを積むには、どうしても一〇〇トンのキャパシティがなければいけないんだというところから、一〇〇トン起重機というもののキャパシティが決まったんですね。

戦時中の横須賀工廠

本誌　ところで、工廠でいちばん古い方はどなたですか。
安田　それは丸さんでしょう。
丸　だいたい皆、同じようなもんでしょう。（笑声）
安田　丸さんか、僕なんですよ。僕は明治四十五年——。
福井　私はまだ存在しなかった（笑声）。そのときにガントリークレーンが出来たわけですね。
安田　そのクレーンはあとで佐世保へ持っていったんです。いまのは比叡の進水が終わって……。

丸　大正二年にわれわれが見習工に入ったとき、建てはじめたんです。

安田　そのあとの山城はいまのを使ったんです。あとで延長しましたがね。

丸　志村という人と佐伯という人が伍長で、その当時、見習の指導をやっており、岩佐源太郎さん、あの人が組長でしたね。それで、あのときのクレーンの基礎の見通しから何から、全部その見習がやったし、出来あがったクレーンの加重試験もみんな見習がやったんですよ。

本誌　明治四十五年というと、クレーンの寿命も相当ですね。

福井　だからもう、とうに寿命がきているんです。現在まで修理しながら使っていようとはだれも思わない。

和田　あのガントリークレーンは英国製でしたね。サー・ウィリアム・アローだったかな。

山本　それじゃ、この辺で戦時中の横須賀工廠を話して下さい。山内さん、いかがです。

山内　そう、あの当時の職工さんの通勤、宿舎、食糧、徹夜残業等、大変な問題が山積みしてましたね。それから例のマリアナ海戦のあとで本艦の工事を促進した。昭和十九年の六月の二十日ですか、下旬のマリアナ海戦の直後に、信濃が二十年の三月末に出来あがるつもりで仕事を進めていたんです。ところが、六月末に十月の十五日に完成しろとの命令です。

塩川　そう、そう、大変でしたねえ。

山内　それでないと最後の連合艦隊の決戦に間に合わない——ところが実際はそれがいろいろな関係で遅れて、十一月の中旬から下旬にかけて完成したわけです。けれども、そういうこととか、それに艤装の問題がありますね。

山本　その艤装の問題を説明して下さい。

山内　しいてわれわれが苦労したというのは、ああいう桁《けた》はずれな大きなものですから、艦底あたりにつける艤装品でも従来のものより大きい。とくに、あの艦底防禦に重点がおいてありましたし、そういう関係で、取り付けるものがゴツイものばかりでした。それも船殻工事にすぐ引きついでやらないと、あとでできなくなる。その点で苦労したと思うんです。技術的にはご承知のように、われわれの時代は条約によって戦艦が制限された時代でして、近代化がつぎつぎと行なわれました。

安田　しかし山内さん、エレベーターとか、ああいうものは廠外注文でも、取り付けは工廠だったでしょう。

山内　ええ、そういう点でも大変でしたね。それからわれわれは戦闘、航海、保安に関するものはやらなければならないんですが、それ以外の居住なんかも最大限きりあげました。

山本　戦訓によって随分減らしましたね。

本誌　居住は悪かったんですか。

福井　いや、悪いのでなく、簡単にしたんです。昔の兵隊ならハンモックを使って寝るんですが、そのほかにも設備はいいんですが、戦時ですからそんなことは必要ないというんで、デッキの上に板を敷いて毛布にくるまって寝るというようになったんです。戦闘になればどうせ片づけるんだから、はじめから作るまいというわけです。

山本　これはマリアナ海戦で一空母が火災でひどい目に遭った。そこで内務長が徹底的な簡略化を申し出たんです。それで採用され、あとは全部それにならったわけです。ただ軍医官は猛烈に反対しましたね。

福井　軍医長にしてみれば責任問題ですからね。非衛生になることは反対するわけです。

進水事件の真相

本誌　本艦の沈没について何か。

山本　案外もろく沈んだのは、工事を極端に急いだこともマイナスになっているほかに、はじめからの宿命で、来年の三月末に完成する艦を、七月になって十月十五日までに縮限されたらどうなるか。その当然の結果として、いろんな点がずいぶん簡略化したでしょう。

山内　工期短縮が決まったのはいつだったでしょう。

福井　あ号作戦のあと、機動部隊がもどって六月末に会議をしてからだから、本当に方針として決まったのは七月になってからですよ。

山内　とにかく、私の記憶では、本当に仕事をやったのは三ヵ月ぐらいでしたね。

本誌　そういう短期間で犠牲者はどのくらい出ましたか。

山内　そうとう無理だったからな。

丸　十人は越しているでしょうね。

山本　犠牲者はほんとうにお気の毒だったね。なにしろ無理以上の無理仕事なんだから。それに進水時の事故があったね。あのときは山内さんはいたんですか。

山内　私はちょうど後部エレベーター室にいました。塩川さん、和田さんもいたでしょう。

塩川　ええ、いました。あれは命名式の前日で、その予行を半注水で浮かべてやるつもりだったんです。あのときは今井さんと私が手旗で号令しましてね。「用意打て」をやり、双眼鏡で見てました。そのうちに浮いちゃった。右側の方が……。山側ですね。船に対して右舷側です。その扉船が浮き上がった。そこから水が入ってきたわけです。その勢いがものすごかった。

山本　そのときの落差はどのくらいです。

安田　二メートルぐらいかな。

塩川　二メートル以上ありましたね。それが十時か、十時半ごろでした。なにしろ下にいる人間を上げるのに、水かさは増える。人はさわぐ、そのうちに船が踊り出しちゃった。それで船はドックから半分ぐらい外に出ましたね。

何回も出たり、入ったり、また出たり(笑声)。だから、繋留していた索は三インチぐらいでしたが、それがぷつんぷつんと切れちゃうんです。そのうち左舷側がぶつかる、きしんだ凄い音がしましたね。

山内　私は後部のエレベーター室にいたんですが、大きなショックを受けましたね。それでいまの塩川さんの話でわかったんですが、あのとき船が右舷に傾きましたよ。

塩川　左舷がドックの縁に当たったたんです。それで傾いだんですね。

和田　あれは左舷に寄ったんだね。しかし、よくあれぐらいの怪我ですみましたよね。

本誌　出ちゃったら、どうなるんです。

塩川　出たら、つかまえるのに骨折りますよ。（爆笑）

山本　原因を話してくれませんか。

塩川　部長から電話があって、今井さんが呼ばれたんですが、帰ってから、「バラストタンクの水を見るから一緒にたのむ」というんで、「じゃ、マンホールから潜りましょう」と老体の今井さんをおいて入りますと、クモの巣が張ってるんです（笑声）。これが大きなミスですね。

本誌　クモの巣が張っていたといいますと。

和田　要するに水が入ってなかったわけです。バラストを積んでないから、ぷかりと浮いてしまったわけです。

福井　六船渠の最初の浮揚に失敗した。工廠としても、少ない事故ですね。

和田　まあ、初めてだな（笑声）。それと一号から五号まである船渠の扉船と、あれはバルブの操作が違うんですね。そういう点もやはり操作する人が馴れてなかったといえるね。

本誌　最後に皆さん、信濃でいろいろ苦労されたのですが、信濃が沈んだときにどうお感じになりました。

山本　私なんか二の句がつげなかったな。「はあ」と言ったきりだった。その前に母艦の担当だったから、ミッドウェーのときは何というか、いやな寂しさでね。

福井　ちょうど、血の気がひいたという感じじゃないですか。

塩川　まったくそうですね。

和田　あれを聞いたとき、まさかと思ったけど、同時に事によるという気がしましたね。

本誌　本日は貴重なお話をしていただき、どうも有難うございました。

処女航海で沈んだ七万トン空母の最期

沈没の修羅場から生還した軍医長の手記

当時「信濃」軍医長・海軍軍医少佐　安間孝正

昭和十九年七月下旬、海軍軍医学校選科学生であった私に、信濃艤装員を命ずるとの辞令がとどいた。私はおりからの雨を衝いて、急遽横須賀に赴任した。しかし空母信濃はちょうど公試運転を終わって入渠したが、そのとき作業の手違いで艦首に大穴があき、修理作業の最中であった。

完成引渡し後に信濃固有の乗員となるべき士官は、飛行関係をのぞいてみな顔をそろえており、出撃を間近にひかえて、この事故はなんとなく幸先の悪いものだった。士官室の空気も重いようであった。

安間孝正少佐

私は連合艦隊で南方方面を行動中、戦艦武蔵にはときどき遠くでお目にかかっていたので、その姉妹艦である信濃の大きさはほぼ推察していたが、実際、中に入ってみると、まったく丸ビルの中へ田舎者が迷い込んだようなものだ。

作業服を着た乗組員や監督官、工員などの忙しげに往来する騒音のはげしい通路に立っていると、巨大な工場の中にいる感じで、船に乗っているような気がしない。

完成後すぐの出撃は無理

艦長阿部俊雄大佐（このときは艤装員長）は水雷戦隊あがりで、古武士の風格があり、なかなか利かぬ気な人らしく、各士官も畏敬している様子。私が士官室で着任の挨拶をすると、艦長は「君にこれから医務関係の細部艤装をやってもらうが、出撃後不備のないよう迅速綿密にやってもらいたい。また搭載作業も出港に遅れぬよう、努力されたい」と簡潔に述べた。

艦長はその間、微笑さえも見せなかった。しかしこれは無愛想というより、むしろ日本最後のホープたる巨大空母と、多数乗員の生命をあずかる人として、重大な決意と緊張を胸に秘めていたためと解すべきだろう。

艦内は艦長の方針にもよって、いわゆる装飾的な艤装はいっさいこれを避けていた。食卓は兵員室同様に白木の厚板に鉄の脚といったごく簡素なものであった。床も鉄板の上に褐色のモルタルを厚く塗ったままだった。舷窓は一つもなく、艦内照明はすべて螢光灯を用い、しごくモダーンな感じであったが、内部塗装が灰色の防火塗料でほどこされていたため、気分はあまりよくなかった。

私は艦長への挨拶が終わると、その足で医務科の甲板へ行ってみることにした。しかしそこは士官室甲板のまた一つ下になっていて、途中、何人かの兵員に聞いてみたが、乗艦後まもない新参兵士では道順がはっきりいえない、古手の工員に教えられてやっと辿りつくという始末だった。

医務科関係はさすがに巨艦らしく充分にスペースがとってある。手術場兼治療室のほかに、内科診察室、調剤室、治療品倉庫、毒物検知室、兵員病室、士官病室、隔離室など、ちょっとした小病院くらいの規模があり、とくに内科診察室は防音壁で雑音をさえぎり、通風装置も完備し、この点では当時の艦船として最高級のものであったと思われる。

医務科員は軍医中尉一名のほか、特進の衛生中尉一名、同少尉一名、下士官兵十数名がすでに着任しており、艤装関係の作業と乗員の診療をするのとでごった返していた。

元来、士官は新しい艦に着任した場合、できるだけはやく青写真と艦内旅行とによって、艦の構造や装備を熟知するように教育されていたが、信濃ほどのマンモス艦になると、二、三日ではとてもおぼえきれず、着任したとたん、これは大変な艦にきてしまったわいと嘆息してしまった。

出港前に兵員室にパラチフスの患者が出たとき、現場の兵員室へ行こうとして道に迷い、なかなか着けなかったこと。上陸のさい私室から舷門までの道程が長く、ときどき内火艇に乗り遅れたこと。千数百名の兵員が飛行甲板で跳躍体操をやっても、下の士官室にはぜんぜん音が響かなかったことなどからして、読者はその巨大さを推察されよう。

およそ艦船は、大きくなればなるほど、また装備が新式になればなるほど、乗員がその艦に習熟するのに時日を要するものだ。信濃級の巨艦が十分の戦闘力を発揮し、また損害をうけたとき応急の処置を迅速にとるためには、少なくとも三年の訓練が必要であるといわれていた。だから完成後すぐに、出撃することは、誰が考えても無理なことであった。

しかしだからといって、緊迫した戦局に作戦を中止するわけにはいかなかった。無理を承知で強行せざるを得ない。

そのために最高の乗員が要求されるわけであるが、緒戦当時の精兵を見てきた私には、兵員の半数くらいは精神面でも練度の上でもあまり優秀とは思われず、ちかく予想される惨烈な戦闘場面にいかなる術力、精神力を発揮するか、私はそのとき一抹の不安を抱かずにはおられなかった。

処女航海についた信濃

信濃はあわただしい艤装や公試運転も終わり引渡しもせまってきたが、いっこうに軍医長の発令がこない。そこで艦長が人事局に催促にいくと、今までの医務関係の艤装員がそのまま軍医長になるようにとの通達があった。これには私は驚いた。艦長も意外であったらしい。普通なら大佐がやるべきところを、少佐の私にお鉢がまわってきたのだ。

ともあれ二階級も上官の仕事をつとめることになったので、私は急に責任の重大さを感じたが、よし、それなら当局の期待にこたえて、立派にやってやるぞというファイトがもりもりと湧いてきた。そして私は、艦の床にはリノリウムを貼らぬ方針であったのを、現場の工長を口説きおとし、医務科関係のところには全部リノリウムを貼ることに成功した。戦傷者の血が流れる場所であるから、どうしても必要だと考えたからだ。

治療品の搭載では、横須賀海軍病院の在庫が不足していたのでずいぶん苦心したが、幸い部下の衛生少尉が、他の海軍病院に顔を利かして、ほとんど予定の数量を積み込むことができた。そのうちに部下の名前もおぼえ、士官たちともなじんで、緊張のうちにも談笑が起こるようになった。

やがて信濃は引渡しも終わり、艤装員といった呼称は、軍艦固有の職名にかわった。信濃は軍艦旗をかかげ落日の海軍を支える最後の軍艦として、一大城塞のような巨姿を、東京湾に浮かべて四囲を圧した。そして日々につのる不利な戦況のなかで、悲観的な人々に、言い知れぬたのもしさを感じさせるのであった。

Ｂ29がときどき単機で偵察にきた。信濃が戦列に加わることは、敵にとっても味方にとっても重大なことである。そのうちに連合艦隊司令部から、ついに出港命令が出た。しかしその司令部命令も、出港の日時や航路は、艦長所定の時間、所定の航路によってとある。まさに全責任を艦長に負わせたわけである。

護衛駆逐艦は歴戦の雪風、浜風、磯風の三隻ときまった。出撃航海の計画決定の会議においては、駆逐艦長側からの意見具申があったがしりぞけられ、信濃艦長の計画が採用されることになった。このとき信濃の運命は決まったと言えよう。

出港前に阿部艦長は総員を飛行甲板にあつめ、悲愴な決意を述べ、乗員に重大覚悟をもとめる短かい訓示をあたえた。そのとき天高く空は澄み、風がすごく冷たく強かったことをおぼえている。

十一月二十八日、秋晴れの爽やかな午後、信濃は静かに横須賀を出港した。私は一人で格納甲板の日当たりに出て、あるいはこれで見納めになるかも知れない日本の山々を眺め、日本の運命、信濃の運命を考えていた。

夜に入って、呉まで同乗していく造船監督官の中川造船少佐を私室に招き、恩賜の日本酒をちびちびやりながら色々話をしたが、そのとき初めて、信濃が部内では六万五千トンということになっているが、実は七万六千トンであることを知らされた。

十時ころ、そろそろ危険海面らしいから用心しようと、暗夜の飛行甲板に出て艦橋下部の戦時士官室にゆき、残った夜食のぜんざいを中川少佐と二人で全部たいらげ、私室にもどって軍服のままごろ寝をした。しかし、いつ敵潜の攻撃をうけるかも知れぬ伊豆沖にかかっていたので、輾転反側してなかなか寝つかれない。

巨艦の最期

うとうとしたと思うと、突然、脇腹に重く鈍い衝撃がきた。ついにきたなと思って反射的にとび起きて様子を見ると、つぎつぎと連続的に五回の衝撃がきた。時計を見ると午前三時二十分ごろだ。

「配置につけ」の号令が下り、艦内は急に人の走り叫ぶ声で騒然となった。

私はただちに治療室に駆けこんだが、肝腎の部下は一人もいない。入室中の患者が数名で防水扉などを閉めている。その中で一人の下士官がとくに沈着冷静なのが目についた。聞いてみると過去の海戦ですでに二回泳いだ経験があり、「この艦なら絶対に急には沈みませんよ」という。

そのうちに艦はしだいに傾いてきたので、壁に白墨で垂線を引き、糸で錘りをさげてみると約十度傾斜しているのがわかった。

やがて衛生兵がぽつぽつ上部甲板から降りてきたので、私はこれを整列させ、無断で配置を離れたことに大目玉をくわせてから、各戦時治療所ならびに現場の被害状況を調べにやった。

雷撃は艦橋側の舷だった。直撃戦死者数名、負傷者数名で、負傷者はもよりの戦時治療所で応急処置を加えたが、骨折もあるという。

そこで入室患者を飛行甲板に近いところへあげて傾斜の具合を見ていると、十五度ちかくになった。もう

昭和19年11月29日、駆逐艦雪風から見た空母信濃。右は磯風（久保木尚氏画）

これでは戦傷者を治療する場所もないものと判断して、部下と患者をつれて海の見える格納甲板に出てみると、風は被害舷の方から強く吹きつけ、暗い海はそうとうに時化《しけ》ている。船足はまだそうとうに速い。

艦が魚雷をうけるや、護衛駆逐艦は爆雷攻撃をやったらしいが、もちろんその効果は確認されず、そのため危険水域脱出のため、できるだけの速力を出しているのだ。

陽が高くなるにつれて、ますます傾斜はひどくなり、必死の防水作業も効果のないことが、誰の目にもはっきりしてきた。陸地はぜんぜん見えない。傷ついた信濃は紀伊水道へ逃げ込むつもりらしいが、駆逐艦による曳航作業も駆逐艦が危険のために中止された。

艦の傾斜はすすみ、艦橋の脚部を波浪が洗いはじめると、艦長以下が艦橋を脱出、飛行甲板を反対舷に向かってよじのぼってくるのが見える。あらゆる浮揚物が海中に投棄され、ついに総員退去の命令が出された。

今はもう一人一人が荒波に飛びこみ、駆逐艦の救助を待つ以外に手はなかった。私は飛行甲板に寝かせてある数名の負傷兵を救う道も絶たれ、許しを乞う思いをこめて一人一人の顔を見てまわったが、皆すでに深く覚悟しているのか、静かに目礼をするばかりであった。そのときの私の胸中はまったく悲痛そのものであった。

艦長は私のちかくに立って、艦首から艦尾にかけて群がっている乗組員を蒼白な顔で見渡していたが、やがて静かに艦首の方へ向かって歩き出した。私は部下をあつめ上衣をズボンの中に入れて飛びこむ用意をさせ、決してあせらずに救助されるのを待つよう注意をあたえ、ロープを伝って海に入った。泡立つ白波が目も口も開けられぬくらい揉みくちゃにするので、ただ浮いているだけでそうとう体力を消耗することを知った。

ようやく板切れを二枚ひろって一息つき、信濃の方を見ると、自然に五〇メートルくらい離れていた。まだ百人以上も船体に残っている者が見えた。そして海中には、二千余の黒い頭が見えかくれし、広汎な範囲に散らばっている。

三隻の駆逐艦は、風上からきてロープを投げ、救助しながら風下へ去る。そしてまた、風上にまわる。

信濃はすでに九分どおり裏返しになり、赤く色鮮やかな艦腹を光らせて徐々に沈下してゆく。そして最後に艦首を一度ぐっと持ち上げたかと思うと、そのまま垂直に海底に姿を没した。水深二五〇メートルの海域だった。

時に昭和十九年十一月二十九日午前十時五十分のことだった。

大傾斜七十度　巨艦「信濃」の末路

悪夢のごとき一瞬に生涯を賭けた通信長の証言

元「信濃」通信長・海軍中佐　荒木　勲

昭和十三年から満六ヵ年の間、久しく南方勤務にあった私は、ついに病魔に倒れてしまった。そのため内地に帰還し療養につとめた結果、ようやく回復に向かいつつあった。ちょうどその頃、すなわち昭和十九年十月一日、私は横須賀工廠で艤装中の信濃に通信長兼分隊長として赴任した。

空母信濃！　その巨大な船体がドック一杯につまっている。艦尾から見た搭載舟艇入れの甲板は、ぱっくりと大きな口を開き、丸ビルでもすっぽり入りそうだ。近くで見るとなおさら艦という感じがぜんぜん起こらない。とにかくあまりに大きいので、何物とも比較できないというのが実感だった。

出港までの約二ヵ月余りは、再三再四、艦内をまわって見たが、細部にわたっては最後まで十分に理解することができなかった。通路の道順を誤り、あるいは各区画をまちがって迷うことしばしばだった。

当時の戦況はサイパンを失い、本土に対するB29の爆撃は強化される趨勢《すうせい》にあって、いつ横須賀にも爆弾の雨がふるかも知れぬありさま。戦況は我に不利の一途をたどり、たとえ一隻の空母でも一刻も早く戦列にくわえたいのが関係者の念願だった。乗組員はもちろん、工廠の一工員にいたるまで「頑張りましょう勝つまでは」の合言葉どおり、肉体の限度を通りこした猛工事がつづけられた。

日時は忘れたが、一日このドックに水が張られ、七万トンの巨体が浮かぶ日がきた。日清戦争時代のラムを思い出させる丸味がかったあの印象的な艦首が水にかくれ、艦が浮かんだ。

このとき艦首をドックの壁にぶつける重大事件が突発し、なにかこの艦の前途に暗影を投げかけたように感じはしたが、勝つための猛烈な意欲はそんなことを吹きとばして、やがて、以前にもまして日に夜をついで空母としての機能に万全を期すべく猛工事がはじまった。

機関の碇泊運転、通信の試験、飛行甲板における飛行機の鈎束《こうそく》テスト等が相ついで行なわれ、艦は動ける、弾丸も撃てる、飛行機も飛ばせるというところまで漕ぎつけることが関係各部の総力によってできた。

問題は搭載する飛行機だ。戦況不利で、これを揃えるのは当時の状況からは非常に困難であった。戦勢を挽回《ばんかい》する大きな力として期待をかけられた信濃は、こうして空母としてでき上がりつつあった。

午前三時過ぎか、魚雷命中音

一方、B29による本土爆撃はますます猛威をふるって、軍事施設はもちろん一般都市も次から次に攻撃をうけ、近い将来この空母にたいする爆撃も予想された。帝都近くでの被害は、戦争遂行にたいする国民士気の上からも憂慮されるところなので、未完成のまま最後の仕上げを瀬戸内でやる方針から、急遽回航が決せられた。

そのため艦を動かす基礎乗組員と技術工員を便乗させて、敵潜水艦の跳梁する海面を護衛駆逐艦三隻をともなって突破することになった。航海訓練も防水訓練も通信訓練もできていない艦をあやつっての敵潜出没海面突破は、艦長のもっとも心痛されたところだった。

制空権を失った今日、個艦の戦闘能力はほとんどゼロに等しいこの艦の出航は、いち早く敵側に察知され、雷撃の危険、爆撃のチャンスが来ることは必至だ。無事に逃げ込むことができるか否かは、公算半々とみなければならない。頼むところは歴戦の護衛駆逐艦三隻の対潜見張能力であり、戦闘能力のみである。よく護衛頼みますというところだ。

信濃はこの三隻を直衛として、暗夜の東京湾口を一路二〇ノットで南下した。防水扉を堅くしめ、無線を封止して戦闘配置についたまま伊豆諸島列島線に向かったのである。

ここでいま少し、信濃のようすを書きくわえてみよう。

艦は幾度かの戦訓をとり入れて、燃えるようなものは一切使っていない。デッキもベッドも鉄、なにもかも鉄のみの塊だ。一枚甲板の飛行甲板には、ゆうに二〇〇メートルの直線コースが取れる。これに飛行機を搭載したらと思うと残念でしかたがない。

艦の幹部は、古参の大佐を艦長に砲術長、航海長とも大佐、機関長、内務長は機関科出身の大佐および中佐、通信長中佐という顔ぶれ。飛行関係員こそ乗り組まないが、その他の乗組員約一千名、それに工事半ばのため技術者工員約一千名が便乗という状況だった。

本土近くの海面にひしひしと押し寄せている敵潜に対し、出港の気配を見せることは魚雷をみずから招くにひとしい。そのため電波による通信試験も十分できかねる。はたして必要の場合、陸上通信隊と連絡が取れるかどうか？　マストを倒して甲板と同じ高さしかない送信アンテナでは、通信の責任者として一抹の不安があった。敵潜の出没情報はもれなく入手しなければならない。

そこで熟考のうえ横須賀、呉両通信隊の通信系に同時に入ることにした。耳をそばだて両方の手のひらを耳にあてて、一言も聞きもらすまいという態勢だ。

列島線を過ぎてしばらくした頃、右舷前方に何やら黒い影。見張員は「右〇〇度敵潜らしいもの」と大きく叫んだ。

敵の浮上潜水艦？　味方の哨戒艇？　これを確認する余裕もなく艦は一斉に左に斉動して、ほとんど直角に南方に回避した。直衛駆逐艦も確認しているようすはない。あとから考えて敵潜だったように強く感ずる。

集団は回避運動を相当時間おこなったのち、もとの針路にして一路二〇ノットで瀬戸内に向かう。

完成半月前の昭和19年11月１日、横須賀に停泊中の信濃（右端と中央）。飛来したB29が撮影

先の怪しい影を十分振り切ったつもりで三隻の直衛駆逐艦を頭にかぶって、ただ突きすすんだ。真っ暗の艦橋には艦長、航海長、哨戒長を中心に、一八インチの双眼鏡が一心に周囲を見張っている。

午前二時過ぎか？　艦橋の下右舷線下に「カーン」とひびく金属性の音、つづいて艦尾にかけて一発、二発、三発。真っ暗闇で水柱は見えないが、あきらかに魚雷の命中音だ。

後部の命中点上の砲座に配置していた哨戒員はどうなったか？

艦内にはけたたましく「魚雷命中！」「防水！」が令せられた。敵に発見され魚雷が命中したのでは、もはや「無線封止」の必要はない。ただちに送信機の用意を命じ、被雷の第一電を艦橋から通信指揮室につたえ、横須賀通信隊宛発信を命じた。

なかなか通達しないらしい。いらいらする。真っ暗でわからないが、爆風でアンテナが吹っとんで電波が出ないのかも知れぬ。予備として準備していた左舷のアンテナを使用して呉通信隊とも連絡を命じ、やっと被雷の第一電を通信隊に送ることができた。

艦は速力を落とすことなく、二〇ノットでどんどん西行した。とにかく被雷地点を一刻も早く離れることが賢明だ。七万トンの巨艦は四本の大魚雷を食ったが、わずかに右に五度ばかり傾いただけで速力を落とすことなく走っている。

ああ、まさに一幅の絵画

艦橋からは矢つぎばやに防水、傾斜復原の指令が飛んでいる。真っ暗の艦橋では時計も見えない。しかし相当の時間がたったようだ。その後いまかいまかと待っていたが、一向に傾きはなおらない。むしろ刻々と増すようにも感じる。注排水作業の効果は一向にあがらぬ。一体どうしたことか！

被雷の発信をつづいて命じて呉通信隊の受信を確認した後は、通信科員としての任務はひとまず終わった。受信に配員して通信隊からの受信につとめる。下部電信室には配員の必要がないので、通信科員は上方の前部と後部の電信室に集合を命じた。必要に応じて他作業への転用も考慮してのことだ。これら部下の顔を見て激励しようと思い、艦橋を下り電信室をまわる。

艦は刻々と傾きを増していく。どういうわけだろう。たったの四発でまいる艦ではないという先入観が頭を支配する。右舷随所に、工作員によって防水補強が実施されている。最悪の場合が頭にひらめく。通信指揮室に取って返し、機密書類などが万一の場合、艦外に流出しないよう指令した。みな一言もない。ただ指揮者である私の顔を見るのみだった。

急いで艦橋に取って返す。艦の傾きはますますはげしく、やがて煙突その他からの海水の流入を機関室から報じてくる。艦長は意を決して、エンジンを止めて機関室を放棄し、上甲板に上がることを命じた。これでいよいよ自力で艦を救う道はとざされた。万事休す。東の空はようやく薄明かりをもらしている。

速力を失った七万トンの巨艦は大きく右に傾いて浮いている。三隻の護衛艦は適当な距離にあって、この巨艦を守っている。曳航が準備されたが、これもだめだった。艦を救うことに万策つきて煙突も水につかる状態になって、ついに艦長は「総員退却」を命じた。

持っていたタバコに火をつけて一服。不思議に死ということが頭にこない。艦橋に詰めていた者が次ぎつぎに下におりた。ほとんど一番最後に飛行甲板におりてみれば、すでに海水が洗っている。生き残りの乗員は傾いている飛行甲板の上にあつまっている。一瞬足をすくわれ流される私を、機関長が手をとって引きあげてくれた。この記憶は不思議に十五年たった今日でも一向にうすれない。

左舷に無事取り残されていたカッターが、御写真を捧持した沢本中尉の指揮でおろされつつあるのが目についた。いつの日か見たことのある、沈没艦に蝟集《いしゅう》している生き残り乗組員のあの海戦の画に、そのままそっくりだ。

付近に寒さに震えている部下の掌電信長を見て、着ていた雨衣をふるって渡す。ほとんど七十度くらい右に傾いている左舷砲台やら外舷には、蝟集《いしゅう》する生き残り組で一杯だった。駆逐艦横付けの処置もとりえず、どうなるのやらなすすべを知らぬ敗残の集合だ。赤くむき出した左舷の艦底外舷をつたって飛び込む者の姿が目に入った。

黒潮に立つ鉄の墓標

艦は大きく右にゆれて、さらに傾きを増して沈下する。密閉された艦内の残りの浮力でわずかに浮いている恰好《かっこう》だ。

横倒しになった飛行甲板と上甲板との間に落ちこむ者多数……やっと、この死線を越えて砲台の上に立つと、海水は足を洗って、あまりぐずぐずしていては沈没の渦にまき込まれる危険もある。最後まで艦に踏みとどまっていた連中も、ぞくぞく海中に飛び込んだ。二ないし三メートル先に航海長の飛び込んだ姿が瞼《まぶた》に残っている。

米潜水艦の潜望鏡に映じた
空母信濃と護衛駆逐艦

靴下を脱いだのみで、軍帽をつけ軍服を着たまま風上に飛び込む。とにかく艦から早く離れることだ。人の集まりを急いで泳ぎ抜け、三〇ないし四〇メートル離れて落ちつきを取りもどして周囲を見る。手で泳いでは長つづきはせぬ。木切れを見つけて腕を休める。

付近の者は二本線の軍帽を見て期せずして集まり「通信長元気ですか」と、さらに近くまで泳ぎ集まる気配を見せる。これは危ない！ 持っていた木片を近づく者に押しあたえて、声を上げ「頑張れ頑張れ！」と大声をかける。艦長が沈みつつある艦首の方に泳いでいたのが、今でも瞼にうかぶ。

七万トンの世界一の空母は艦首を上に向け、静かに太平洋に姿を消しつつある。「万歳！」の声は死に直面して、荒海に浮き沈みしている者の合唱となって、紀伊半島潮岬の南方五〇〇浬の洋上にこだました。

昭和十九年十一月二十九日午前七時ごろか、友軍の陸上機二機が北西方から飛来したのが記憶に残る。

悲願も空しき信濃の最期

三隻の護衛艦が付近にあって洋上の戦友をひろっている。波が高いので駆逐艦のカッターは降ろすことができないから、直接、艦を操艦しての救助なので、強風下ながく浮いている者のところに艦をもっていくことが困難だ。せっかく付近まで近寄ってきたのに航進惰力《だりょく》がストップした後は風下にどんどん流され、見る見るうちに距離が開き、疲れた体では泳ぎつくことはできない。

こんなことを二回か三回くり返した末、やっと拾い上げられた。正午少し前と記憶しているので、海中におよそ五時間もいたことになる。同時に救われた若い兵員はフンドシ一つの裸体で半狂乱だったのに、私は少し足がふらつく程度であった。靴下こそぬいだが、軍服、軍帽までつけて体温を失わないようにし、無理に泳ぐことをしないで浮くのみに専心、体力を保つよう努力したのが命を捨てずに拾われた大きな原因だったようだ。

拾われて一番先に頭に思いたったのが生存者の掌握だ。艦長はどの駆逐艦だろうか？ 砲術長、航海長らの先任者は救われたのだろうか？ 各艦と連絡してその調査をする。機関長、内務長の機関科出身将校は他艦に拾われたが、ついに私より先任の三人は戦死と断ぜざるを得なかった。

波間に浮いている者、皆無を確認して、生存者約一千名を乗せた三隻の駆逐艦は、豊後水道を通って呉に入港した。そして外界との連絡を一切たった検疫所のある孤島に収容され、残務整理に追われた。

あの巨艦、七万トンの世界一の空母、水線下の構造は既計画の戦艦そのままと聞く艦が、水線下の防水扉は出港前に完全に閉鎖を命ぜられて出港したこの大艦が、たった四発の魚雷によって、もろくも太平洋一千メートルの海底に消え去るとは、どうしても考えられない。国防の要請と戦勢挽回《ばんかい》の願いを一艦に集めていたこの空母が、どうして沈んだのだろうか？

沈ましてはならないこの艦を沈ました責任は生存者の先任者として痛感するが、こんな結果になった原因を究明することも、戦死した諸戦友にたいする責務だと考えて、強力に総隊司令部に調査方を呼びかけた。しかし、一度も呼び出されもせず、調査の結果を聞かされなかった私には、その真因がどこにあったかを知らされずにおわった。

死んだものは還らない。戦況はきわめて不利、生きている者一人の能力も戦勢挽回の手段に結集させなければならないという、前向きの考えから万事処理されたのであろう。

燃える真珠湾「赤城艦爆隊」帰投せよ

九九艦爆操縦員が眼下に見た歴史的瞬間

元「赤城」艦爆隊操縦員・海軍少尉　飯塚徳次

昭和十二年（一九三七年）六月、私は海軍に入隊し、第五十期操縦練習生として筑波空、百里ヶ原空において操縦教程を終了した。そして宇佐空、佐伯空において着艦訓練をふくめたさらに厳しい訓練の後の昭和十六年四月、パイロットの憧れのまとである空母赤城への乗組を命ぜられた。この当時、空母勤務は海軍のパイロットにとって、最高の腕と誇りの象徴だったと自負していた。

飯塚徳次少尉

赤城には、同期生十名のうち、本間金助、菊地吾市、島倉忠治、そして私の計四名がいっしょに乗組を命ぜられた（このうち本間と島倉はハワイ空襲で散華し、菊地ものちの南太平洋海戦で戦死）。われわれはそのあと鹿児島、富高の基地などで約八ヵ月間にわたる猛訓練をうけ、十一月十五日、佐伯湾を出港する赤城に着任した。

赤城艦爆隊の隊長は千早猛彦大尉、分隊長は阿部善次大尉、分隊士は山田昌平中尉、大淵桂三中尉などであり、そのほかの搭乗員は乙飛の一期から八期、甲飛の一期から四期、操練の三十二期から五十四期、偵練の二十一期から五十期で構成されており、十八機の九九艦爆にたいし搭乗員はちょうど定数の三十六名で、スペアは一名もいなかった。

しかしおなじ艦爆のパイロットといっても、われわれはいちばんの若年であり、飛行訓練には徹底的にしぼられた。特に〝ショッペー〟こと山田昌平中尉はおおいに張り切り、その徹底した指導は艦隊大空母の中でもとくに有名であった。しかも各飛行隊には、それぞれ独得の気風があって、飛行操縦技術の向上もさることながら、その環境の中にとけこんでいくのにも一応の苦労はあったが、赤城艦爆隊としては急降下爆撃の成果も一段とあがり、また、隊の雰囲気も非常によくなっていった。

だが、艦隊内でいちばんの若いパイロットでも、艦内で顔がきいて威張れるところがあった。それはすなわち食卓番であった。ふつう烹炊所に飯を取りにいくときは、入隊後、三年以上たった二等飛行兵曹であったが、ほかの兵科は入隊後、半年たらずのいちばん若い三等水兵あたりが行くので、彼らに、「こら、どけどけ、どかんか、艦爆隊の兄さんだぞ」とおおいに威張ったものであった。

それでも最上段の空母赤城の搭乗員室から烹炊所まで、七階ないし八階のラッタルを降りていき、帰りは両手に重い食缶をさげて、またラッタルを上るのは非常に骨のおれる仕事であった。しかし、この食卓番も戦争がはじまってからは、整備科の若い兵隊がやってくれるようになった。

貯金通帳がしめす搭乗員の行動

いま手元に、ハワイ空襲前後のころの海軍航空隊のパイロットたちの生活の一端がわかる郵便貯金通帳がのこっているので、恥をしのんで当時の行動をかいまみてみよう。それには、

①昭和十六年四月一日　佐伯駅前局にて　五〇円　貯金
②昭和十六年十一月十三日　鹿児島・鴨池局にて　二五円　払戻し
③昭和十六年十二月三十日　岩国・川西局にて　三〇円　払戻し
④昭和十七年五月十三日　鹿児島・鴨池局にて　三〇円　払戻し

というように、日付けとともにお金の出し入れが記載されている。

②のハワイ出撃前の昭和十六年十一月十三日に鹿児島で二十五円をおろしたのは、南国鹿児島で三日間の休暇が出されたが、故郷の栃木県まではあまりに遠く、帰省は無理であったので、鹿児島、霧島、鵜戸神宮などで芸者をあげて豪遊したためである。一晩、芸者をあげて遊んでも十円くらいですんだ時代である。

しかし、このころ日夜、鹿児島基地を中心に猛訓練をしていても、ハワイ空襲に行くとい

うことはまったく知らされていなかった。

③の昭和十六年十二月三十日に岩国局で三十円をおろしたのは、ハワイ空襲より帰り、鹿児島、岩国基地などにおいてやはり三日間の休暇があった。だが、今回も故郷には帰らず、毎晩、広島あたりの遊郭でいつづけをしており、十七年の元日の朝の初日の出も広島の芸者置屋でおがむというぐあいだった。

つまり二十歳前後の若いパイロットたちは、カフェや芸者をあげて遊ぶということが最高のたのしみであったし、また、ハワイ空襲時からの緊張をときほぐすには、こうするよりほかに方法はなかったのである。

暗夜のなかを全機がぶじ発進

昭和十六年十二月七日、日米交渉がいよいよ決裂したとのことだった。

艦隊は全速力で南進している。甲板上は風が非常に強い。総員が甲板上に集合を命ぜられ、長谷川喜一艦長より、

「明早朝を期してハワイ攻撃を決行する」

と訓示があった。そして夜の食卓についたときも、あいかわらずの高速力のため艦の動揺がはげしく、食器がおどるので最後の夕食という感激もわかなかった。

やがて分隊長から遺書を書いておくようにいわれたので、何回も書きかけたが面倒くさくなってやめてしまった。ただ、中隊全員に白い鉢巻が配布されたので、それに『一撃必中

……赤城艦爆隊16・12・8』と毛筆で私が書いて全員にくばった。そのときの鉢巻は現在でも持っている。

いよいよ明けて八日は、午前零時に総員起こしの号令がかかった。

母艦のまわりは風速十五〜七メートルの強風がふいていて、海上はまだ暗い。さすがの巨大な空母も木の葉のごとく前後左右、上下に大きく揺れ動いていた。このため傾斜は一五度から二〇度くらいにもなった。

それでも朝食は、赤飯、お頭《かしら》つきですばらしかった。そのあと私たち搭乗員は、出発前に艦内にある赤城神社に参拝し、「武運長久」「一撃必中」を祈った。その当時の心境は、戦争末期の必死の特別攻撃隊とはちがい、死はあるていどは覚悟していたが、必死ではなく決死という差異と勝運に乗っていたというか、それほどの悲壮感はなかったようである。

やがて午前一時すぎに搭乗員は整列し、長谷川艦長の、「予定の命令にしたがって出発」という簡単な命令により、それぞれの飛行機に向かって散った。うねりのため、艦は前後左右にゆれ、整備員は両翼端に一人ずつ摑まってすべり止めの役目をしていてくれた。

やがて母艦赤城は風に向かって立ち、第二次攻撃隊の制空隊の隊長である進藤三郎大尉の零戦を先頭に発艦した。母艦の艦尾に近いところの中央付近にあった私の愛機である九九式艦上爆撃機（A二〇八号）は、二五〇キロの徹甲爆弾のほかに燃料も満載していたので、ローリング、ピッチングの多い飛行甲板から慎重に発艦した。だが、艦橋を左に見るゆとりもあり、帽をふっておられた南雲忠一司令長官や源田実航空参謀などの姿をはっきり捉えるこ

左舷高角砲越しに望む空母赤城の艦橋。戦闘旗を翻し弾片防禦用ロープが張られている

とができた。

私たちは第一波に約一時間ほどおくれて、第二波の零戦三十五機、九九艦爆七十八機、九七艦攻五十四機、合計一六七機で六隻の空母から発艦した。そして艦隊の上空をゆるやかに高度をとりながら、大きく旋回するうちに一機は三機の小隊のかたまりになり、小隊は九機の中隊となり、つぎにそれら三つの大きな集団となって旗艦赤城の上空で針路を南に向けた。

私は艦爆隊のうちで最後尾の中隊の第二小隊三番機の操縦なので、私の後方にはだれもいなかった。先頭をいく第二波集団指揮官である嶋崎重和少佐は高度三〇〇〇メートルであるが、後続機はプロペラによる渦流をさけるため少しずつ高度をとるので、私たち最後尾中隊の私の機の高度は三五〇〇メートルくらいになって、あたかも階段教室でいちばん後方の高いデスクに位置したかっこうになって、百数十機の大群を真ん前の眼下に見おろせた。

そして零戦隊は二手にわかれて、左右両側をがっちりとまもっていた。これは過去一年間の艦隊演習でたびたび訓練したかたちと少しも変わりはないが、このときほど力にあふれて心強さを感じたことはなかった。

夜はすっかり明けて空気は澄んでいた。真珠湾にどのような運命が自分を待ちうけているのかは知らないが、ただ無心に集団の最後尾を飛行した。

みごと戦艦にすいこまれた爆弾

突如、後席偵察員の川井兵曹が空襲総指揮官である淵田美津雄中佐機からの「トラ　トラトラ（われ奇襲に成功せり）」の電報を受信したと叫んだのが、伝声管からとびこんできた。眼前の友軍機すべてが、電信員である水木徳信一飛曹が淵田機から発信したこの無線を傍受したはずである。

しかし、目にうつるものになんの変化もあらわれなかった。第二波は、嶋崎少佐を先頭におなじ隊形のまま、おなじ一二五ノットのスピードでだまって南に向けて飛びつづけた。

やがて左前方の低い雲は、ところどころ赤紫色に映えるようになり、はるか前方に一条の白線が見えてきた。風のため水線が白くなっているのだ。あれこそオアフ島である。雲間に薄青黒く見えるのは山であろう。

オアフ島は、まだ静かに眠っているようにさえ思えた。すでに攻撃が展開されているはずの真珠湾の光景を想像することはできなかった。

午前四時二十四分になったとき、突然「トトト……（突撃）」の下令があった。しかし、われわれの大編隊が真珠湾上空に接近するころから、右前方の上空に数百、数千の高角砲が連続的にうちあげられ、弾幕があちこちに目に入った。

白く、黒く、炸裂するかたまりが、おなじ高度でしだいに自分たちの編隊に近づいてくるではないか。これが奇襲であろうか。私は背すじにピリピリと電気が流れるような感じがした。両腋の下にも汗が流れおちているようだった。

私の中隊の攻撃目標は、フォード島に二隻ならんだ内側のメリーランド型戦艦である。そこで私は、ダイヤモンド岬の上空の高度四〇〇〇メートルのところから急降下に入った。や

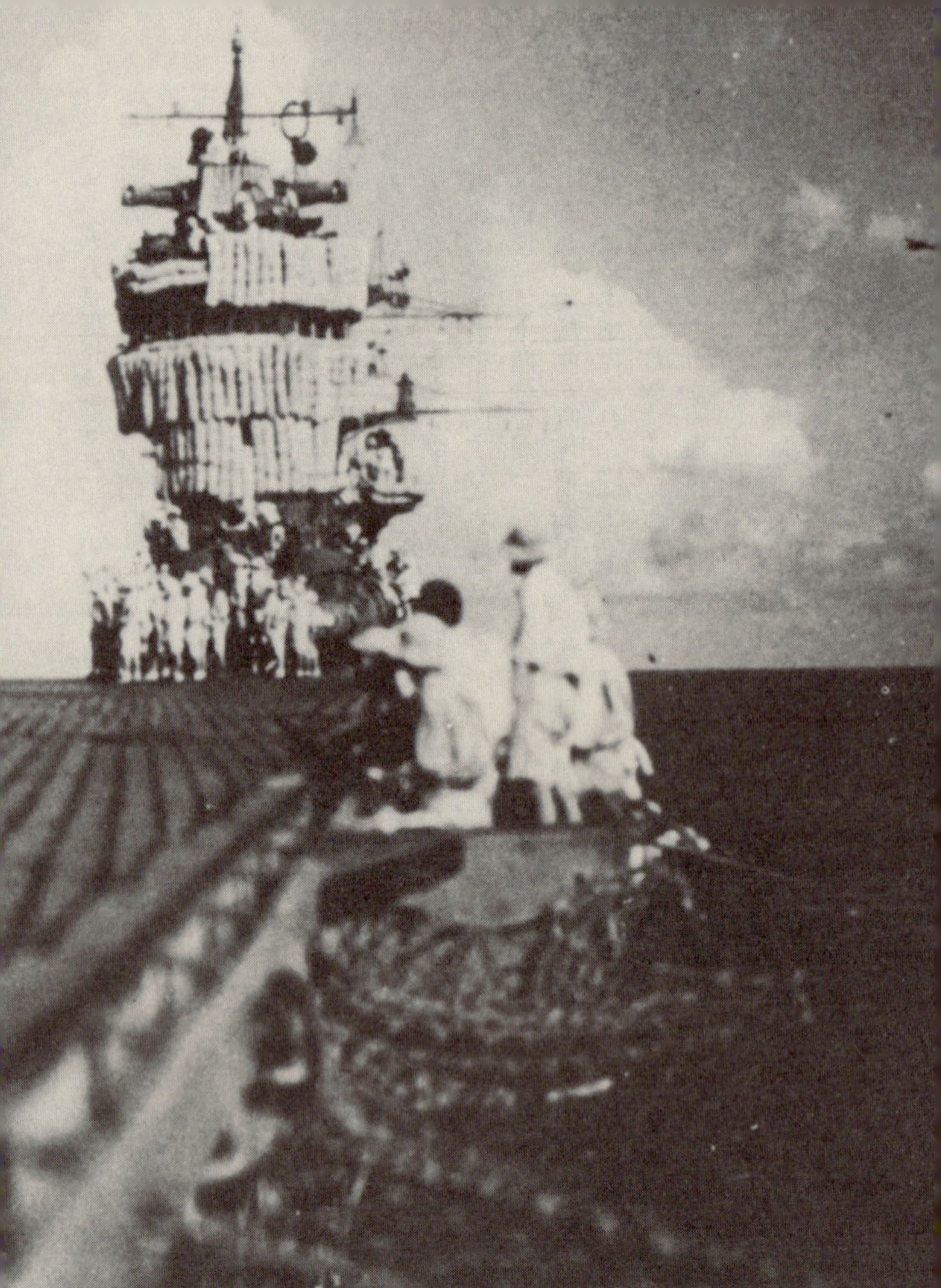

250キロ爆弾を抱いて空母赤城の飛行甲板を発進して攻撃に向かう九九艦爆

防弾マントレットを装着した艦橋まわりや待機所の整備員たちに見送られ、

やがて島に近づき、目標を確認し、高度四〇〇メートルから爆弾を投下した。そしてただちに機首を起こして目標の艦上を横切り、フォード島すれすれに通過した。そこで弾着を確認するため機首をかたむけて見ると、いままさに敵艦の籠マストがフワリと舞い上がるように傾いていくのが見えた。

ほんとうにホッとしたが、その時であった。愛機の九九艦爆A二〇八号機がガクンと激しいショックをうけ、後席の偵察員である川井裕二飛曹（乙八期）が突然、「て、て、て、……」と大声を上げた。

それというのも、後部座席に一発、右翼の中央と付け根に二発、合計三発の機銃弾が命中したから、川井二飛曹はおどろいて声を出したのである。この被弾によって右翼タンクからガソリンが流れ出したのを、この頃はまだ気がつかなかった。

笑いばなしとなるが、ぶじに帰艦したあと、川井二飛曹に「なぜ大声を上げたのか？」と聞くと、彼は、体すれすれに弾丸が通過して、後席の七・七ミリ旋回機銃の予備弾倉の止め金に命中した。そのため弾倉がはずれて落下し、川井二飛曹の腰部を強打したので声を上げたのであって、彼はてっきりいまの敵弾が腰部に命中したものと思いこみ、

「天皇陛下万歳と叫んだつもりだったが、あとがつづかなかった」

と、大いにてれていた。

その彼も私とペアをわかれ、各種の航空戦に参加したが、第二次ソロモン海戦において散華してしまった。

栄誉と不安を胸に単機で洋上を

戦艦を爆撃したあと機を引きおこし、目前にあったバーバスポイントの飛行場の銃撃にはいった。そしてそれが終わると西方に戦場を離脱して海面上に出た。そのとき、一中隊二番機（後藤二飛曹操縦、宇都木兵曹同乗）の後方に敵カーチスP40戦闘機が急追し、射線を送っているのを目撃した。とその時、二機とも海上に落ちるのが見えた。戦後の記録によると、後藤兵曹機は『自爆前一機撃墜』となっているので、敵機と交戦して刺しちがえたものと思われる。

その直後、二小隊長の大淵中尉機に合流したのでともに旋回していると、大淵中尉が後方の偵察席から黒板を出し、チョークで『タンクから燃料が吹き出している。単機で母艦に早く帰れ』と知らせてきた。そこであわてて見ると、右翼の後方よりガソリンが吹き出していたので、単機で母艦に帰るため機首を向けた。

私の機には三発の敵弾をうけているので、出撃前の指示により指定地に不時着しようかと迷ったが、帰れるところまで帰ろうと単機で母艦をめざして帰途についた。ぶじに母艦にたどりつけるかどうか、おおいに不安であった。だが、果てしない海原を下に見て、ひろびろとした大空を飛翔しながら、艦爆乗りの栄誉とその期待にみごとにこたえ得た感動は、いつまでも全身に鼓動していた。

オアフ島をはなれて一時間半もたったであろうか、はるか前方の水平線上にポッリと黒点を発見した。それは付近に配置されていた味方の潜水艦であった。そこで翼をふって近づくと、艦上の乗員が手をふって迎えてくれ、さらに母艦の方向を白い布板でしめしてくれた。

こうしてまもなく赤城の飛行甲板に着艦したときは、やはりホッとした。

ハワイ空襲により赤城艦爆隊十八機、三十六名のうち、四機、八名の未帰還があった。ハワイ空襲全機の三五〇機、七六五名のうち二十九機、五十九名に比較して、その被害の非常に大きかったことをしめしている。

惨たり空母「加賀」埋骨の決戦記

元「加賀」飛行長・海軍大佐　天谷孝久

ハワイ奇襲のさいに敵空母を討ちもらしたことは、攻撃隊員一同が歯を喰いしばって残念がったところであった。果たせるかな、明くる昭和十七年の春には、早くも四月十八日の空母ホーネットによるB25の東京空襲をはじめとして、がぜん猛反撃に出てきた。

ミッドウェー作戦はこれに応戦したというよりは、むしろこのチャンスをつかんで、一大決戦を試みようというにあった。最初の計画としては、機動部隊が先にいって敵空母および基地を叩く、つづいて上陸部隊（輸送船団）が進攻し、そのあとから大和以下の戦艦戦隊がこれを支援するという構想であった。

天谷孝久大佐

印度洋作戦における破損飛行機の修理、乗員の補充交代をおえたわれわれ機動部隊は、例のとおり出動前の基地訓練をすませ、瀬戸内海に集合して作戦細目の打ち合わせに余念がなかった。時はあたかも五月の二十七日、日本海海戦の記念日である。——出動命令が下り、あいついで豊後水道を打って出た。

例によって敵にさとられないために、一切の無線は封止された。だいたい北緯三〇度の線を東に向かい、六月五日、ミッドウェーの北約二〇〇浬の地点から攻撃を加える計画であった。これに参加したわが母艦は、第一航空戦隊（南雲忠一機動部隊長官直率）——赤城、加賀、第二航空戦隊（山口多聞少将指揮）——蒼龍、飛龍であった。

加賀は第一航空戦隊の二番艦である。四空母中でトン数がもっとも大きく（三万三六九三トン）、搭載機数も多かったが、もと戦艦であったものを建造半ばで改造したため、速力は少し遅かった（二十七・五ノット）。

艦長は岡田次作大佐、海軍航空創始者の一人で爆撃の権威者である。搭乗員はもちろんハワイ空襲の猛者たちが主体で、そのほかに若干の新乗艦者が加わっていた。艦載機は零式艦上戦闘機、九九式艦上爆撃機、九七式艦上攻撃機あわせて約百機であった。

今度の作戦はハワイのような奇襲とは異なり、すでに両軍は厳重な警戒と反撃即応の態勢にあり、うっかりは近づけない。それにわが方としては、攻撃主目標がミッドウェー基地にある陸上機と、敵空母および艦載機、この二つであった。

そして困ったことには、陸上基地を攻撃する場合は爆弾でなければならないし、空母をやる場合には魚雷の方がより効果的である。そのいずれになるのかによって、兵装の急速転換に即応できなければならない。これが大変な難作業である。

そこで機動部隊は、六月五日の早朝に偵察機を出し、広範囲の索敵を行なった。空母を見つけたらもちろん、その方を主に攻撃する計画であった。そして艦内の整備員は、敵空母が見つかるに違いないと判断し、七分は雷装、三分は爆装の構えで待機していた。しかし、予定の時刻になっても敵空母は見つからなかった。そこで第一次の攻撃はミッドウェー基地(爆装)に向けられたのであった。

敵雷撃機との死闘

攻撃に向かったわが飛行機隊は、ミッドウェーの前方三〇浬《かいり》付近で敵の戦闘機に遭遇したが、直掩していた戦闘機隊の掩護が適切であったため、攻撃隊は無事これを切りぬけてミッドウェー島に対する最初の攻撃を敢行した。ところがミッドウェー基地はすでに、もぬけのからだった。飛行機はおらず仕方なく格納庫や滑走路などを爆撃したのみであった。

この攻撃隊発進後の加賀艦上は、上空直衛機の交代機発進、第二次攻撃隊の準備もおわり、朝食をとる者など一時小康状態で、私も発着艦指揮所でしばらく一服していた。

ちょうどそのときだった。

加賀の左舷後方に、第一次攻撃隊の帰ってくるのとは様子のちがった艦上機らしい小型機の二機編隊を認めた。見ているうちに、それは猛スピードで加賀に迫ってきた。敵母艦機だと直感したつぎの瞬間には、爆弾が投下されていた。幸いに二発ともはなはだしく風下に落

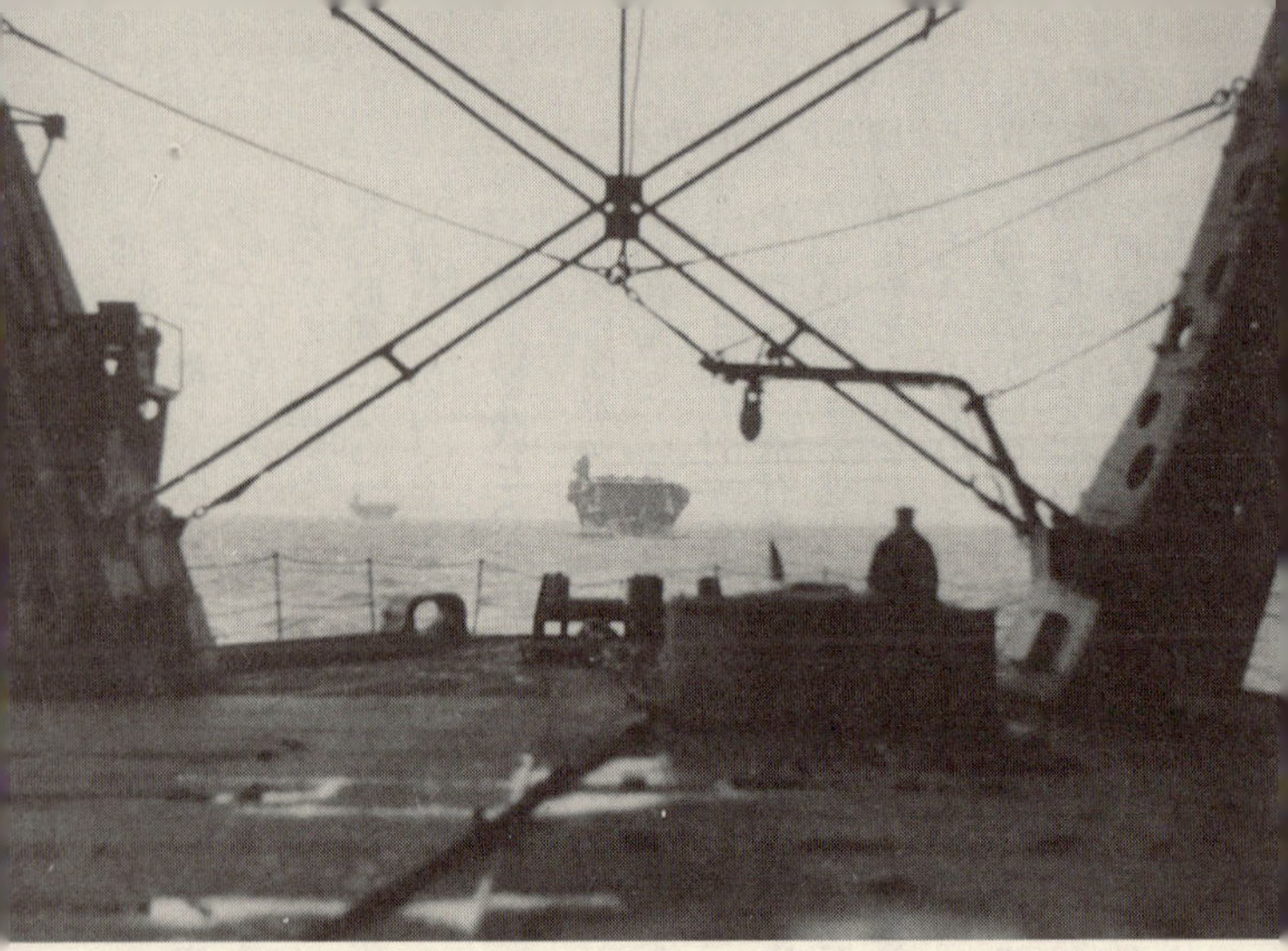

真珠湾へ向かう加賀（中央）と瑞鶴を赤城艦尾より撮影。左右の柱は飛行甲板支柱

下して命中せず、艦尾二〇〇メートルあまりのところに落ちた。

この二機の敵飛行機の来襲によって、敵機動部隊が、この飛行機の行動半径内（二〇〇浬以内）にいることは確実であった。それにしても、これを発見し得ないわが索敵機は何をしているのであろうか。こんなことを案じているところへ、わが索敵機から待ちにまった「敵機動部隊見ユ、地点……」の第一報が入電した。

やがて旗艦赤城から、空母攻撃指令信号がとどく。艦内はにわかに緊張した。爆装から雷装への転換である。ちょうどその真っ最中、第一次攻撃をおわった味方攻撃機隊が帰ってきた。これも急いで着艦させてやらねばならない。

しかし無念にもそのとき、敵の雷撃機大編隊が真っ黒になって襲ってくるではないか。

上空から見ると、加賀の船体が一番大きく見えるのだ。敵は加賀を旗艦だとでも思ったのであろう。そのほとんど全機が加賀をめがけて殺到する。

もちろん第一次攻撃隊の着艦は中止された。全艦もっぱらその撃退戦に移った。加賀の対空砲の火蓋は切っておとされ、その中を縫って、敵の雷撃機は猛然と突っ込んでくる。ときどき紅蓮《ぐれん》の炎と化して海中に没する機が見える。

わが空母四隻は、それぞれの回避転舵運動に必死だ。まさに一大激戦のクライマックスである。恐ろしいなどと考えるいとまはない。全将兵は夢中になって応戦した。やがて残る敵機はわずか数機となった。そのうちの二機が、加賀に向かって魚雷を放ってきた。しかし艦長の巧妙な回避転舵は、気泡の近づく情況を見て面舵一杯！　無事に回避に成功した。

結局、ほとんど全部の敵機を撃墜するのに成功したのであった。

急降下爆撃機来襲、被弾炎上

つぎの仕事は、上空に待たせておいた味方機の着艦収容と、敵空母を攻撃する第二次攻撃隊の出発準備である。

しかしそう思っていたときにはすでに、はるか上空の雲間から今度は敵急降下爆撃機の来襲であった。またしても熾烈《しれつ》な対空戦闘がはじめられた。味方の上空直衛機は低空の敵雷撃機を追跡直後であったため、またもとの高高度には上がり切らないでいる。その留守中の急降下爆撃機の来襲である。

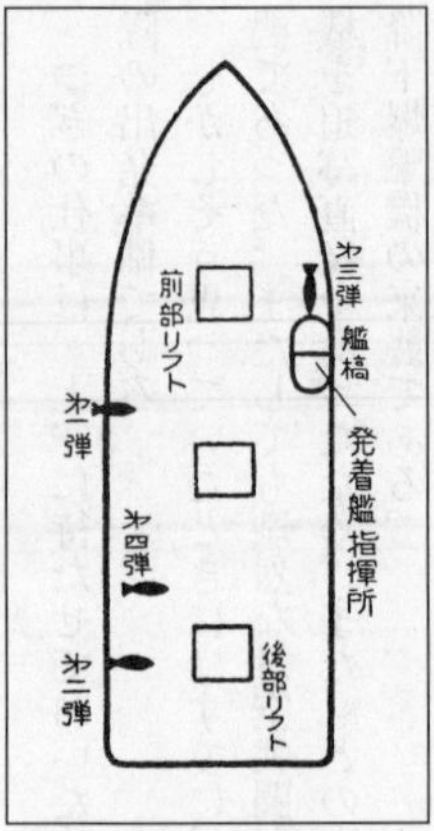

「加賀」被弾図

そのとき加賀には、およそ二十機ばかりがかかって来たように記憶する。それがわが飛行甲板をめがけて機銃掃射をやりながら、つぎつぎと急降下して爆弾を投下してゆく、その各機の投下する爆弾の色が違っているのだ。焼夷弾とか炸裂弾とか、とりまぜて持ってきたものであろう。

ついに四発目くらいだったかが左舷の飛行甲板中央に命中した。ついで一発が後部昇降機に炸裂した。その作業指揮にあたっていた山崎整備長のすぐ頭上だった。そしてまたまた次の爆弾が艦橋の直前に落下してきた。そこには小型燃料車がおいてあった。そのため引火したガソリンが四方にひろがる。

私はそのとき伝声管で艦橋を呼んでみたが、すでに返事はなかった。艦長は戦死である。見ればあたりには船体の破片が飛散し、一面の火の海であった。側壁の塗料にも火が燃え移ってメラメラと燃えたぎっている。こうして格納庫は前部と後部の両方から、火に迫られていた。またも四発目の命中弾が出た。

私はガス消火装置の全開を命じたが、火は一向におとろえない。そのうちに、もっとも恐るべきことが起きた。格納庫内に準備中の爆弾に引火しはじめたのだ。格納庫の側面からは爆風で兵士が放り出される始末だ。

私のいた飛行指揮所もやがて猛火に包まれはじめた。もちろん艦内各部への連絡は一切通じない。こうなってはもう処置がなかった。各部署ごとに最善の方法をとるだけだった。

遠く外に目を転ずれば赤城からも、もうもうたる黒煙が上っている。蒼龍からも飛龍からも不吉な煙があがっていた。そして三隻ともほとんど動いていなかった。加賀と同じ運命にあったのである。

無念！　ここにおいてわが処置はいかにしたらよいのか？　私は煩悶することしばらく、ふと見るとかつて支那事変中、敵飛行場着陸で勇名をとどろかせた小川正一大尉がどこかに負傷して動けないらしいが、笑顔を浮かべて平常と少しも変わらぬ温顔を湛えているではないか。

その瞬間、私は「わが任務は搭乗員を救うこと以外にはない」と直感した。そして艦の方は、それぞれの配置のものにまかせようと決心し、
「搭乗員は救助駆逐艦に移れ、再起をはかるんだ。こ

空母加賀。悪気流防止の熱煙冷却装置を使用中で煙突から水蒸気を放出している

こでいたずらに死んではならない！」

と指令した。

救助駆逐艦から見た加賀の情況は、格納庫内が一面の火の海で、ときどき庫内の爆弾に引火するらしく、爆発がつづく。艦はまったく停止していたが、艦そのものは少しも傾いていなかった。とくに下甲板以下は何らの異状もなく、どっしりと頼もしく浮かんでいるではないか。

夕方になって火薬庫の爆発らしい数回の大爆発があった。これは、あるいは敵潜水艦の放った魚雷が爆発したのかもしれない。加賀は日没少し前からしだいに水平のまま沈みはじめ、日が暮れるとともに、やがてその全姿を没していった。私は合掌して涙をのんだ。

まことに凄絶な最期というべきであろう。乗員は一八〇〇名、救助された者はそのうち一千名、約半数が艦と運命を共にした。そして機関部員は、ほとんどが脱出できず、ほんのわずかしか生存者は数えられなかったのである。

ミッドウェーの敗因

かくして加賀は、総員の奮戦死闘にもかかわらず、沈没の悲運に遭い、またこの作戦において一挙にしてわが主力空母四隻を失うという惨敗を喫したわけであったが、なにがその悲劇の原因であったのであろうか。

その原因は種々諸研究家によって、昨今きわめて徐々にではあるが究められ、発表されているのであるが、まず第一に、陸上のミッドウェー基地攻撃と、敵空母攻撃の二筋道をかけた作戦用兵の無理があったこと。

第二に緒戦以来の勝利に、われみずからが「驕兵」となりつつあったこと。

第三に第二の理由に関連して、機密が漏洩《ろうえい》したこと等が挙げられよう。

そしてそれらのすべてに優先する最大の原因は、われわれ第一線当事者の索敵の失敗であったのである。

六月五日に、わが機動部隊では早朝から偵察機を出し、そうとう広範囲の索敵を行なっていたのであったが、その扇形の中央線を担当した一機が、不幸にも故障となり、発進が三十分遅れ、さらに不幸は不幸を呼んで、局部的な天候不良に遭って、往路に敵機動部隊を発見できなかったのである。そのために報告が南雲長官のもとに届くのが遅くなった。

もし往路にこれを発見し得たとすれば、どうであったか。少なくとも時間的に一時間は早く対応できる迎撃態勢をとれたであろうし、また第一次攻撃も、陸上でなく敵空母に対し、十分の余裕をもって当たり得たことは確実であった。

この偵察機はカタパルトのピンがはずれていたとかで発進できなかったと、後日聞いたが、まことにピン一本が、ミッドウェーのわが機動部隊喪失という結果になったわけである。かつてナポレオンが、従卒に馬蹄の釘一本を注意させて戦場に臨んだというが、ただ戦場のみならず、すべてのわれわれの行動について、心すべき教訓といわねばならない。

運命の十分間「加賀」機関室からの生還

着任まもない空母艦底から奇跡的に脱出した機関科員の体験

当時「加賀」三十八補機分隊士・海軍予備機関少尉　増田規矩

「総員起こし」「第一次攻撃隊用意」「搭乗員整列」「発艦配置につけ」

つぎつぎと拡声器により指令が艦内に流れる。時——昭和十七年六月五日午前一時三十分。所——ミッドウェー北西方海上二四〇浬の地点だ。

空母加賀（ミッドウエー作戦部隊、連合艦隊、機動部隊第一航空艦隊、第一航空戦隊の二番艦）のガンルーム士官私室（少中尉私室）のベッドに寝ていた私（旧姓野崎）はすでに目をさまし、今日、この初陣に身震いするような緊張感とともに、あれこれ想いをはせていた。

思えば過ぐる半年前の一月十三日、軍服に身をつつみ、父より譲りうけた軍刀を片手に、雪にうもれた北海道は夕張の地の故郷をあとにした。久里浜海軍工作学校で、同窓の友三十五名と二ヵ月の教育をうけたのち友と別れ、軍艦加賀乗組を命ぜられた。

当時、加賀は南方作戦に従事していたので、セレベス島ケンダリーの基地に赴任のうえ乗艦。海軍予備機関少尉として、第二十八補機分隊士を拝命、五十名の部下をあずかり、応召第一歩の前線勤務がはじまった。

以来、今日まで約二ヵ月、大きな作戦もなく過ぎてきた。すぐる十日ほど前、瀬戸内海柱島基地に（広島湾南方の連合艦隊泊地）錨泊中の旗艦大和の艦上にて、機動部隊乗組全士官数千名の中にまじり、山本五十六司令長官よりうけた訓示の感激も、まだ新しい。

明くる五月二十七日十時、機動部隊は柱島を出撃、クダコ水道より豊後水道をぬけ、ミッドウェーめざし進撃した。皇国軍人の一員とし、この大海戦の第一線戦闘部隊に参加する身の光栄、栄誉に力強く滅死報国を誓うのであった。

出撃より十日目、いよいよ今朝、立派に働かねばならぬ。

「艦内哨戒第二配備」拡声器が告げる。

自分の戦闘配置である前部空気圧搾機室の分掌指揮所に降りてゆき、先任下士官以下、十名の部下の点呼をとり、後部分隊指揮所に報告。五名の当直員に指示をあたえ、五名の非直員をつれて飛行甲板のポケット（待機所）に立つ。つぎつぎに発艦していく攻撃隊の一機また一機に無言の想いをこめ、出撃を見守る。東の空はまだ薄暗い。

目を転ずれば、僚艦の赤城、蒼龍、飛龍の空母より豆つぶのように小さく、一機そして一機と飛び立っていくのが見える。四空母あわせての水平爆撃機三十六機、急降下爆撃機三十六機、制空隊機三十六機の計百八機。この第一次攻撃隊は、艦隊の上空を一周する間に編隊を整形し、百雷のような爆音をのこして、明けそめる東南の空に吸われていく。時に一時四十五分（日本時間、以下同）。日出の十五分前である。

第一次攻撃隊が発艦するや、ただちに「第二次攻撃隊用意」が拡声器よりひびく。かくして戦いの緒は切られた。

一時間せぬうちに、攻撃隊の戦果がつぎつぎ電波に乗り、司令部に送られ、艦内に伝わる。開戦以来の輝かしい戦果に、今日の一ページがまた新しく加わるのだ。二日後の七日にはミッドウェーに攻略部隊が上陸するだろう。敵の機動部隊も捕捉殲滅《せんめつ》されるだろう。艦内の表情は明るい。

しかし、この時、目に見えない暗雲がすでに大きく、わが機動部隊の上におおいかぶさってきていた。

火の海となった連絡通路

「対空戦闘」「総員配置」

ラッパが拡声器よりひびく。高角砲、機銃が火を吹く。時に二時二十分、米海軍のＰＢＹ飛行艇が機動部隊に触接を開始した。それより七時二十四分、被弾するまでの五時間、間断なき対空戦闘がくりひろげられた。対空砲火の響きは艦底ちかい場所の指揮所にも伝わってくる。

七時十分ごろ、敵機動部隊艦上機の攻撃がいちだんと激しくなってきた。

ドカーン！　大きな衝撃を身に感ずる。と同時に、ドカ、ドカ、ドカーン！　百雷一時に落ちる振動、身体が一尺ほどはね飛ばされる。雷撃！　と直感（実際は魚雷でなく飛行甲板にうけた爆弾の破裂と近くのガソリンタンクの爆発、付近の飛行機の抱いていた魚雷、爆弾の瞬間的誘爆、自爆などによるものだったが、その折は一切不明）。時に七時二十四分。運命の時間であった。

ただちに各部調査、異状ナシ。分隊指揮所に報告。分隊指揮より指令。間断ない指令の伝達と報告の連続。さらに大きな衝撃、振動、爆発音、これらにまじる砲声、銃声。と、急に電燈が消え、暗闇となった。

「電源切断」「電話機故障」「応急電源不調」「圧搾機運転不能」「分隊指揮所応答ナシ」「拡声管不通」と矢継ぎばやに伝令が報告してくる。

事態の急悪化。さっと緊張する。ただちに兵一名に後部分隊指揮所に行かせる。暗闇の中を懐中電燈の明かりとともに、上部マンホールより出ていく兵を見送る。数分とたたず戻ってくる。

「後部連絡通路は火の海、通れません」重大な事態にいたる。

急遽、下士官に指揮所上方付近一帯の状況偵察を命ずる。それにより、指揮所真上の前方ならび後方とも火災。加うるに蒸気管破裂による蒸気噴出とともにはなはだしく、煙と熱気が充満していることを知る。火災場所を判断し、比較的通行可能と思われる進路えらび、分隊指揮所に復帰することを決心する。

指揮所に隣接している主計科倉庫をひらかせ、ビール、酒、サイダーなど手当たりしだい、水ものの瓶を持ってこさせる。頭からひっかけ、全身ビショビショにさせた上に防毒面をつけさせる。

先頭に下士官を、つぎに自分、つぎに兵三名、真ん中に先任兵長を、そして最後尾に先任下士官の順で各人の間隔二メートルくらいにたもち、一本のロープで胴体をむすび、数珠《じゅず》つなぎにする。そのつぎに前進、停止、右、左、上、下、早駆け、後退その他の合図をロープの引き方により定める。明かりは自分と下士官の持っている懐中電燈三個のみ。出発準備はできた。

垂直の縦梯子をのぼり、マンホールをひらく。先頭の下士官が出る。つぎに自分、そしてつぎと、頭にえがいた進路をとる。上段の部屋を出る。つぎの上段にかかる。さらに上段と、その頃よりもうもうたる煙と蒸気、そして熱気が身体をつつんでくる。だんだん苦しくなってくる。

懐中電燈の明かりによるも、二メートル先の下士官、二メートル後方の兵の姿も判別しがたい。煙には有効な防毒面も、蒸気と熱気にはその効果もない。呼吸がさらに苦しくなってくる。頭がくらくらする。何も見えない。

この暗闇と煙と、熱気の中にいるのはたった自分一人、と思う気持ちに、ただわずかに前と後ろにつながっているロープが、前後に人のいることを意識させてくれるのみ。前後左右の方角もわからなくなってくる。おおよその通路の見当をつけ、歩数で推測しながら進むだけ。さらにいちだんと呼吸が苦しくなってくる。

加賀右舷後部。連装機銃や高角砲用測距塔、煙突、倒された無線檣、高角砲が並ぶ

その時、後方よりロープで信号がくる。最後部の先任下士官がいよいよ指揮所のマンホールを出る瞬間である。指揮所より約二十メートル前進したことになる。ただちに停止の信号を前後に送る。熱気はますます激しくなってくる。

前方に赤いめらめらした炎を認める。酒、ビールでぬらした体も、熱気で蒸されてくる。このまま前進をつづけ、前進不可能の場合、ふたたび引き返すとき、最後部の先任下士官の判断が悪ければ、方角をうしない、指揮所にも戻れぬことになる。進むべきか？　退くべきか？　一瞬の判断を要す。

今はいったん引き返し、身体を休ませ、対策を立てなおす必要がある。前進断念！　後退の信号を送る。後ろ向きになり、右に左に歩き、そして止まり、タラップを降り、マンホールをひらき、縦梯子を降りての動作をくり返し、ふたたび指揮所に戻る。指揮所のマンホールをかたく閉じさせる。防毒面をとり、休ませる。吐く呼吸音が荒い。

暗闇のなかに座し、別の進路をあれこれ考える。「落ちつくんだ、野崎（私の旧姓）少尉、しっかりせよ」と心に叫びながら、第二、第三、第四と、つぎつぎに進路を思い浮かべ、先任下士官を呼び意向を伝える。

焦熱地獄との戦い

十分ほどみなを休ませて、ふたたび行動開始、想定した第二の進路に向かう。暗闇と煙と熱気との闘いに疲れはて、ふたたび戻る。

休ませてさらに第三の進路へと向かう。かくすること四度、そして五度。すべては失敗に帰し、総員疲労困憊その極にたっす。脂汗がたらたら流れ、若き兵隊の顔面蒼白となる。暗闇がせめてもの救い。時間もすでに二時間ほど経過した。

六度目、最終の進路として下部弾薬庫（理由なく立入厳禁）を通り抜け、罐室にいたる進路をとることに決心。おなじ動作、行動、めざす弾薬庫にたどりつく。マンホールをひらく。轟々たる滝の音にも似た轟音が耳をつんざく。懐中電燈に照らされてくる海水の奔流。万事休す。

絶望の一事（あとで判明したが、被害火災戦闘能力喪失後、誘爆をふせぐため注水を指令したことによる。加賀の沈没はこれによりいっそう早まった）、指揮所にもどる苦悩。時計を見る。十時。被弾後二時間半経過。戦闘配置につき八時間をすぎる。

　みなを休ませているが、だれも話をする者もない。指揮官として今よりとるべき処置如何。電源断絶による主空気圧搾機運転不能。二十八分隊士管掌指揮の使命は終わった。今は補機分隊に復帰し、つぎの使命を遂行せねばならぬ。

　電話、伝声管の連絡は杜絶している。兵による連絡はもちろん、指揮所をはなれ、分隊に復帰することもただいま現在不可能となった。戦闘要員にくわわることもできず、火災に閉じこめられて動けぬ。

　この焦燥、いたずらに拱手傍観、無為にすごすことの無念さ。しかしながら今はただ、戦闘終了までここに踏みとどまらざるを得ない。

　さらに時はすぎる。昼もだいぶ過ぎた。空腹はおぼえぬが、戦闘食の握り飯をとらせ、煙《た》草《ば》盆《こ》を出させる。暗闇の中のあちこちで煙草の火が見える。あいかわらず炸裂音がひびく。かなりの振動が伝わってくる。

　対空砲火の戦闘と信じていたが、すでにこの時は自停、機関室は蒸気管破裂により機関長以下総員、戦死全滅。艦橋は被弾後、猛火に一瞬にしてつつまれ、艦長以下総員、戦死全滅。戦闘能力ゼロ。

　ガソリンの引火による爆発。飛行甲板上に爆弾と魚雷をだき、発艦寸前にあった飛行機に燃え移るたびに、魚雷、爆弾が誘爆。さらに砲座の弾薬、機銃弾の誘爆。これらにより全艦猛火につつまれ、すべての機能は停止していたのであったが、下にいてはいっさい状況不明。

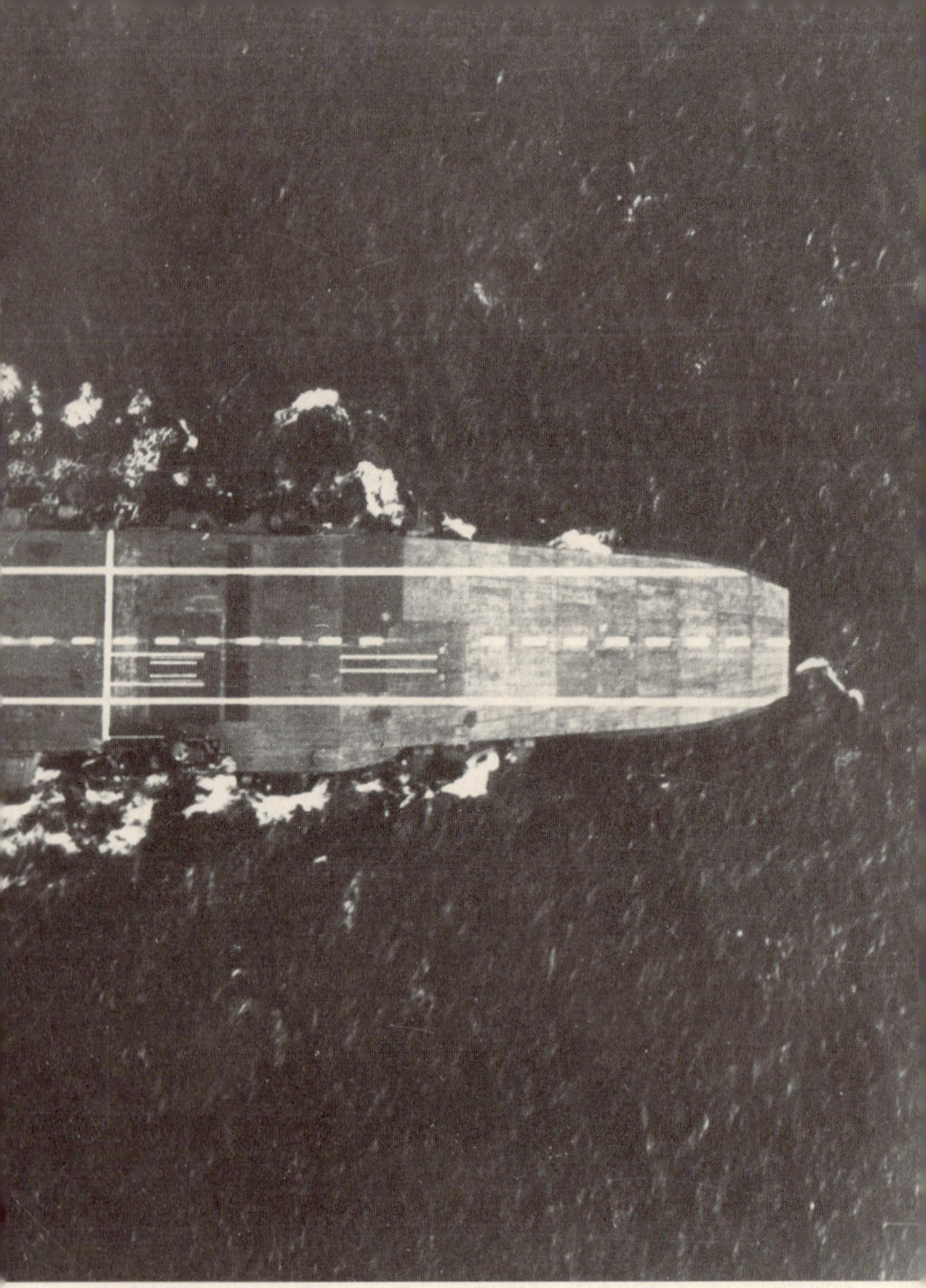

白円部の後部、右舷艦橋左の中部、その少し前方に前部エレベーターを増設

改装後の空母加賀。飛行甲板が艦体を上まわる248.58m、幅30.83mに延長され、

暗闇に座して瞑想、過ぎ来し今日までのことが走馬燈のようにすぎていく。

すぐる五月二十六日、出撃前日、旗艦大和の艦上で催された珊瑚海海戦戦訓《せんくん》訓話を想起する。

空母翔鶴が被弾火災したおり、前部区画全密閉消火をおこない、火災鎮火、艦を救った。そのおり前部区画内配置将兵は脱出不可能となり、一部は焼死、一部は蒸し焼死、一部は窒息死で戦死した。いま自分たちもおなじ状況にあると判断。

このくらいの被雷、被弾で加賀の戦闘能力が喪失するとは思われず、いわんや、五万トンをこす当時空母として世界最大の巨艦である加賀の沈没は夢想もできなかった。いずれは火の手は下にうつる。自分たちはこの指揮所内で戦死する運命にある。マンホールはかたく閉じている。この中の可燃物は少ない。中は燃えぬだろう。立派な死に方をしたい。服装の乱れをなおす。戦闘日誌をとりだし、戦闘配置以降の処理を懐中電燈を片手に記録をまとめはじめる。

終わる。横になる。豆をいるような炸裂音が伝わってくる。ときどき激しい衝撃音、轟音が——手落ちがないかを考える。

時はさらにたっていく。自分と生死を共にしてくれる、いま直接ここにいる部下十名の一人一人を想い浮かべる。自分たちは最善をつくした。有難う。また分隊指揮所に佃大尉分隊長とともに活躍している、残りの部下四十名の上に想いをはせる。また同窓の友、主機分隊士小倉少尉は如何と友の身を想う（すでにこのとき主機室にて戦死）。

さらにすぐる半年前、赤紙を手にし、歓呼の旗に送られ故郷の駅頭を発った姿が目に浮かぶ。父の顔。母の顔。

「規矩は立派に最善をつくしました。立派に戦死します。お世話になりました」

生への最後の挑戦

あれこれ、想いは去来する。死の恐怖は微塵もわかなかった。立派に死にたい。ただそれだけ。二十四年の生涯を終える今、この瞬間にあるものは、かえって安らぎであった。ただ時間が長い。一時間が一年の長さにも感ずる。さらに時間がすぎる。暗闇に静かに座することさらに四時間。時計は十五時をさしている。配置について十三時間、被弾、火災後七時間半である。

やや炸裂音が小さくなってきた。艦全体が静かになった感じ。何かを感ずる。この頃、ふと一つの考えが頭をかすめる。

「外部への最短距離は前部上甲板に出る路である。さきほど、あの付近は火の海であった。しかし、あるいは今は、火の手は他にうつっているかも知れない。ここで戦死することは百のうち百、確実である。火の中を突破し、脱出することは百のうち一～二の可能性もある。火勢がおとろえていればなおさらである。脱出に成功すれば部下の命を救える。つぎの任務もある。よし、やる、脱出だ」

先任下士官を呼び、決意を告げる。

「分隊士、やりましょう」

頼もしく、そして力強い先任下士官の声。今度は戻ることを考えることは不要、失敗すれば死あるのみ。ふたたびであり、最後である。

主計科倉庫より酒とビールを持ってこさせ、他に作業衣も出させる。着用させ、前回より、より徹底的に酒やビールを浴びせ、濡れ鼠にさせる。ロープの間隔も一メートルにする。後方の必要がないため、先任下士官を先頭にする。つぎに自分、後に下士官、先任兵長、兵と順番をかえる。

各自にハンマー、スパナーなどの道具を持たせる。火災現場は全員早駆けのこと、脱出進路を総員に説明。目的の水密扉を各自の頭の中に描かせる。この扉にたどりついたら、一丸となり全ヒンジをはずし、外に飛びだす。ふたたび戻らぬ。失敗はそのまま総員戦死である。すべての合図、命令も終わった。

めざすは火の中、行動にうつる。指揮所を出る。このとき運命の女神は最後の微笑を、自分たち十一名の将兵にあたえてくれた。幸運にも、あれほど猛烈に燃えていた火勢はおとろえ、燃えつくすだけ燃え、火は横にうつり、あたりは熱気と煙の充満だけであった。

めざす水密扉も爆風によってか、曲がり、めくれ上がって半分開きかかっている。扉の向こうに一条の光。ぼんやり見える。外だ。太陽の光線だ。もうもうたる煙、熱気の中を全員合図により一丸となり突進、この扉を排しつきぬける。

一瞬の眩暈《めまい》、目の痛み、くらくらする。全員折りかさなって倒れる。日没も間近いが外はまだ薄明るい。見れば、艦は完全に停止している。対空砲火もない。飛行機の爆音もない。静寂そのものの海上、そして空中、前方を見る。空母蒼龍が黒煙を出して停止している。蒼龍もやられたのかと目を転ずれば、さらに一隻、はるかに水平線上に赤城？　飛龍？　中空まで黒煙をなびかせている。あまりのことにじーんと目頭が熱くなる（これは赤城であった。しかしこのときすでに別の地点で飛龍も被弾火災中であった）。

五百メートルほど離れたところに直衛駆逐艦の萩風、舞風が遊弋《ゆうよく》している。見れば上甲板は人の山、上衣を脱ぎ大きく振る。萩風より手旗が送られてくる。近づいてくる。海に飛び込む。そしてしばらく後、萩風艦上に茫然と立っている自分の姿があった。

運命の十分間

戦いは終わった。空一面をおおう黒煙を吹き上げ、やや前のめりに停止している巨艦加賀を眺めた時、敗戦の苦痛がはじめて胸を締めつける。私の立っているあたりには、火傷その他の負傷者が所狭く折りかさなり、狭い甲板上にごろごろ転がっている。

午前七時二十四分、加賀に来襲した敵急降下爆撃機は全部で九機、はじめの三弾は至近弾、第四弾が飛行甲板後部に命中、第五、第六弾に当たらず、第七、第八、第九の三弾が前部、中部に命中、艦橋は猛火につつまれ、艦長岡田次作大佐以下、総員戦死。艦の指揮中枢全滅す。

十一時十分、敵潜水艦より魚雷三本発射され、うち一本が命中。ところが爆発せず、頭部は海中に沈み、のこった気室が浮き上がり流れはじめた。当時、海中にはね飛ばされていた乗員の一部が、敵の魚雷のこの気室にすがりついていて、のちほど救助されるエピソードがあった。

加賀の被弾後、駆逐艦萩風と舞風は爆雷を投下し、敵潜水艦を制圧しつつ、加賀乗員の救助にあたった。被弾後三時間半、手のほどこしようもないまま火勢ますます激しく、生存者の先任将校となった飛行長の天谷孝久中佐が指揮をとり、総員に退去を命じ、いったん萩風と舞風に移乗。二時間を経過し火勢やや下火となったとき、天谷中佐が応急隊をひきい、ふたたび乗艦、艦を救う努力をしたが、ついに断念。総員ふたたび萩風と舞風に移乗を終わり、沈没寸前にせまってきた加賀の最期を見守っていたところであった。

私たちが脱出し、前部甲板上に出てきたのは、ちょうどこの時であった。私たちの姿を認め、最後の救助をしてくれた。

萩風に救助されてわずか十分後には、沈没寸前の加賀の艦体が急に前のめりになる。立錐の余地もない駆逐艦の甲板上で、負傷のため立てぬ者は寝たまま、総員挙手の礼をしつつ、最後の加賀を見送る。万感去来、胸を締めつける。

徐々に艦首を突っ込み、ほぼ四十五度近い角度になったと思うとき、急速度にミッドウェー海底深くその巨艦を没していく。沈没数分後、海中にての大爆発音を耳にす。あふれる涙を拳でぬぐいつつ将兵は男泣きに泣いている。この瞬間を今朝までにだれが夢想しただろう。

時まさに十五時二十六分。日没六分前であった。夕闇せまる頃、被弾してから八時間二分後、加賀の姿は永遠にこの世より去った。

その翌々日の夜半、主力部隊に合流。加賀の乗組員は戦艦長門に移乗、基地に帰投した。加賀の乗組将兵一二〇〇名中、戦死せるもの艦長岡田大佐以下八〇〇名。戦いの跡を振り返るとき、自分たちの脱出があと十分遅れていたなら――また、あのとき前部の火災がまだ燃えつづけていたら――いまは加賀とともにミッドウェー海底深く眠っていることであろう。

すべては運命の十分間であった。部下十名とともに生を完うし、さらにこの大戦の最後までご奉公できたことを、ただ心の奥深く感謝する。戦死した同窓の小倉少尉ほか八〇〇名の共にすごした加賀乗組将兵の冥福を祈りつつ、またかかる悲惨な戦争のふたたび起こらざることを祈念しつつ、ペンを擱《お》く。

焦熱の海にわが空母「蒼龍」消えたれど

元「蒼龍」掌運用長・海軍大尉　佐々木寿男

昭和十三年(一九三八年)十二月十八日、私は巡洋艦那珂《なか》への勤務を命ぜられ、翌年、艦隊は北支方面に出動し、十五年三月二十六日まで南支方面にも出動して忙しい毎日がつづいた。

その年、昭和十五年五月一日、私は兵曹長に進級し、即日、准士官講習員に指定され、それからの六ヵ月間にわたっては准士官として各種の実務講習を修了した。そして十月五日、空母蒼龍《そうりゅう》の乗組を命ぜられ、即日、意気揚々と赴任した。掌運用長という私の職務は、運用長の指揮下にあって、艦内全般にわたる運用作業の補佐役である。

佐々木寿男大尉

昭和十六年二月、南支方面に出動し、八月七日まで洋上訓練が昼夜兼行でおこなわれた。

とくに飛行訓練は猛烈をきわめた。母艦に収容された飛行機の訓練は、爆撃、雷撃と実戦さながらのものであった。やがて母艦群は柱島に仮泊したが、六隻であり、ものすごい陣容であった。

十一月十八日、なんとなく臨戦準備と思われるような用意がととのい、蒼龍と飛龍は柱島を抜錨して太平洋を北進した。やがて防寒服が貸与されたことによって、寒いところに行くことはたしかであると思った。

そのうちに総員集合があって、柳本柳作艦長以下が飛行甲板に整列し、当直将校の号令によって伊勢神宮の遙拝があった。さらに夕刻には宮城の遙拝があるときかされ、一体なにごとが起こるのかと不安な時をすごした。それでも艦は、そのような心配をよそに島づたいに北上していき、夕刻に予定されていた皇居遙拝は、雨のため居住区でそれぞれ遙拝した。また私は金華山沖を通過するさい、郷土の方向に遙拝した。

十一月二十三日、艦隊は知床半島の北東にある択捉島単冠湾《ひとかっぷわん》に入港した。山には雪が積っていて、すでに冬のよそおいである。そのような単冠湾になおも艦隊がぞくぞく入港してきた。

十一月二十六日、艦隊はひそかに抜錨して日本領土から離れていった。まもなく、「准士官以上は士官室に集合」と伝令が走りまわり、私も士官室へ急いだ。

やがて艦長がきて、おもむろに、

「機動部隊は十二月八日、真珠湾奇襲の任務をおびて行動するが、十二月五日までに日米交渉がまとまれば部隊は本国にひきかえす。しかし、もし決裂すれば十二月八日に奇襲を決行する。各位は任務遂行に遺憾なきよう努力されたい」

という訓示があった。

十二月五日はすぎたが、本国からはなんの命令もないまま奇襲は決定した。油槽船は最後の給油をおえて、さっさと姿を消してしまった。これで艦は満腹で、いつでも全速力が可能である。

十二月八日の午前一時半に「総員起こし」が艦内にひびきわたった。私も急いで身仕度をととのえて飛行甲板に出てみると、太平洋の空に残月が雲から出たり入ったりしている。出撃する飛行機は、飛行甲板にギッシリ勢揃いして発進の合図を待っている。

旗艦赤城からついに発進命令がくだり、ごうごうたる爆音を残して飛行機は発進していった。じつに見事な発艦である。元気で帰艦してこいよ――と心に祈った。真珠湾ではいまどのようなことが起きているのか、私にはわからない。しかし、みんなぶじに帰ってきてくれという気持ちだけが、私の心の中をおおっているのがわかった。

やがて昇降機が動きだしたのが、気配でわかった。これでやっと攻撃隊がもどってきたのであろう。昇降機の動いている音が聞こえなくなったため、全機の収容がおわったのかどうか様子を見に飛行甲板にあがった。このときは三時を少しまわっていた。しかし、未帰還機がいるらしく、見張員がさかんに空をあおいで見ていた。

まもなく一機の機影を見つけて、「飛行機一機、蒼龍に向かってきます」とつげたので、

全力35ノットで航走中の蒼龍艦尾。斜めにさがる円盤は転舵方向を示す舵柄信号

上空を見ていると一機の味方機が飛んできた。しかし、右の脚が出ていない。

そのうち、艦橋からは「着艦せよ」の信号が送られたが、その飛行機は、何回か上空を旋回して必死になって脚を出そうとしていたが、いっこうに出る様子がなかった。

ついに艦橋からは「着水せよ」との信号が送られたため、出ていた左脚をひっこめると着水した。ただちに駆逐艦から海上にうかぶ飛行機をめがけて救助艇が出された。飛行機はほとんど着水と同時に機首を海中に没していたが、尾翼に一人がつかまり、二人は泳いでいたところを救助されたのであった。

こうして奇襲作戦はみごとに成功し、大戦果をあげた部隊は全速で戦線から避退した。帰途はウェーク島攻略作戦に参戦してかがやかしい戦果をおさめ、祖国にむかい平安な航海をつづけていた。やがて呉軍港に帰港、年が明けて一月、豪州、インド洋方面の作戦に従事していたが、この間にハワイ作戦にたいし、連合艦隊司令長官より感状を授与された。

そして四月二十二日、横須賀に帰投した飛行機隊は航空基地に移動し、母艦は次期作戦のためにドック入りして艦体の修理および武器の整備と補給を昼夜兼行でおこなった。やっと整備もおわり飛行機隊を収容のために出動し、これもぶじにおわって柱島に仮泊したが、このころから、こんどの作戦は大作戦だと噂がひろがった。

夕陽をあびて蒼龍は海底深く

その噂どおり、機動部隊は五月二十七日に出撃し、六月五日、ミッドウェー島を攻撃、占領する任務をうけた。これは山本長官が連合艦隊の大半をひきいてのぞむ大決戦であり、この決戦は日本の生死を賭ける戦争になるであろうということであった。また、真珠湾奇襲とはその規模がちがっており、戦いはすでに開始されていた。そこで厳重な警戒管制でなおも敵地にすすんだ。

六月五日の未明、飛行甲板から攻撃隊発進の爆音がする。それに合わせるかのように総員は戦闘配置についた。応急総指揮官は副長小原尚中佐、応急指揮官甫立少佐、応急班第一班は水野少尉、第二班は仁平兵曹長、第三班が私で、後部第二次室付近が部署一組二組にわけてそれぞれ艦内の警戒にあたることになった。

戦況は指揮所から刻々知らされてくるだけで、外界はまったく見えない。午前二時四十分ごろ、敵機が来襲して対空戦闘が開始され、四時五分、つづいて敵の雷撃隊十二機が来襲したが、わが艦隊はものすごい防禦砲火をあびせ、全機を撃墜したとの通報があった。つづいて敵爆撃機が蒼龍の上空にあらわれたが、高角砲にて撃退したため艦内に異状はなかった。

五時半ごろ、戦闘給食のお握りをほおばった。六時半にまたもや敵機が来襲したが、射撃を開始して撃退したため、艦内にはまだ異状が見られなかった。やがて攻撃隊の収容のために昇降機が動きはじめた。

七時二十五分、急降下爆撃機が来襲して、すごい爆発と激動を感じた。さらに一弾、また一弾と、ものすごい振動である。ここでついに蒼龍も炎につつまれはじめたため、消火に全力をつくした。二組班長に後方艦内の警戒を命じ、烹炊室付近の火災および被害状況を報告させて、消火につとめた。そのうち格納庫内に誘爆が起こり、電線や寝台が落下してきた。発電機が停止したらしく電灯も消えたが、まだ指揮所からはなんの応答もなかった。これまで知らずにいたのだが、右膝下と左足が痛むので、ヘッドライトを点じてみると血が流れていた。しかし大した負傷でないようだった。

この頃になると蒼龍の全機能は停止して、すでに手のほどこしようがない状態であった。それでも二組の中村兵曹をよんだが、返事がない。ガスがますます充満してきたため、応急員を上甲板に退避させた。そして私は病室に行く舷窓をひらき、明るくして傷の手当をした。いままでいた兵員は、すでにほとんどが室外に出たらしく、応急員もちりぢりになってしまった。中村兵曹はどうなったのかもわからない。

そのあと私は、防禦扉をひらいてネットラックに出てみた。すると赤城であろう、猛烈な火炎につつまれた空母が全速力で航行していた。さらにネットラックを渡って後方に行くと、六番砲塔の砲長が部下を抱いて泣いているのが目に入った。きっと艦長から総員退避の命令が出たのをだれも知らずにいるのだろう。

それでも私は元気を出してなおも後甲板に出て、人恋しさと心ぼそさを忘れるために叫んでみた。すると、ようやくの思いで後甲板に出た兵員が十二、三名、そこに集まっていた。

この頃になると発動機調整場にも火がはいり、さかんに燃えていた。それを見た私は、後部軽油庫にドラム缶が入ってるので、もしそれに引火でもしたら大変だと、カギをこわして中に入り、ドラム缶を海中にすてた。さらに応急材や工作材料などの燃えるものは海中に投げすてた。

やがて兵員たちは、後部から海中に救助をもとめて板に身をたくして泳いでいった。するとなぜか、一人になった私の目から涙がとめどもなく流れた。艦長や副長、そして運用長白見中佐などはぶじ退避されただろうか、中村兵曹はどうなったか、などと考え、一人ぼっちでとり残され、ただ茫然と後甲板に立っていた。

こうしてどのくらいの時間がたったかわからなかったが、突然はるか海のかなたに駆逐艦が見えた。そのため後部錨から海に飛び込もうと思ってふとそばを見ると、一人の兵が錨につかまってるので、「どうした」ときくと、「私は泳げない」と彼はいった。

このまま置いていくわけにもいかないので、「よし、待っていろ。いま泳げるようにしてやる」とあたりを見ると、ぶあつい板が二枚あった。

そこで、「この板につかまって、足をバタバタやれば泳げる、そのうちに救助艇に救われるからそれまで頑張るんだ」とはげまし、板につかまらせて降ろしてやった。

その兵隊が板にしがみついて足をバタバタやっているのが、甲板の上から見えた。これで一安心だと思い、私も板をだいて泳ぎだした。すると、さっきまで上から見えていた兵隊の姿がない。そのため大きな声で怒鳴ってみたが、答えもなかった。そのうち海水が傷にしみて痛みだした。それからどのくらい泳いだだろう、時計を見ると三時半で止まっていたが、まもなく救助艇に見つけてもらい、引き上げてもらった。

そこでさっそく、「蒼龍の近くで板につかまって泳いでいた兵隊がいたはずですが、いなかったでしょうか」とたずねたが、「いなかった」というので、い

蒼龍右舷の2本の煙突。白煙は飛行甲板の気流を乱さぬため煙突出口で熱煙を海水ポンプで冷却するので発生

ま一度さがしてもらったが、ついに見つからなかった。

「ほかの救助艇に救助されたかもしれないから……」と、ひとまず私は駆逐艦に移された。ただちに看護兵に傷の手当をしてもらい、被服を借りて居住区で休んだ。

戦友から聞いた艦長の最期

やがて海にも日没がちかづき、夕陽が西に沈むころ、蒼龍は、柳本艦長のほか七百余の戦友をだいて海底深く沈んだ。その後、艦橋近くにいた第一応急班の阿部忠二兵曹から、艦長の壮烈な戦死のもようを聞かされた。

それによると、柳本柳作艦長は艦橋の前で炸裂した一弾の火炎をまともにうけ、顔や手に大火傷をおわれた。

だが、艦長は一歩も艦橋をはなれず、艦がまったく機能を停止するまで指揮をとりつづけ、総員退避の命令をされ、副長に後事をたくされたとのことである。艦長は乗員の退避するようすをじっと見まもっていたが、

「全員退避しましたから艦長もどうぞ」

と阿部兵曹がうしろから柳本艦長を抱いて艦橋からおりようとした。

阿部兵曹は、横鎮でも強い相撲部員である。艦長をかるがると抱きあげたそのとき、

「私は多くの部下を殺し、お国のだいじな艦をこのありさまにした。この艦には多くの部下が艦長を待っている。阿部兵曹、副長とともに早く行ってくれ」

と力強く阿部兵曹の腕をときほぐされたという。

そしてあっという間もないほどの短い時間に「天皇陛下万歳」と絶叫し、ピストルの音とともに艦長は羅針盤にうつぶせに倒れた。これはまったく瞬時の出来事だったという。

壮烈な最期のもようを語ってくれた阿部兵曹も、そののち、どこかの戦線で戦死したと聞いた。

蒼龍は艦長をはじめ多数の将兵をだいて午後四時十分ごろ、火炎につつまれたまま大爆発をおこし、真っ逆様になって海底深く沈んだ。

私は思わず挙手の礼をし、永遠の別れをつげた。

しばらくたってやっと我にかえると、まもなく駆逐艦は動きだした。夕食のすんだころ、潜水艦の襲撃があるかもしれないので、灯火管制を厳重にせよと伝令が走ったが、さいわいにも襲撃はなかった。

翌日、水上機母艦の千代田に移されたが、この千代田は、ハワイ奇襲の特殊潜航艇を輸送したという。しかも私がつかっている部屋が、奇しくもかつて真珠湾奇襲の特殊潜航艇の指揮官であった岩佐直治中佐（当時大尉）が起居した部屋だと従兵に聞かされ、万感胸のせまる思いがした。

それにしても千代田は、いったい艦首をどこに向けて航行しているのだろう。それも知らされないまま、私は毎日、傷の手当をしてはあれこれときびしい戦闘に思いを馳せていた。

そのうち、われわれは病院船氷川丸にうつされ、六月二十日の夜、なつかしの母港に入港し、ただちに小海岸壁からバスで病院にはこばれた。海軍がミッドウェーで敗れた秘密がもれるのを恐れ、一人で便所にさえ行かせてもらえなかった。

また元気な将兵は、すぐ激戦地に転勤になったと聞いたが、たぶん生きて帰った人は少ないだろう。こうして海軍は秘密がもれるのを防いだが、私たちは拘置所に入ったような一ヵ月余をすごし、七月二十六日、全治して退院したのであった。

このの ち私は海軍の航空練習生教育にあたり、昭和十八年六月一日少尉に任官し、同時に内務長兼教官を命ぜられた。そして翌十九年十一月一日、中尉に任官して横須賀海軍港務部に転勤した。

こうしている間にも山本五十六司令長官の戦死、サイパンが玉砕などという悲報がつづいた。さらに毎日、B29の本土空襲がくりかえされ、硫黄島や沖縄まで玉砕し、戦況はますます不利になり、この戦局を挽回するため毎日のように特別攻撃隊が発進していった。

しかし、戦局はもはやどうすることもできないまま、昭和二十年八月十五日を迎えたのであった。

蒼龍〝魚雷調整員〟火炎地獄生還記

元「蒼龍」乗組・海軍上等整備兵曹　元木茂男

元木茂男上整曹

昭和十七年（一九四二年）五月二十七日、この日は海軍記念日にあたった。これまでも祝祭日、記念日などを一つのフシメとして行動を起こしたり、あるいは行動の完結の目標になったりした。これも偶然ではないような気がしたのだが、じつはこの日に、機動部隊は柱島を出撃したのである。

その直前だったと思うが、第二航空戦隊は旗艦を交替し、山口多聞司令官は飛龍にうつられた。こんどの作戦は、あのドーリットル隊による本土爆撃などもあって、急速に進められたのであろう。ミッドウェー島を叩くことによって、出てくるであろう米艦隊と一戦をまじえ、これを一挙に撃滅し、爾後の作戦を有利にしようというものであった。したがって、一大海空戦が予想された。いよいよ魚雷攻撃の出番である。

その航空魚雷だが、これは艦船魚雷と区別するために、そう呼ばれていたようである。構造の面では、そんなに違いがあるわけではない。ただ航空魚雷の場合、高速の飛行機から、しかもあるていどの高度より発射するのであって、強度、その他、特殊な点で、兵器の最高技術陣によって改良に改良をくわえて開発された世界に冠たるものであった。すでに真珠湾攻撃においてその威力を発揮し、われわれにしても、非常に誇りに思っていた配置であった。

ともあれ空母蒼龍の魚雷調整場は艦橋と反対舷、つまり左舷の艦底にちかい部分に位置していた。ここで、すでに調整を終わった魚雷を念には念をいれ、さらに一本ずつ精密な点検調整をおこなった。そうして、いつでも艦攻に装備できるように、万全の準備をととのえる。すでに実用頭部はとりつけられており、弾庫もかねているような状態であった。

九一式魚雷（改一～改三）の要目は直径四五センチ、全長五・二七〇メートル、重量八四〇キロ、炸薬二三五キロ、雷速四二ノット（射程距離二千メートルの場合）で、艦船魚雷とくらべると非常にコンパクトにできている。

さて、出撃いらい蒼龍は毎日、厳重な警戒のうちに東へ東へと進んでいるようである。

六月四日、敵哨戒機を発見して、これを零戦が追ったが、捕捉できなかったようである。これで敵は、きめて確実な情報を持ち帰ったことになる。このことが、明日の攻撃にどのように影響するであろうか。

明くれば六月五日、ふつうより早い総員起こしである。ただちに身も心も清め、万全を期するために肌着もきがえた。蒼龍神社にお参りするため、近道の搭乗員室を通らせてもらうと、熱気がムンムンとあふれている。お参りがすむと、いそぎ調整場に集合した。

雷爆員全員を前にして、高橋掌水雷長よりこの日の作業の指示があった。ただちに艦攻十八機に八〇番陸用爆弾を搭載する。そして搭載終了後、こんどは急ぎ魚雷搭載の準備にかかるというもので、あらためて身の引きしまる思いがした。

爆弾の主管は射爆分隊であるので、雷爆分隊は協力する班になる。いま考えてみると、あの運搬車は、まことに頑丈すぎて使いづらかったが、訓練のカンで上手にあつかえるようになっている。だいたい一度で投下器にどんぴしゃりといく。ただ艦ががぶると、少々手まどった。すると、搭乗員が手をかしてくれる。心温まる光景である。

蒼龍の右舷艦橋前方。角窓の羅針艦橋の上に防空指揮所、信号灯。羅針艦橋の下が上部艦橋、下部艦橋に操舵室

搭乗員の投下試験が終わると、あらためて完全にセットされ、リフトによって一機ずつ飛行甲板にあげられる。そして後部のほうに三機ずつならべていくの

が、夜明け前の作業である。

雷爆員はただちに調整場にもどり、攻撃隊が帰るまでに魚雷の準備にかかる。調整場から格納庫へ、運搬車ごとに一本ずつあげるのである。

兵隊ひとりが魚雷に抱きついて、ようやくという狭さであった。十八本全部を整然とならべると、あとは攻撃隊の帰りを待つばかりである。みなは調整場の当直を残し、それぞれ飛行作業の手伝いのため、ポケットで待機する。島田さんと私が当番で、調整場の当直である。

ややあって、対空戦闘のラッパがスピーカーで流れた。敵機の来襲らしい。ポケットにいる同年兵の斎藤から電話があり、敵の攻撃を受けたが、みごと撃退したとのことだった。

致命傷となった直撃弾

そうやって、七波か八波にわたる敵機の攻撃を切りぬけた直後、魚雷調整場の待機を交替して、飛行甲板に出た。たまたま早昼食の戦闘配食中であった。烹炊員《ほうすい》によってくばられた握り飯を、いそいで二、三個を食べ終わった瞬間、蒼龍の左舷を併航していた加賀に命中弾があった。そして蒼龍にも対空戦闘のラッパがひびきわたった。

ちょうど、そのとき、写真班長阿部兵曹がアイモ（35ミリ映画カメラ）をかまえて、これを撮影中であった。私は三十名ほどの整備員とともに、艦橋の前部飛行甲板上に待機していた。飛行甲板の後部には、艦攻が十機ほど待機中であった。まったく突然、その真ん中あたりに第一弾が命中して、艦攻とその関係員が飛散した。

その直後（三十秒ないし一分ぐらいであろうか）、敵の急降下爆撃機より投下されたゴマ粒大ほどの黒点（爆弾）が見えた。待機中の者は、みなその場に伏せた。その瞬間、飛行甲板の前部と思われたあたりに第二弾目の攻撃を受けた。これがすべてを決したのである。

第一弾のときの、その凄惨さを目《ま》のあたりにしたばかりである。しかし、こんどは自分がその渦中にまきこまれていた。気がついたときは、三、四メートルほど吹き飛ばされたらしく、あおむけに横たわっていた。その場所には、私ただ一人である。どのくらいの時間がたったのだろう。まわりは炎の海であった。

顎紐《あごひも》をかけていたはずの戦闘帽がなくなっている。炎の中でむせながら、フーフーいって呼吸する。こんなことは初めてのことだった。両手で頭にさわってみたが、まったく感触がない。煙管服《えんかんふく》（上下つなぎの作業服）があちこちで燃えている。

われにかえったのは、そのときであった。一緒にいた三十名ほどの一団は、どうしたのだろう。吹き飛ばされて四散したのか、それとも退避したのであろうか。艦橋を見あげると、二、三名の士官の姿がみとめられた。わずかにその形を残しているものも、宙吊りになっている。そのほか、直径一・二インチのホーサーも、マントレットに使ったハンモックは、飛び散って跡形《あとかた》もなくなっている。わずかにその形を残しているものも、マントレットの形をとどめず、無残に垂れ下がって煙と炎につつまれている。

炎がいきおいを増して、さらにあとから迫ってくる。とっさに垂れさがっていたホーサーをとり、ロッククライミングよろしく、すぐ下の高角砲台（右舷、艦橋前）におりようとした。そのときの身体の軽かったことを、いまでもはっきりと憶えている。ところが、その止まっていたところが燃えて切れ、三メートルほど下の高角砲弾の山の上に落ちてしまった。したたか腰を打ってしまい、しばらくは動けなかった。このしばらくは、時間的にはわずかだったのであろう。またまた火がせまってきた。気をとりもどし、つぎの逃げ場をさがす。ちょうど砲台の下に、わが分隊の受持ちの防雷具甲板がある。単艦式掃海具展開器のある部署である。そこは、やはり外舷に張り出した海面から二、三メートルのところで、高角砲台から四、五メートルの急なラッタルがつづいていて、手摺もあった。すでに熱くなっていた手摺をつたって、その甲板まで降りた。

ラッタルを降りきると同時に、ついさっき、したたかに腰を打った砲弾が、大誘爆を起こした。それはちょうど死角になっていたので、直接に爆発による被害はなかった。しかし、あの溶接のときにとび散るような火の粉の滝を、いやというほどかぶってしまった。気がつくと、この防雷具甲板には、一緒に火の粉をはらっている同じ分隊の兵曹が三名いた。海上には大勢の戦友が、大きな波のうねりの間にまに、艦から離れようと泳いでいる姿が見えた。容易ならざる事態に立ちいったことを、一瞬感じた。すでに総員退艦命令が出たらしい。しかし、すべての艦の機能が停止したいまでは、命令があったとしても知るすべがなかった。

まだ艦の行き足はあり、進んでいた。われわれ四名は飛び込むことになったが、私はどうしてもその気になれなかった。魚雷や砲撃を受けたわけではなく、火災だけでは沈まないと思ったからである。

全身火だるまの果てに

そんなわけで、私ひとりだけが残ってしまった。前甲板（錨甲板）まで外舷道がある。それは通路といっても幅四〇センチくらいの、間隔のせまい梯子《はしご》を横にしたようなもので、約七、八〇メートルくらいの長さがある。それをつたって前甲板に出た。さいわい、そこには元気な者と負傷した者、合わせて九名が、すでに来ていた。そのあとに一名がくわわり、結局、私もいれて十一名となった。

そのころには、艦はだいぶ行き足が落ちていたが、やがて停止してしまった。しかし、艦は風に立つので、煙はまったくまわってこなかった。元気な者は消火にあたり、また「御真影」を救い出すため艦長公室に向かった者もいたが、これは失敗に終わった。

そうしているうちに、唯一の士官医務科の看護兵曹長がきて、前甲板はいちばん安全な場所となった。太陽の位置からはかると、致命的となった第二弾の命中は、十時ごろであったろうか、だいぶ時間がたったらしい。それまで気がつかなかった傷が、痛みだしてきた。

軍手を腰にはさんでいたが、露出した部分は火傷を負っていた。ひと皮むけた手の甲からは、黄色い膿《うみ》が出て、それが日光にあたって激痛をおぼえた。頭もそうである。顔全体がひとまわり大きく、円くはれあがっている。眼がだんだんふさがってくる。顎のところから膿《うみ》がたれてきて、治療のしようがないほどである。

いつしか僚艦の姿は、一隻も見えなくなってしまった。ときどき、艦内で誘爆がおこり、それが艦をふるわせた。元気なものは円材などをあつめて、筏《いかだ》を組みはじめた。漂流の覚悟であろう。その間にも、誘爆の音や震動が艦内のあちこちでしていた。火災はおさまったかに見えたが、まだくすぶっていたのであろう。

そろそろ午後三時ごろであろうか。両手の、はがれた甲の皮が、長時間のうちに乾いてしまい、からからになって指先でぶらぶらしている。それが剝けたところにさわり、痛さを増した。ずいぶんと厚い皮である。わずらわしいので、思い切って片方ずつちぎって捨てた。他人事のように書いているが、本人は夢中でやっているのである。

とくに注意があって、合戦前に、あらかじめ耳には綿の栓《せん》をしていたので、鼓膜はぶじだったようだ。その綿の栓を、だんだんいうことを利かなくなってきた指先でとってみると、空気のふれる

攻撃を回避する蒼龍。被弾３発、火だるまの果て大爆発しミッドウェー沖に没す

表の部分が真っ黒にこげていた。そのころには、付近の洋上を泳いでいるはずの数多くの戦友の姿が、見えなくなっていた。第二弾、第三弾を受けてからも、艦はしばらく進んだので、相当の距離がついて離れてしまったのであろう。頭髪が一本のこらず焦げてしまい、さわっても感触がない。体全体が激痛におそわれ、そうして首から上は火傷《やけど》であった。

また、頭部の痛みがひどくなってきた。そうして首から上は火傷であった。

あれほど激しかった戦場も、いつしか夕陽が西にかたむいていた。みなはようやく、われにかえった。「果てしなき漂流」——ふと、そんなことを思う余裕すら出てきた。そのとき、はるか水平線上に、点々と僚艦の姿が見えてきた（砲撃がないので空は澄んでいた）。

やがて、急行した駆逐艦磯風《いそかぜ》が接近してきて、救助艇がおろされ、舷側につけた。はたして蒼龍の姿は、どんなふうになっているのだろう。前甲板からは見ることもかなわず、知るよしもない。磯風の乗組員や、先に救助されて乗艦している蒼龍乗組員の目には、どう映っているのか。他艦から見れば、蒼龍はまだくすぶっていたはずである。まさに決死の救助隊である。

前甲板で、たしか看護兵曹長の指揮のもとにつくられたと思うが、吊下げ用の箱状の担架《たんか》によって負傷者から順に救助艇に降ろされて、磯風に収容された。そして、ただちに応急手当を受けた。私は手は全部包帯で巻かれ、頭部は眼と鼻と口を残して、あとはすべてさらしで包まれてしまった。兵員室は満員である。ただでさえ狭い駆逐艦である。

被弾いらい九時間ぐらいして、駆逐艦磯風に収容されたことになる。そのあと（約三十分ぐらいといわれている）蒼龍は大爆発を起こし、瞬時にして沈んだ。その栄光と輝かしい戦歴もむなしく、脱出できなかった数多くの戦友をだいたまま、痛哭《つうこく》の涙をのんで東太平洋に姿を消したのである。

赤城、加賀、蒼龍、飛龍と、精鋭四隻を一日にして失うという事実を目のあたりにして、帝国海軍のかつての栄光を惜しみ、その復讐を誓った。しかし、明日からたどるわが日本のゆくえを思って、絶望に近いものを感じたのである。

その後は人事不省となり、生死の境をさまよった。記憶もとぎれとぎれになった。顔面や頭部は、まるでスイカのように大きくはれあがり、咽喉《のど》もはれて食べ物はまったく通らない。リンゲル液だけで、かろうじて生命を維持していた。

おそらく、高熱のためであろう、夢にうなされたような状態ではなかったろうか。看護にあたってくれた上級者と同僚の人たちには、大変な苦労であったろうと思う。いまでも感謝している。

何日目かに、負傷者は同航して帰路についていた千代田に洋上でうつされた。六月十四日、奇しくも私の誕生日に呉に入港した。と同時に病院船氷川丸に、そして翌十五日には、さらに呉海軍病院にうつされて入院生活がはじまるのである。

戦後、史家がよくいわれる「運命の五分間」を、一水兵の視野に映ったまま、すでに薄れつつある記憶をたどりながら、ふり返ってみた。幾多の戦友を失い、敗れて故国の土をふむ。かくて私のこの身も廃兵の道をたどったのである。

わが必殺の弾幕　上空三千をねらえ

当時「飛龍」右舷高角砲指揮官・海軍少尉　長友安邦

昭和十七年（一九四二年）五月二十七日午前六時（以下時刻はすべて日本時間）、ミッドウェー作戦の先陣として南雲忠一中将の率いるわが第一航空艦隊は、柱島泊地を出撃した。当時、私はこの部隊に属する四隻の正規空母の中の一隻で、山口多聞少将座乗の第二航空戦隊旗艦飛龍《ひりゅう》に乗り組んでいた。

私はまだ弱冠二十歳の少尉候補生（戦場到達前の六月一日に少尉に任官）だったが、右舷一二・七センチ連装高角砲六門の射撃指揮官という重責にあった。ここに太平洋戦争の〝天目山〟といわれたミッドウェー海戦について、艦上攻撃隊の戦闘をのぞく、飛龍艦上から見た思い出をつづってみよう。

長友安邦少尉

さて、出撃した南雲部隊は厳重な電波管制を実施しながら、忍び足で東へ東へと急いだ。

指揮上の理由により、艦橋構造物は右舷煙突と反対の左舷中央部に設けられた

途中、六月二日ごろから深い濃霧となり、ときには艦首すら見えなくなることもあるくらいで難航をつづけたが、六月四日には濃霧帯を脱した。明日はいよいよミッドウェー島攻撃である。

この飛龍には最新式の九四式高射装置が装備されており、ほとんど自動的に対空射撃ができた。しかしこの高射装置は、目標が水平直線飛行をすることを前提とした計算装置であったため、急降下爆撃機に対しては有効でなかった。

そこで、砲術学校からあらたに着任した高角砲の権威といわれる左舷射撃指揮官は、砲術長の了解をえて、急降下爆撃機に対してはつぎの射法を用いることとし、私も砲術長からこの射法を実施するよう命じられた。

その射法というのは、はじめから目標に命中させることはあきらめて、射距離を二千メ

全力34ノットで航走中の空母飛龍。蒼龍との外観上の大きな相違は、飛行甲板の

ートルに固定してしまい、二千メートルのところに弾幕を張るやり方である。そうすれば敵機はおそらくその弾幕に到達する前に投弾するであろう。しかし、二千メートルの距離からでは確率計算上、命中率はきわめて低い。

一方われは、なるべく早く多数の弾丸を発射するため、引き金は引き放しにしておき、装弾しだいに次ぎつぎに発射するというやり方であった。この射法はC法と呼称され、出撃以後に猛訓練がおこなわれた。その猛訓練により私自身も対空戦闘への自信もつき、進撃する飛龍艦内の士気はますます旺盛となっていった。

かくて奇襲成功なるか、と思っていたところへ、昼ごろ、サイパンから十二隻の輸送船団を護衛してミッドウェーに向かいつつあった第二水雷戦隊司令官の発する「われ敵爆撃機九機の爆撃をうけ被害なし」の電報を傍受した。

やんぬるかな、ついに奇襲ならずである。だが南雲部隊はまだ敵には発見されておらず、このまま日没になれば発見されずに進撃できると期待していた。

やがて真っ赤な太陽はしずかに西の水平線の彼方に没し去った。それから十分もたたぬうちに、右側護衛の任にあたっていた重巡利根が、敵発見の緊急信号をかかげ、「二六〇度方向に敵機約十機を認む」と報じてきた。

そこで、全艦隊は戦闘配置につくとともに、ただちに反転して高角砲の砲門をひらいた。そして赤城からはただちに戦闘機三機が発進してこれを追ったが、ついに発見することはできなかった。

その夜、ガンルームで夕食の卓をかこんでの話題は、今日の出来事で持ちきりであった。

このときまで、南雲部隊ではミッドウェー近海に有力な敵空母部隊がいることを知らず、ミッドウェー島には爆撃機十五、戦闘機二十、飛行艇十五機ていどがいて、その後、多少増強されたとしても恐るるにたる兵力ではない、と判断していたようであり、われわれ下級士官はそのように聞かされていた。

しかし、どのくらいの大敵がひそんでいるかわからない。みなの思いも同じらしく、明日の戦闘の容易ならぬことを予期していた。それはみんなが私に、「明日はしっかり頼むぞ」と激励してくれたことでもわかった。高角砲指揮官である私は、責任の重さをひしひしと感じたのだった。

白鉢巻をきりりとしめて

私がちょうど射撃指揮官当直の順番に当たっていたため、六月四日の午後十一時半、引きつづき展開されるかもしれない戦闘の身仕度をととのえたうえ、艦橋上の見張指揮所に上がっていった。あたりはまだ真っ暗である。

飛行甲板にはすでに第一次攻撃にいく零戦九機、八〇〇キロ陸用爆弾を搭載した九七式艦攻十八機と艦隊上空直衛の零戦三機がならべられていた。そして整備員たちは早くも起きだして、その整備に大わらわであった。

五日午前零時四十五分〝総員起こし〟の令が下り、午前一時二十五分、総員戦闘配置についた。母艦は南東からの風に向かって速力を上げ、搭乗員はそれぞれ愛機に乗りこんで、整備の合図の赤と青の航空灯を点じていた。

一時二十八分「発艦始め」の号令が艦橋からかかり、まず一番先頭の零戦がブーッとエンジンの唸りをあげながら尻を持ち上げてするすると滑りだした。そして一機また一機と飛び立っていった。

搭乗員たちはみな飛行帽の上に白鉢巻をきりりとしめ、勇ましいなかにも覚悟のほどがうかがわれた。そして左舷中央部にある艦橋後部に立って見送る加来艦長に向かって、挙手の礼をしながらその前を滑走していった。その中にはニッコリ笑みをふくんでいる者もおり、余裕綽々《しゃくしゃく》である。見送る者はみな帽子を振ってその成功を祈り、約十分で発艦は完了した。

四隻の母艦から飛び発った一〇八機の艦上機はあちらに一団、こちらに一団と、しだいに隊形をととのえながら、ときたまピカリピカリと発光信号をしている機もあった。それらの間を二、三機編隊の零戦が増槽をつけた精悍な姿で飛びまわっていたが、やがて一団となった大編隊は、轟々たる爆音をとどろかせながら旗艦赤城の上空に集合したのち、ようやく赤く輝きはじめた東方の断雲の彼方に、点々と豆つぶのように小さくなり、果てはまったく見えなくなってしまった。ハワイいらい何度も繰り返された攻撃発進の光景であるが、いつもわれわれの胸を打つ感動の一場面である。

このときわが南雲部隊は、ミッドウェー島の北西方四十浬の地点にあり、一三五度の針路で同島に向け進撃しつつあった。その陣形はと見れば、右側に赤城、加賀、左側に飛龍、蒼龍が位置し、この四隻の空母をかこむようにして第十戦隊の旗艦長良を先頭に、十二隻の駆逐艦および第三戦隊の戦艦榛名、霧島、第八戦隊の重巡利根、筑摩が大きな輪形陣をつくって、視界限度のところに占位していた。そして敵機発見の場合は、黒い煙幕をたいてその方向を知らせることに定められていたのだ。

攻撃隊の発艦後、やや静まったころ、「第二次攻撃隊用意」が命令され、ふたたび飛行甲板は整備員が右往左往し、格納庫からはエレベーターに乗った飛行機がつぎつぎと運び上げられはじめた。

この攻撃隊は米艦隊の万一の出現にそなえ、対艦船用の二五〇キロ通常爆弾または魚雷を搭載して、待機させておくことにあらかじめ定められていたものである。飛龍は九九式艦爆十八機、零戦九機を持っていた。

飛龍をつつむ十数本の水柱

日の出三十分前の午前一時三十分、七機の索敵機が発進することになっていた。ところが索敵線の中央を担当する利根、筑摩の索敵機がなかなか発進しないのである。艦橋では司令官以下がやきもきしながら両艦の方を注視している。利根ではカタパルトが故障し、筑摩では索敵機のエンジン不調のため手間どっていたのであった。

やっとこの両機が発進し終わったのは、三十分ばかり遅れた日の出ころになっていた。この発進三十分の遅れが、本海戦の致命的敗因となったことを後日に聞いたが、両機の索敵線上に敵機動部隊がいたのである。

やがて午前二時三十分ごろ、敵飛行艇があらわれ、わが艦隊に触接を開始した。ただちに「対空戦闘」のラッパがけたたましく鳴りわたったが、飛龍からは射程外のため発砲できない。

午前四時ごろ、いよいよ敵ミッドウェー基地からの攻撃機がぞくぞくと殺到しはじめた。午前四時七分、左前方の駆逐艦が真っ黒い煙幕を吐いた。と、ほとんど同時に艦橋の上にある見張指揮所の見張員が、海面すれすれに突っ込んでくる敵雷撃機九機を左三〇度に発見した。

ふたたび「対空戦闘」のラッパがけたたましく鳴りわたり、左舷高角砲が一斉に火をふきはじめた。そして艦は三四ノットの最大戦速に増速し、「取舵一杯」で艦首を敵機に向けはじめた。魚雷回避のためである。

するとまもなく上空直衛の零戦が、敵雷撃機に攻撃をはじめ、見るまにそのうちの七機を撃墜してしまった。それでも残った二機は勇敢に突進をこころみ、飛龍めがけて魚雷二本を発射したが、いずれも命中しなかった。

この雷撃機の攻撃と時を同じくして、B17爆撃機十五機が高高度で来襲し、うち四機が艦首方向から飛龍に襲いかかってきた。とたんに「バサバサ、ドドドーン」というものすごい爆烈音とともに、十数本の天に冲する水柱が飛龍のまわりをとりかこんだ。

のちに他艦からこの光景を見ていた者から聞いた話では、このとき飛龍はたくさんの水柱の中に隠れて、ぜんぜん見えなくなったそうで、その水柱がおさまったあとから、無傷の飛龍が勇ましく走り出てきたときには、全艦隊の者は一斉にその奇蹟に驚くとともに胸をなでおろしたそうである。

そのうちに多数の急降下爆撃機が飛龍に来襲しはじめた。まず午前四時五十六分に九機、午前五時八分に艦尾上空から九機、五時十二分に右二十度から六機、五時十四分に右舷上空より二機、そして二十八分には艦首から三機が突っ込み爆弾を投下したが、いずれも熾烈なる防禦砲火に恐れをなして照準がくるったのか、あるいは技量が未熟であったのか一発も命中しなかった。だが、至近弾と敵戦闘機掃射の機銃によりいくらかの死傷者が出た。

また五時十二分に右二十度から突っ込んできた六機のうちの一機が、左舷側至近のところに自爆したときには、ものすごい灰色の硝煙臭い水柱が艦橋をつつみ、私もザーッとばかり頭からその洗礼をうけてしまった。

必死に雷跡をかわして

午前五時ごろ、対空戦闘の真っ最中に、はじめて利根索敵機から敵艦船発見の報がとどいた。そして五時三十分をすぎてようやく、敵は空母一隻をともなう機動部隊であることが判明した。俄然わが艦隊はいろめきたった。

これより先、ミッドウェー島の一次攻撃の戦果が不徹底とみて、二次攻撃を決意した南雲長官は、雷装して待機していた赤城、加賀の艦攻に対し、八〇〇キロ陸用爆弾への取り替えを命じ、その作業があらかた終了しようとしていた。そこへ敵空母をふくむ機動部隊発見の報がとどいたのである。それでただちに長官は、ミッドウェー攻撃より先に、敵機動部隊撃滅を決意されたようだ。

飛龍、蒼龍の甲板上には急降下爆撃機の計三十六機が対艦船の攻撃待機をしており、ただちに発進は可能であった。しかし全戦闘機は来襲中の敵機迎撃のため上空にあった。

山口二航戦司令官は南雲長官宛に信号をおくり、「ただちに攻撃隊を発進の要ありと認む」との意見具申をおこなった。しかし、この意見は採用されず、赤城、加賀の艦攻隊はふたたび魚雷と付け換えを命ぜられ、上空にあった護衛戦闘機を収容して補給作業がおこなわれることになり、無駄な時間が空費され、ついに戦機を失う結果となってしまった。

やがて午前六時五分、ミッドウェー第一次攻撃隊全機の収容を完了して、ものの十分もたったころ、右側方の駆逐艦がまた敵機発見の真っ黒い煙幕をはいた。すると敵雷撃機十四機が右一〇〇度方向の水平線のあたりから、水面すれすれに来襲するのが見えた。望遠鏡で見ていると、早くもわが上空直衛の零戦に捕捉されたようで、零戦が上の方からグーンとダイブしてふたたび舞い上がると、敵雷撃機はたちまち水煙とかすかな黒煙を残して墜落した。

これを繰り返すうちに、飛来した敵機は全機が零戦の餌食《えじき》となってしまった。まことに零戦の胸のすくような攻撃ぶりである。六時三十四分、敵雷撃機十六機がまた一一五度方向より来襲したが、これまた零戦隊がぜんぶ撃墜してしまった。

しばらく間をおいて、ふたたび敵の大群が来襲した。こんどは雷爆協同作戦である。午前九時九分、右一〇〇度方向に敵機の大群があらわれ、そのうち雷撃機十六機が飛龍に向かって突進してきた。

それに対しても零戦隊が急行し、ダイブをはじめた。そして敵機はつぎつぎと海中にその姿を没していった。

私も好餌ござんなれとばかり射ちまくった。それでも生き残った敵機は、三方にわかれて飛龍めがけて突進し、魚雷を発射した。そのうち右前方から突っ込んできた三、四機は、一千メートル以上のところで魚雷を投下した。

その一本はどうしたはずみか、くるくると回転しながら落下した。また他の一本はいったん海中に潜った後、すぐ海面上に飛び出し、高速内火艇のように海面を航走し、イルカのようにちょっと潜って頭を出すといったありさまで、雷速も遅くその性能の悪さにはあきれるほどだった。

この間の午前七時十五分、突如として左舷前方より急降下爆撃機約十機が来襲し、投弾したが幸い命中弾はなかった。

七時十八分、雷跡三本が右舷至近を通過し、さらに五分後には雷跡一本が左舷、二本艦尾、二本艦首、一本右舷とそれぞれ至近のところをほとんど同時に通過した。まことに危機一髪の瞬間で、手に汗にぎる光景であったが、幸いにして一発も命中しなかった。

その後も七時二十六分、右前方約一万メートルより雷撃機五機が来襲し、三十分ごろ雷跡が右舷より艦首三本、艦尾二本と通過したが命中しなかった。

この間の戦闘で、いまだに私の脳裏に焼きついて忘れることのできないのは、次の光景である。

私が夢中で射撃を指揮していると、左後方からすでに魚雷を投下し終わった敵雷撃機が、右舷側中央部付近の海面すれすれのところまで降下してきて、上げ舵をとり水平の姿勢にもどった。

そのすぐ後から零戦が猛烈なスピードで追いかけてきたが、ついに零戦は勢いあまって、そのまま「ザッ」という音と、わずかな波紋を残して海中に突入し、瞬間的に姿を没した。それは飛龍の直衛機であった。おそらく敵機が飛龍に自爆しては大変と思い、自ら体当たりで母艦を救おうとしたのではなかったかと思われる。

わが三空母、悪夢の九分間

断雲にかくれた太陽を背にして、忍びよった敵急降下爆撃機は、南雲部隊の各空母にいきなり突入した。奇襲であった。午前七時二十四分、加賀。そして二十六分に赤城。つづいて三十三分には蒼龍が被弾し大火災となった。わずか九分間のあっという間の出来事であった。しかも各艦の敵空母攻撃隊は発艦寸前で、あと五分以内に全機の発艦を終わるというときであった。〝ああ！　流星光底長蛇を逸す〟とは、まさにこのことをいうのだろう。それにしても肉眼での見張りには限界がある。われにレーダーの一基でもあったなら、と残念でならない。

だが、山口司令官は味方の大損害に屈せず、敵空母攻撃のため七時五十七分、小林道雄大尉の指揮する攻撃隊の急降下爆撃機十八機、護衛戦闘機六機を発進させた。

その後、無線機故障のため直接報告に帰投した偵察機の報告により、敵空母は三隻であることがわかった。そこで午前十時三十分、友永丈市大尉を指揮官とする第二次攻撃隊の雷撃機十機、護衛戦闘機六機が発進して攻撃に向かった。

敵空母に対し小林隊は三発の直撃弾をあたえ、友永隊は三本の魚雷を命中させた。しかし攻撃隊のうけた損害も大きく、半数以上を失って帰艦した。

そこで山口司令官は残存敵空母は一隻となったものと判断した。そして敵空母攻撃をもっとも効果的にするため、残存兵力の急降下爆撃機五機、雷撃機四機、護衛戦闘機六機をもって薄暮攻撃を敢行することを決意された。この間、しばらくは敵機の来襲がとだえていた。そして第三次攻撃隊の整備補給と、艦内各部署の整備が懸命におこなわれた。

あと一時間ほどで日没である。なんと長い一日であったことか。見張員も朝からの連続見張りで、眼を真っ赤にはらしてなおも懸命に見張っている。それに乗員一同は朝から飲まず食わずで、食事をする暇もなかったのだ。

午後二時、戦闘配食の号令がかかった。私は高射指揮塔の椅子に腰をおろし煙草に火をつけた。そのとたん、塔のすぐ下の見張指揮所で見張員が、「敵だ、いや味方だ」と叫ぶ声が聞こえた。

私は瞬間的に煙草を投げすてて上空を注視した。みると艦首九十度の直上、高度約五千メートルに敵急降下爆撃機十三機が灰色の翼をつらねて、すでに急降下に入っていた。

私はただちに独断で「射ち方はじめ」を令し、

ミッドウェー沖で炎上漂流中の飛龍。左舷艦橋の前方飛行甲板が直撃弾で大破

弾丸はただちに発射された。それにつづいて二五ミリ機銃も射撃を開始した。そして左舷高角砲も射撃を始めた。私の射った弾丸が炸裂するまでの、三秒ばかりの時間の何と長く感じたことか。私の弾着は敵機の真正面で、ピカリピカリと黒い弾幕を張った、だが敵機はやがてその弾幕を突破して、さらに降下して投弾した。

黄色くずんぐりとした爆弾が、スーッと落下してくる。はじめの三弾目までは中心が横に向いているので当たらないことがわかった。だが、四弾目のはいつまでも私の方にまっすぐ落ちてくる。

これは当たる、と思っていると間もなく、飛行甲板前部に命中した。「ダーン」という炸裂音とともに、艦は銛《もり》をくらった大鯨のようにのたうち、ぐらぐらと揺れた。あたりは黒煙におおわれ、一時は何も見えなくなってしまった。つづいてさらに三弾が命中した。時に午後二時四分であった。

飛行甲板の前方、三分の一ぐらいは吹きとんで大きな口をあけ、艦橋の前には吹きとんだ昇降機が屏風のように突き立っていた。火はメラメラと炎をあげて全艦に燃えひろがってゆく。そのうちに高角砲弾の誘爆がはじまった。しかし消火栓からは水が出ない。日はすでに没し、満天の星が美しくきらめいていた。

やがて艦内の一消火栓から何本ものホースをつないで、飛行甲板上からの消火作業がはじまった。懸命の消火作業で格納庫前部の火は消された。しかし、どうしても後部の火は消えない。決死隊が機関室との連絡をこころみたが、通路が真っ赤に焼けて入口まで行くことができない。

直衛駆逐艦の風雲と巻雲が両舷に接舷して、消火に協力している。だが、ついに火は機械室にものび、機関兵はバタバタと倒れていった。

午後十一時三十分、総員集合が令された。そして五十分に加来止男艦長が訓示され、ついで山口司令官が訓示された。「今日の教訓を生かし、捲土《けんど》重来を期せよ」という趣旨の訓示であった。ついで一同は皇居を遙拝し、天皇陛下万歳を三唱した。

そして、六日午前零時十分、将旗を降ろし、つづいて軍艦旗が降下された。十五分に艦長が総員に退艦を命じた。しかし司令官と艦長は、艦と運命を共にされる決意であった。鹿江隆副長は、一同が艦長と行動を共にしたいと願い出たが、聞き入れられなかった。

訣別に際し、わずかに残った水樽をかたむけて別盃とした。士官はかわるがわる前に出て、艦長と別れの握手を交わした。私はいまでもそのときの温顔常のごとくニッコリ笑って握手してくださった加来艦長の顔を忘れることができない。

夜は白じらと明けそめてきた。総員は風雲と巻雲に移乗した。司令官と艦長は一同に手を振りつつ艦橋に上がっていかれた。

私の移乗した巻雲は、いまだに黒煙を上げ左舷に傾いて停止している飛龍の艦尾をまわり、右舷の方から司令官の命により、飛龍に対し魚雷一本を発射した。午前二時十分、魚雷は命中し、真っ赤な火柱は天に冲した。

炎の序章〝パールハーバー雷撃行〟飛翔日誌

浅深度超低空雷撃に挑んだ飛龍艦攻隊員の回想

元「飛龍」艦攻隊操縦員・海軍飛行兵曹長　笠島敏夫

昭和十六年（一九四一年）の夏、われわれ飛龍艦攻隊は、鹿児島県の出水《いずみ》基地で猛訓練をくりかえしていた。先導機を中心とした水平爆撃と、狭くて浅い港湾泊地の艦船に対するわれわれの浅深度発射の雷撃訓練であった。

だいたい飛行機による雷撃の実戦は、世界的にその前例がなく、すべて未知のものであった。だが、それまでわれわれが教わってきた洋上作戦における航空魚雷の発射基準は、高度五〇メートル、射程距離一千メートルというものであり、またこれがそれまでの常識となっていた。

ところが今回の訓練は、狭く、かつ浅い港湾泊地に重点がおかれ、なにか特別な悪条件の目標であることは察しがついていた。だが、当初はまさかあんな遠い真珠湾が目標であると

笠島敏夫飛曹長

は想像もできなかった。

むかしから日本海軍のほんとうの仮想敵はアメリカ海軍であることを、われわれのように海軍の飯を食っているものは、最下級のものにいたるまで知っていることであった。

それが、九月、十月となるとますますはっきりとしてきて、米海軍の艦船、航空機の写真や模型、さらにそのうえ真珠湾のいろいろの方向や角度からうつした写真などをはじめ、たくさんの参考資料がわれわれの目前にしめされた。そしてそのすべてを頭の中にきざみこむよう指示され、いろいろの方法で訓練されたものであった。

飛龍とともに単冠湾へ

訓練は鹿児島湾でおこなわれたが、日を経るごとに訓練も厳しさをましていった。鹿児島湾を利用した理由としては、ここが真珠湾に似ているからであった。すなわち桜島をフォード島に、そして城山を真珠湾の周辺をかたちづくる背後の山々とみたてて、猛訓練が連日実施されたのであった。

こうして発射高度一〇メートル、射程距離二〇〇メートルという浅深度発射の訓練は、いちばん深いところで水深一四メートル、またいちばん広いところで四〇〇メートルしかないという真珠湾を目標にしている訓練であることは、われわれ搭乗員には大体わかっていた。

しかし、われわれ若い搭乗員には、日ごろ禁じられている超低空飛行がおおっぴらに堂々とできるので、その危険度もなんのその、喜々として訓練にはげんだものであった。いつの

真珠湾攻撃を想定した訓練を終え、佐伯湾に集結した機動部隊。
赤城飛行甲板の九九艦爆の向こうに空母飛龍、その右に蒼龍、
正面遠方に瑞鶴と翔鶴、左手前に加賀が停泊している

時代も若者の心理はおなじで、危険もかえりみずスリルを求めてやまない精神は、いまもむかしも変わらない若者特有のものと思われる。

浅深度発射の訓練も、われわれ操縦員にとっては回をかさねるごとにそれほど至難のワザでもなく、むしろ発射地点というと敵の内懐《うちぶところ》深くまで入らなければならないので、果たしてそこまで辿りつけるかどうかが問題であった。

最初のころは海上にうかぶ漁船などを目標にして訓練をしていたが、なにも知らずにはじめのうちは飛行機にむかって手を振って喜んでいた漁師も、自分の船に超低空でむかってくる飛行機に恐れをなして、あわてて海のなかへ飛び込むなどの珍談もいくつかあった。

さいわいわが飛龍艦攻隊は、指揮官である松村平太大尉のもとにチームワークもよく、雷撃隊も水平爆撃隊もなんの事故もなく、ますます練度を上げることができた。こうしてわれわれは基地をひきあげて、母艦に乗り込んだのであった。

飛龍が九州をはなれたのは昭和十六年十一月十七日であった。出港してそうそうに総員集合の命令があった。そしてただちに飛行甲板にいならぶわれわれに、初めて加来止男艦長じきじきに、

「野村大使の外交交渉の結果いかんによっては、十二月八日午前零時を期して米英を相手に戦闘状態にはいる。そして本艦はいま、その第一行動である機動部隊の集合地点である千島にむかって航行中である」

と訓示、発表された。

二十一日の早朝、千島の単冠湾《ひとかっぷわん》に入港したが、まるで軍港のように様々な艦船がたくさん集まっていることにまず驚かされた。

それから数日たったころ、旗艦赤城に各母艦の搭乗員集合の命令があった。われわれはただちに一室に集合すると、そこには五メートル四方くらいのオアフ島のすべてを形作った模型があった。それを見せられたわれわれは、攻撃目標がやはり真珠湾であることを確認したしだいである。

その模型は、地形はもろん建物や煙突、そして軍港のクレーンにいたるまで、これ以上の精巧さはないと思われるくらいの出来映えで、私はそれらに目を見張り、なんとなく止めようのない武者ぶるいを感じたものであった。あらためてあたえられた自分の進入方向と、それに対する補助目標などを確認し、いろいろの参考事項をものにして飛龍に帰艦した。

魚雷を抱いて嵐の中を発艦

いよいよ機動部隊は、十一月二十六日に単冠湾を発進した。ちょうど嵐で荒れくるう洋上を、航行している船舶に見つからないように北方のコースを東へ東へと進み、ハワイ諸島の真北に進出した。そして十二月六日ごろから急に南へ方向転換し、二四ノットくらいの高速でオアフ島をめざして南下していった。

十二月八日の発艦地点についたころは、きのうまでの防寒着がいつのまにか一枚ぬぎ、二枚ぬぎして完全な夏衣になっていた。このため常夏の国へきたのだと、肌をとおしてヒシヒ

800キロ魚雷を抱き、真珠湾に向けて空母の飛行甲板を発進する九七艦攻

シと感じたものであった。

こうして野村吉三郎大使の外交交渉も好転をみせず、ついに十二月八日の午前零時を期して、完全な戦闘態勢に入ったわけである。だが、嵐の余波で雲は低く周囲にたれこめており、その上うねりはまだまだ高く、通常ならばとても発艦作業は無理であると思われるような状態であったが、上層部の決断で発艦作業が開始された。

日ごろの猛訓練のたまものか、それこそ神の御加護か、甲板を飛び出たとたんに、ともすれば波頭にぶつかりそうになるのを懸命にこらえながらも、全機がぶじに発艦した。そして雲の切れ間をぬって雲上に出て、ぶじに編隊を組むことができた。こうして第一次攻撃隊は、村田重治少佐指揮のもとに一路、雲の上をオアフ島をめざして南下した。

途中、ちょうど東の空から朝日が出て、そのきれいだったこと、さらにわれわれの大編隊の翼下に果てしなく広がる白雲に朝日がキラキラと照りはえて、まるで天国を思わせるような光景に、いま生か死かの戦場へむかっている自分を忘れ、思わず飛行機から降りて雲の上を歩きたくなるような気にさせられたことを、今でもはっきりと憶えている。

そうするうちにも運よく、ほんとうに運よくオアフ島の北岸の海岸線が雲の切れ間よりあらわれた。これにより指揮官機も完全に自分の位置を確認することができた。そこで午前三時を少しまわったころと思うが、突然「突撃準備隊形をつくれ」を意味する「トツレ」が発信された。

その合図と同時に戦闘機で編成された制空隊、九九艦爆で編成された急降下爆撃隊、そして九七艦攻で編成されたわれわれ雷撃隊と水平爆撃隊は、それぞれ所定の位置に進出した。こうして「全軍突撃せよ」を意味する「ト」連送をまった。

われわれ飛龍雷撃隊も、松村大尉機を先頭にして所定の雷撃コースに入るため、ぐっと機首をさげて雲の上に出た。そしてカエナ岬を右下にかすめて、真珠湾の南西部より受持ちのコースに入るため、バーバース岬の方向からまわりこんだ。

めざす真珠湾は朝靄《あさもや》の中にまだ静かに眠っており、あと何秒かのちには修羅場になるとは、神様とわれわれ以外にはだれもが知らなかったことだろう。

奇襲成功のあとの機銃の洗礼

三時二十分ごろ、ついにト連送の命令を受信したので、われわれはただちに散開した。

なにしろ浅くて狭い湾内であるため、赤城、加賀、蒼龍、飛龍の各雷撃隊は、さだめられた四方面からの各隊一機ずつの単縦陣で進入するよう決められていた。しかも前の機の爆風や水柱をさけるため、各機のあいだの距離は二千メートル、これは時間にして約二十秒ずつとらなければならなかった。

このため飛龍隊の最後尾機である私は、単縦陣の八機目であり、一番機からは距離にして一万四千メートルも間合いをとらなければならなかった。そこで七番機をキープしつつ、バーバース岬近くの公園の上空を二回くらい旋回した。

この日は、ハワイでは日曜日にあたり、なにも知らずに朝の散歩に公園にきていた老夫婦が、われわれを米軍機とでも思ったのか手を振っているのが見られた。それも時間にすればわずか二分くらいの出来事であろう。

いよいよ私の番となり、距離にも時間にも十分な間合いをとって、南無三とばかりアイスキャンデー（米軍が射ちあげる曳光弾のこと）の雨の中を、発射地点にむかって突入したのであった。このときすでに制空隊や艦爆隊によって攻撃されたホイラー、ヒッカム両飛行場の飛行機や格納庫が燃え上がり、さらに先陣の雷撃機による攻撃で火をふく敵艦船の上げる黒煙が、もうもうとして空を圧し、オアフ島はまさに地獄絵にかわりつつあった。

ちょうど私の進入コース上にある飛行艇も燃え上がり、その油による黒煙のなかを突っきって目標の見える湾上に出たときには、敵の対空砲火もますます激しくなっていた。奇襲は成功したとはいうものの、それは第一次攻撃隊も前半のみで、われわれ後半のものは雨あられのような機銃弾の洗礼を受けたのであった。

ガリッガリッ、バリッバリッという被弾の音がして、ザクッザクッと翼面に敵弾により石《ざく》榴《ろ》のように口をあける穴が見えた。だが、なんの恐怖もなく、ただ任務遂行の念のみが頭のなかを支配し、ここまできて墜とされてたまるか、とばかりに奥歯をかみしめるのであった。

私はいま、決して格好のいいことを書いているのではない。私だけでなくどのような人間でも、ある目的のために立ち上がったら、たとえそれがどのような危険なことでも、生死のことなどは考えないものである。任務が大きければ大きいほど、ただただ任務の完遂にのみ努力して、ひたむきに進むものである。ましてや戦争である。戦闘が激しくなればなるほど使命感のほうも強くなり、そこには生も死もない世界が生まれるのである。戦後、生き残った仲間たちのだれもが、おなじことを言っていた。

敵艦の腹めがけて引いた投下索

とにかく帰艦してのちに調べてわかったのであるが、攻撃中に二十数発の敵弾を受けながらも、さいわい致命傷は一発もなかった。

私は、このように敵側の対空砲火のますます激しくなる中を飛びつづけて、最後に大きな倉庫の横をかすめて発射地点に飛びこんだ。そして照準器いっぱいにひろがる敵艦のどてっ腹をめがけて投下索をいっぱいに引くことができた。

機体が急に軽くなったようだ。発射とどうじに操縦桿をいっぱいに引き、敵艦のマストとの激突を避けて右へ急反転をして、ホノルルを左下に見てまっすぐ海上に避退した。それから二〇浬《かいり》くらい直進してから、予定の集合地点であるカエナ岬の西方二〇浬くらいの海上にむかった。だが、真珠湾口一帯の海岸に等間隔に配備されたバカ長い海岸砲がぶきみに光り、それがぜんぶ海の方をむいているので、いつ火をふくのかと思うとても気になり、気持ちが悪かった。

これより前に魚雷を発射して反転にうつったとき、背面からプロペラ翼に被弾したらしく、ぶきみなプロペラ振（プロペラから出る不規律な振動）が感じられた。母艦がまつ位置にたどりつくまであと二時間ほどあるが、それまで大丈夫だろうかと思うと、急に生への執着が脳裏をかすめ、全身から冷や汗が出るとともに、一時、手も足も体全体が金しばりにあったように動かなくなった。

だが、ハッとして気をとりなおし、「かならず母艦まで帰るんだ、いや、帰れるんだ」と自分自身に言いきかせて、操縦桿をにぎりなおした。

それでもなんとなく不安で、なんとかぶじに母艦まで帰れるように伊勢の皇大神宮から郷里の八幡様、そしてお稲荷様から馬頭観音まで、自分の知っているありとあらゆる神仏の名を口にしたものであった。さらに父母や兄弟、そして姉妹の名をさけびつつ二時間の帰投時間を、休むことなく声を出していた自分であった。その甲斐あってか、母艦の飛行甲板に立ったときは、全身から力が一気に抜けていくような気持ちであった。

＊

それから四年後に日本は戦争に負けた。戦争のための訓練に明けくれた私たちの青春は、一体なんだったのだろう。戦争は負けたけれど国のため、親兄弟姉妹のため、そして恋人のために精いっぱい戦って死んでいった多くの人々のお陰は、なにもないのであろうか？

私は戦争のはなしや戦前のはなしをすることを好まない。同世代の人はよくわかってくれるけれども、年代のちがう人たちにはまるで理解できないらしく、なにを言ってもよその国のはなしを聞いているような顔をされ、最後は時代がちがう、で片づけられるからである。

だが、道義の頽廃はいけない。いくら世のなかが進歩し、機械文明の時代になっても、ほんとうの人の心は変わらないものと信じている。

真珠湾攻撃のわずか半年後に生起したミッドウェー海戦において、わが母艦飛龍とともにほとんどの戦友たちを失い、真珠湾攻撃に参加したわが飛龍の搭乗員一〇八名のうち、終戦まで生き残ったのはわずかに九名であった。いまはだれもが白髪、毎年六月に靖国神社へ集まる飛龍会をなによりも楽しみに、たがいに語りあい、散っていった亡き戦友たちの冥福を祈っている。

最新鋭空母「雲龍」薄幸の生涯

改飛龍型ともいえる一万七千トンの中型制式空母と共に歩んだ五ヵ月間

当時「雲龍」航海士・海軍少尉　森野　廣

江田島の海軍兵学校を卒業して戦艦大和に便乗、約一ヵ月がかりでリンガ泊地の空母大鳳に乗り組んだ。「あ」号作戦に初出撃して、昭和十九年六月十九日マリアナ沖に沈み、私は生き残って広島湾柱島に帰ってきた。そして機密保持のため大竹海兵団の一隅に隔離され、生き残り同士が毎日毎日、体操とかバレーボール、相撲、水泳ばかりをやって脾肉《ひにく》の嘆にくれているとき、やっと「雲龍《うんりゅう》艤装員を命ず」ときた。

生き残った少尉候補生の五人。日高昇、金子泰治、藤岡実、加賀谷高之と私である。大鳳副長の計らいでそれぞれ三日間ほど実家に立ち寄り、横須賀駅裏の逸見桟橋に五名集合、艤装仕上げ中の空母雲龍に乗り組んだ。七月中旬ごろであった。

雲龍は前日、横須賀海軍工廠の岸壁から沖のブイに繋がれたばかりで、工廠の工員が多数、艦内のいたるところで作業中であり、艦内の通路も通れないくらいで、あちこちで溶接作業の火花が散っていた。空母大鳳（三万四千トン）ほど大きくはないが、精悍そうな正規空母である。これは帝国海軍の虎の子である。

兵学校の同期の者と話をしているとき、「貴様、何に乗ったんだ?」と聞かれ、雲龍と答えると、「ああ、あの商船改造の母艦か」とたびたび言われた。「とんでもない。艦橋がアイランド型の制式空母だ」と言うと、「そうか」と半信半疑の顔をされる。

これほど、同じ海軍の仲間でも極秘裡の建艦であったせいもあり、知らぬ人が多かった。しかし、日本海軍最新鋭の制式空母であり、小西要人艦長以下の乗組員も選ばれた人々であり、士気も高かった。すぐ近くのドックで空母信濃《しなの》が艤装中であった。暇をみて信濃にもぐり込んでみたが、たしかに図体は戦艦大和なみに大きいものの、高速力と搭載機数の点では雲龍の方が優れていると思った。

さて、まず当直将校のところに、「森野候補生ほか四名ただいま着任いたしました」と届け出ると、なんとその当直将校は兵学校の教官であった山本隼少佐（のち中佐）である。「おお貴様たち、よく来たな」と人懐かしそうな顔をほころばせながら言われて、びっくりした。

「福寿少佐（のち中佐）も杉田少佐（のち中佐）もおられるぞ」とのこと。藤岡候補生が「これは驚いたなあ。懐かしい教官が三人もおられる艦はめったにない」と言うと、日高候補生は「俺たちはついとるばい。あとで福寿教官のところに飲みに行けるぞ」

金子候補生だけは、「俺は杉田教官にしぼられたからなあ」と神妙な顔をする。

昭和19年７月16日、公試のため横須賀を出港する雲龍。
建造を急ぐため飛龍を基本に所要の改造がなされた。
艦型は飛龍と同じだが、艦橋位置が左舷中央から右舷前方へ移されている

それから青木太門副長のところに行くと、副長は無精髭を生やした青白い顔をして、いきなり「貴様たち遅かったなあ。いますぐ配置を決める」と、その場で森野候補生は艦長付航海士（五分隊士）、藤岡候補生は見張士（五分隊士）、加賀谷候補生は電測士（五分隊士）、日高候補生は内務士（甲板士官）、金子候補生は左舷高角砲指揮官（一分隊士）と決まった。決まった以上、その配置に全力をあげる。これが海軍の伝統である。また、その戦闘配置が死に場所でもあった。

ついで艦長のところに着任の報告に行った。小西艦長は小柄で色浅黒く、潮焼けてするどい目でジロリと見て、「よし、しっかりやれ」と言われた。

そのあと、それぞれの所轄長に挨拶に行く。私は新堀航海長のところに航海士を命じられた旨を挨拶する。航海長はハンサムで神経質そうな学者タイプの人である。

「航海士、この艦は出来たばかりで、操艦運動要表がまったくないから、早速これを作ることから始めてくれ」と言われた。これは大変な仕事である。艦の停止惰力、旋回半径など実際に測定して操艦の資料を整備しなければならない。

「まあ何とかなるだろう」と根が呑気なので別に気にもしなかったが、あとあとまで出港入港のたびに目標の酒樽を落として、測距儀で実測しながら資料を集めて、やっと一ヵ月ぐらいで作り上げた。

着任したその日の夕食後、さっそく士官室の福寿内務長を訪ねる。三月卒業からお別れして四ヵ月ぐらいしか経っていないが、すでに我々は空母大鳳でマリアナ沖海戦の死線をくぐってきた。「教官、お懐かしゅうございます」、教官もご存じなので「よく生きて来たなあ。今夜は俺と飲もう」とさっそく酒を御馳走になる。大いに飲むべし、語るべし。

ガンルームのこと

ガンルームは若い中尉、少尉ら下級士官たち（二十名ほど）が休養したり、食事をする場所である。朝食はいつもあわただしいが、夕食は楽しい。ケップガンを中心に談笑しながら食事をとる。若くて仕事が多くて、いつも艦内を走りまわっているので、食欲も旺盛である。ガンルーム士官は軍医科・主計科を除くと、全員当直がある。兵科は副直将校、衛兵司令、そして内火艇、ランチ、大発のチャージ（艇指揮）まであるので忙しい。機関科は機関科の当直がある。これらすべてから解放された者がガンルームで休養する。

夕食後はビールも飲む。そして皆で談笑する。お互いに育ちも出身校も違うが、この正規空母雲龍《うんりゅう》乗組のプライドは同じである。兵学校七十三期が数多く、五名もいたので大勢力であった。甲板士官の日高少尉は酒も強く明朗であり、笑い声も大きかったので、酒席の中心となっていた。

ガンルームには従兵長がいて、他に二名の従兵を指図して食事の世話をしてくれる。通信科から当番として派遣された松尾一水がいた。彼は十五歳の暗号兵で、高等小学校一年から海軍通信学校に入り、暗号解読の教育を受けて雲龍に乗り組んだ。あどけない子供の顔をして、身体も小さい。この身体でよくも海軍に入れたものだ。しかし、数字の暗算は抜群で、暗号乱数表の計算に優れていたらしい。

天真爛漫で人なつっこくて、皆に可愛がられていた。向学心があって、夜遅くまで堀江主計少尉に国語を教えてもらっていた。日高少尉と私がビールを飲んでいると、さっと鮭缶を開けて持ってきてくれる。日高少尉が「松尾、お前も飲め」と言うと、「いやー、私はヨーカンを戴きます」とピシャリとことわられた。

流星艦攻のロケット発艦実験

昭和十九年八月六日、竣工とともに第三艦隊第一航空戦隊に編入された。竣工したばかりなので、艦の機関の状態とか、各部の試運転のため、海軍工廠の技術者を乗せたまま、たびたび東京湾に出向いて最後の整備を行なった。

その間、小西艦長の猛訓練がはじめられた。艦長はハワイ攻撃部隊でならした水雷戦隊の司令あがりだ。艦橋で小西艦長の激しく厳しい声が飛ぶ。艦長の叱咤は、われわれ若い下級将校にとどまらない。「内務長、貴様なにをやっとる!」「当直将校、貴様ぼやぼやするな」と上級士官にも及ぶ。とにかく竣工したばかりの空母を、一日でも早く勇猛なる空母に仕立て上げたいのだ。

私は艦長付航海士で艦橋の雑用係である。まあ、艦長に怒鳴られない日はなかったが、おかげで仕事はテキパキと素早く処理できるようになった。

八月、九月と木更津沖で月月火水木金金の猛訓練がつづく。この間、横須賀航空隊のロケット発艦実験をやり、流星（ドイツのユンカースに似た低翼の新型艦上機で試験飛行中であった）の胴体につけたロケットを噴射して発艦した。空母雲龍から飛行機が飛び立ったのは、これが最初で最後となった。

空母関係兵力一覧　（昭和十九年十一月十五日）

連合艦隊直属

- 一、空母部隊
  - 第一航空戦隊
    - 隼鷹、竜鳳、天城、雲竜、葛城《かつらぎ》
    - 第六〇一航空隊 48機
      - 艦戦 24機
      - 艦爆 12機
      - 艦攻 12機
  - 第四航空戦隊
    - 航空戦艦 日向、伊勢
    - 飛行機ナシ
    - （第六三四航空隊は十一月十五日、第二航空艦隊（フィリピン）へ移籍）
- 二、護送空母
  - 鳳翔（練習用）
  - 第一海上護衛隊
    - 海鷹
    - 神鷹
    - 第九三一航空隊
      - 九七式艦攻 約三十機
      - 九三式中間練習機

九月一日、われわれ少尉候補生五名は少尉に任官した。九月八日夜、横須賀の料亭「小松」において、艦長をはじめ士官室、ガンルーム士官総出で任官祝いの祝宴をやってもらった。やはり海軍の先輩は有難いと思う。

東京湾での各部の訓練もひととおり終え、九月二十六日午前三時半、横須賀を出港して浦賀水道を通過、大島を左に見て伊豆半島を一路、紀伊水道に向かう。天候快晴。すでに敵潜水艦の出没はげしい海面なので、手空き総員が見張りに立つ。

速力二五ノットでつっぱしる。護衛の駆逐艦もおくれじとついてくる。富士山頂の白雪がくっきりといつまでも見えていた。初めての外洋出撃である。各乗員が戦闘配置についたまま、無事にその日の午後五時ごろ紀伊水道を通過し、日没前に大阪湾に入る。

もう敵潜はいない。大丈夫である。戦闘配置を解かれて、あとは航海科と機関科の仕事である。大阪湾を通ると、灯火管制でまっ暗闇。この暗闇の中をただでさえ狭い瀬戸内海の難所を二万トンの空母は駆け抜けていく。艦橋の闇の中に羅針盤等の蛍光表示が青白く光っている。

「艦長、大角鼻の変針点に来ました」

「よし。面舵《おもかーじ》。二八〇度、宜候《ようそろ》」

「つぎに男木島の灯台を見落とすな」

「わかりました」

艦長も航海長も操艦のベテランである。明くる二十七日、朝もやの立ちこめる広島湾に無事到着。懐かしい江田島が見えてくると、もう「錨地まであと五マイル」「入港用意」のラッパが鳴った。なお、この一ヵ月後に呉に回航した日本最大の空母信濃は、潮岬沖で敵潜水艦に沈められることになる。

空母雲龍はその勇姿を呉軍港にあらわし、沖のブイに繋留を終えた。

「本日、半舷上陸。一七三〇（午後五時半）上陸員整列」

乗組員に有難い上陸である。私は昨夜の徹夜でくたびれていたが、上陸員送りのランチの艇指揮を引き受けたので、舷門から下りてゆきランチに乗る。ランチの機関長はネームプレートを見ると、新海上機曹である。

「君は名字に海があって海軍らしいよ。いい名だなあ」
「いやあ。そんなことは初めて言われましたよ。ハハハ……」
こんなやりとりをしたので、私は海の文字がある新海上機曹の名をおぼえた。

小沢第三艦隊長官の乗艦

呉に入港するや、第三艦隊司令長官の小沢治三郎中将が乗艦してこられた。雲龍は機動部隊の旗艦となったのである。司令部の幕僚たちも乗り込んできて、われわれは忙しくなった。四日後の九月三十日、呉を出港。柱島、松山沖、屋代島沖、八島沖と、瀬戸内海で連日連夜の猛訓練がつづけられた。

ある日、杉田少佐が当直将校、私が副直将校のとき、小沢長官が上陸されるというので、艦尾の舷梯に内火艇を横付けして舷門に整列して待っていたことがあった。「長官、出られました」と副官から電話があった。しかし、十分ぐらい経ってもお見えにならない。当直将校が心配して、私に見てこいと言われた。

私は艦内の通路を駆け足で艦首の方に向かった。三十メートルも行くと、長官が額に手を当てたまま歩いて来られる。「長官、どうされました?」と言うと、「大丈夫だ」と言いつつも痛そうにして、しかも額に当てた手の間から血が見える。私は驚いて「当直将校!」となると、杉田少佐が走って来られた。

私はその間、ポケットからチリ紙をとり出すと、長官にお渡しした。そのとき、当直将校も駆けつけられていて、私に「そのチリ紙はきたないぞ」と言われたが、長官は「大丈夫だ」と言ってそのチリ紙で額を拭き、そのまま手をあてて傷口を押さえられた。それから病室にお連れして、手塚軍医中尉に手当をしてもらった。小西艦長は小柄な方であったが、小沢長官は背が高く、一八〇センチくらいはあられただろう。艦内通路にある防水扉を通るとき、額を強く打ちつけられたのであった。

やっと十月十三日、呉に入港、対空戦闘能力増大のため単装機銃を増設した。十日間ぐらいで小沢長官も退艦され、瑞鶴に司令部を移された。思うに、雲龍で捷号作戦の最後の詰め(レイテ湾突入作戦)をやられたのだろう。

小沢長官は直後にひかえていた比島沖海戦(昭和十九年十月二十三・二十四・二十五日、捷一号作戦)に瑞鶴ほかの空母を率いて、自ら敵機動部隊をひきつける囮《おとり》作戦に出撃された。雲龍、天城、葛城は竣工したばかりなので、この作戦には除外され温存されたのである。

マニラへの緊急輸送

十一月十八日、呉に入港した。久しぶりに上陸する。

六月に沈んだ大鳳で大火傷した級友の引地克己を海軍病院に見舞う。幸いなるかな、引地はすでに治って退院し、呉海兵団に勤務しているという。

級友の後藤にも会う。彼いわく、十月二十三、二十四、二十五日の比島沖海戦で、武蔵をはじめ重巡の大半と空母を失った。級《クラス》の者も大勢戦死し、その数名の名前をあげた。ああ、日本はどうなるのだ。気重く艦に帰って日高にだけそのことを話した。

十二月一日、航海長から呼ばれた。「天城に代わってマニラに緊急輸送作戦に出撃することになった。関係の海図を全部揃えて持ってきてくれ」

「はい、すぐお持ちします」と引き退って、三戸少尉、小菅少尉に手伝わせて十部ぐらいの海図をたばねて作戦室に持ち込んだ。航海長はそれらを眺めて、「航海士、関門を通り大陸沿岸を南下、マニラ行きの航路を入れてみてくれ」

そこで大体の方針をお伺いして、三つの航路案を入れてみた。「よし、検討する」と、それを持って航海長は艦長室に行かれた。

この緊急輸送作戦というのは、レイテ島を米軍より奪回するのに必要な陸軍の滑空歩兵第一連隊をはじめ、桜花特攻機、魚雷、弾薬をマニラに急送することであった。

航空母艦は速力がはやいことと、飛行機を多数積載するための広い格納庫が上段、下段と艦体の大半を占めている。他の艦船と比較にならない輸送能力がある。したがって連合艦隊司令長官は、空母天城に緊急輸送作戦の命を下した。これを受けた天城艦長は、天城より一足早く竣工した雲龍の方が訓練の練度が高いと、「天城を雲龍に替えられたし」と意見具申された。そこで雲龍がその任に当たることに決定した。歴戦の勇将、小西艦長は快くこの命を受けられた。こうして全艦一丸となって、重大任務の遂行に当たることになったのだ。

いよいよ出撃するのか。洩れ聞くところ、戦況は日増しに悪化している。すでに比島には敵が基地を強化し、レイテ島は完全に敵の基地となっているとか。マニラは毎日、敵の空襲を受けているらしい。同じガンルームにいる森本通信士は受電した電報、傍受した電報も全部目を通しているので、不利な戦況も逐一わかる。大体のことはこちらも聞いていてわかる。それでも、いよいよ出撃するとなると血が躍る。

翌日、航海長にまた呼ばれた。そして昨日の海図を返された。

「航海士、これで行く。あとは敵潜水艦の状況を毎日海図に入れておけ」

「はい」と私。

「航海士、帰ってこられると思うか」

「大丈夫でしょう」

「そうかな」航海長があまり弱気になられたので、いささか驚いた。

「なあに、絶対大丈夫ですよ」と念を押す。

十二月十日、呉に入港。出撃準備がはじまった。まず緊急輸送物資の積込作業である。艦の中は蜂の巣をつついたようで、椋田親甲板も日高甲板士官も飯《めし》を喰うひまもなく、やれトラックは飛行甲板に乗せて固縛させよ、やれ魚雷は下部格納庫、桜花特攻兵器三十機は下部格納庫の前部に積め、爆弾は上部だ、弾丸はどこだ、といった案配だ。

雲龍のまわりは荷物を積んだ艀《はしけ》が取り巻いて、リフトの音は休みなく、夜中も続行している。やっと目鼻が立ってきた。四日目の夕、艦内の士官の手空き総員が、呉の料亭ロックに出撃祝いをしに集まった。小西艦長の音頭で全員乾杯、お互いの武運を祈った。

そうこうして、いよいよ「各分隊、可燃物を陸揚げせよ」「各自、身のまわり品を最小にし、不要品を陸揚げせよ」と次々に艦内のスピーカーが告げる。私も軍装行李《こうり》を呉の水交社に預けた。乗組員はお互いに口に出してこそ言わぬが、この出撃が特攻輸送作戦だということを承知しているのである。

十二月十五日、艦内にて出撃祝いの宴が行なわれた。今宵は無礼講である。航海長も私も、藤岡見張士も加賀谷水測士も、五分隊のデッキに行く。森保掌航海長はすでにいて、航海長の音頭で全員の武運を祈って乾杯した。

航海長は、「いよいよ晴れの出撃である。今夜は全員楽しくやってくれ」と挨拶された。先日、私にふと見せられた「また帰ってこられるか」という不安な表情はかけらもなかった。琺瑯《ほうろう》びきの湯呑が盃である。酒は一合がらくにはいる。「航海士、飲んで下さい」と操舵長に差し出される。「お互いに全力を出して闘おう」と励まし合う。

これを何杯か飲むとダウンする。「明後日は出撃だ。しっかりしないといけない」と思ううちに倒れてしまった。ふと気がついたら、自分のベッドに着のみ着のまま寝かされていた。今夜は皆、思い切り飲んだであろう。これがこの世で最後の酒になるかもしれないのだ。故郷の父や母、兄弟姉妹、元気でいるだろうか。マニラに無事着いて、空襲の中で艦満載の魚雷、爆弾、弾薬を陸揚げできるだろうか。心配してもはじまらない。雲龍は出撃するのだ。

翌日、陸軍滑空歩兵第一連隊八百名が乗り込んできた。レイテ奪回の特攻部隊であった。海軍六三四空の部隊七百名も便乗してきた。その他マニラ方面行きの便乗者もあり、艦の中は人と荷物でいっぱいである。

ガンルームで夕食をとっていると、兵学校七十三期の古賀良彦君がやってきて、「マニラまで世話になるぞ」と言う。聞くと駆逐艦桐《きり》に転勤するので便乗してきたという。一緒に夕食をとる。

「俺は航海士で、忙しく相手ができないが、金子少尉は高角砲だから暇がある。彼に面倒をみてもらってくれ。ベッドは俺のを使ってくれ」と話した。これが古賀少尉との別れになろうとは。

私は空いていた艦橋のすぐ下の作戦室に、毛布とウイスキーを持ち込んで寝る。どうせ出撃すれば、艦橋を離れることはないだろう。

雲龍は三千余名の人と緊急輸送物資を満載して、最後の呉軍港の夜を静かに送った。寒さもいよいよ本格的になってきた。午後六時、郵便物の最終便が出る。私も家に手紙を書いた。

航空母艦に飛行機の姿なし

明ければ十二月十七日（日曜日）、出撃の日である。

「出港用意」「繋留索放せ《モヤイ》」「前進微速」

つぎつぎと艦長の威勢のよい号令がかかる。雲龍は呉軍港停泊の全艦の「帽振れ」の見送りの中を静かに出港する。似島《にのしま》、江田島、大那紗美島、厳島と、たちまち遠ざかり、かつて潜水艦襲撃訓練をやった周防灘に入り、午後四時、下関海峡の入口に着く。今日は早目に停泊し、明朝の潮を待つ。

十二月十八日の朝六時半「錨揚げ」、七時に下関海峡を通過する。狭い海峡の下関側と門司側の人々は大きい空母が通るので、立ち止まって手を振ってくれる。艦橋からは両側が手に取るように見える。

母艦の飛行甲板は大発艇、トラックなどでいっぱいで、陸軍特攻部隊員用の孟宗竹を組み合わせた畳二十帖ぐらいの筏《いかだ》も固定してある。航空母艦なのに飛行機の姿はない。「索敵用に一機でも乗せられないのですか」と航海長にも進言したが、しかし飛行機はなく、われわれ乗組員の力で難局を乗り切るのである。

『戦闘詳報』によれば、

形勢……昭和十九年八月頃ヨリ東支那海ニ於ケル敵潜水艦ノ跳梁ハ執拗ヲ極メ船舶ノ被害少カラザル情況ニ在リ、我方之ニ対シ対潜竝ニ護衛力ヲ強化シアリ、軍艦雲龍ハ「マニラ」方面緊急輸送ノ重大任務ヲ以テ雲龍艦長指揮ノ下ニ駆逐艦時雨《しぐれ》、檜《ひのき》、樅《もみ》ヲ率ヰ十二月十七日朝、呉出撃、下関海峡、朝鮮南岸、支那沿岸ノ航路ヲ「マニラ」ニ向ケ南下中ナリ、敵潜水艦ノ制圧攻撃ニ関シテハ第五十二駆逐隊司令ノ命令ニ依リ、他ハ雲龍艦長ノ命ニ依ル事ニ定メラレタリ

下関海峡を通過して朝鮮海峡に入るや、すぐに水中聴音により敵潜らしき音を二度キャッチし、回避した。

艦橋には艦長をはじめ、戦艦長門の航海長・近藤保平大佐（艦長の補佐として特別に応援に派遣された）、新堀航海長、当直将校、森保掌航海長、庶務主任、航海士、操舵員、信号兵がいる。艦橋の上の防空指揮所には山本砲術長、杉田二分隊長、藤岡見張士、その他当直の見張員がたえず双眼鏡で四方に眼をこらしている。

済州島を右に見て通過する。天候は雲が低くたれこめて太陽の姿はなく、気温も低く、寒い。遠くに望む朝鮮半島の山々は白い雪をかぶっている。雲龍を中心に駆逐艦時雨《しぐれ》が前を、檜《ひのき》、樅《もみ》がそれぞれ左右を警戒しながら進む。波も高い。

夜がやってきた。上海方向に基準針路をとり、粛々と進む。その夜は敵潜の英会話を近距離に傍受し、予定の航路を変更したが、敵が近いことをひしひしと感じた。

二本の命中魚雷

十二月十九日午前より被雷時にいたる経過概要は以下のとおり。

〇九〇〇＝艦内哨戒第三配備（水中聴音第二配備）。一斉回頭之字運動U法始ム。速力一八節《ノット》、浮流機雷一個発見

一二〇〇＝舟山列島東方ニ達ス、天候険悪ニシテ視界狭少

一四〇〇＝一八〇度ニ変針、浮流機雷一個発見

一五〇〇＝一五〇度ニ変針、視界益々不良、波浪大トナル
一六〇〇＝一八〇度ニ変針
一六三五＝水中聴音員「右三〇度、魚雷音」。見張員「右三〇度雷跡、近イ」ト報ズ。艦首概ネ一〇度回頭セル時艦尾雷跡三本通過ト同時ニ右前方ノ魚雷ヲ躱《かわ》シ得ズ艦橋下ニ命中ス

私は航海士で、下関海峡を出てより徹夜で艦橋に勤務していたが、この日午後二時に第二航海士の三戸少尉と小菅少尉に交替し、艦橋の一段下の作戦室のソファーに横になって、しばしの休養をとった。

午後四時半、艦内に夕食を告げるラッパが拡声器で鳴り響き、眼をさましうつらうつらしたとたん、ドカーンという激震を受けて「やられたか」と艦橋に駆け上がった。被雷のショックで海図台のガラスが割れ、艦橋の上まであがった海水のしぶきで、海図の上に置いてあった真っ赤な表紙の信号書から朱がしたたり、航跡を紅に染めていた。

「右舷中部艦橋下、主管制盤室被雷ニ依リ附近浸水、火災発生、艦内電源停止シ暗黒トナル、乗員ヨク落着キ配置ニ就キ、砲術科ハ対潜射撃ヲ開始ス、艦ハ面舵一杯ノ儘《まま》前進シ、蒸気逃出ノ為両舷機械停止ス」

敵潜水艦の潜望鏡を発見し、右舷高角砲および機銃は俯角一杯をかけて射ち方をはじめた。

山本砲術長、大迫大尉、金子少尉が直接砲側で指揮をとった。

被雷により第二搭乗員室付近に火災が発生し、これは福寿内務長、椋田内務士の指揮により隔壁閉鎖により消火。主管制盤室付近、第一、第二罐室に浸水、三度右に傾斜したので、傾斜復原の一法として飛行甲板上の輸送物件のトラックを日高甲板士官の指揮により、海中に投棄する。

また被雷により電動機が停止し、艦内の電源が止まる。艦橋、機関指揮所間の電話線が切断され、通話不能となった。敵潜水艦との距離は近く、かつ艦は停まっているので、早くこの場を離脱するため、「至急機械をかけろ」という艦長命令を佐賀機関長に直接伝えるため、私は艦底近くの機関指揮所に走った。

艦内は暗闇で、懐中電灯を頼りにラッタルをつぎつぎと下りていった。艦内は防水扉が閉鎖されているので、いちいちそのマンホールを開けて通らねばならない。気はせくが仕方がない。やっとのことで機関指揮所にたどり着く。

佐賀機関長は落ち着いておられ、「航海士、蒸気圧が上がったから、もうすぐ動かせる」と言われたので、艦長に報告のため、ふたたび駆け上がってきた。

左舷に上がってきて飛行甲板を走っていく途中、突然、目の前が真っ暗になり、私の身体はふわふわと振りまわされ、吹き飛ばされた。「ああ、いま死んだのだ」と思ったが、そのまま気を失った。

一六四五＝右一三〇度ニ雷跡ヲ発見セルモ機械停止ノ儘《まま》ニシテ右舷前部ニ被雷瞬時ニシテ

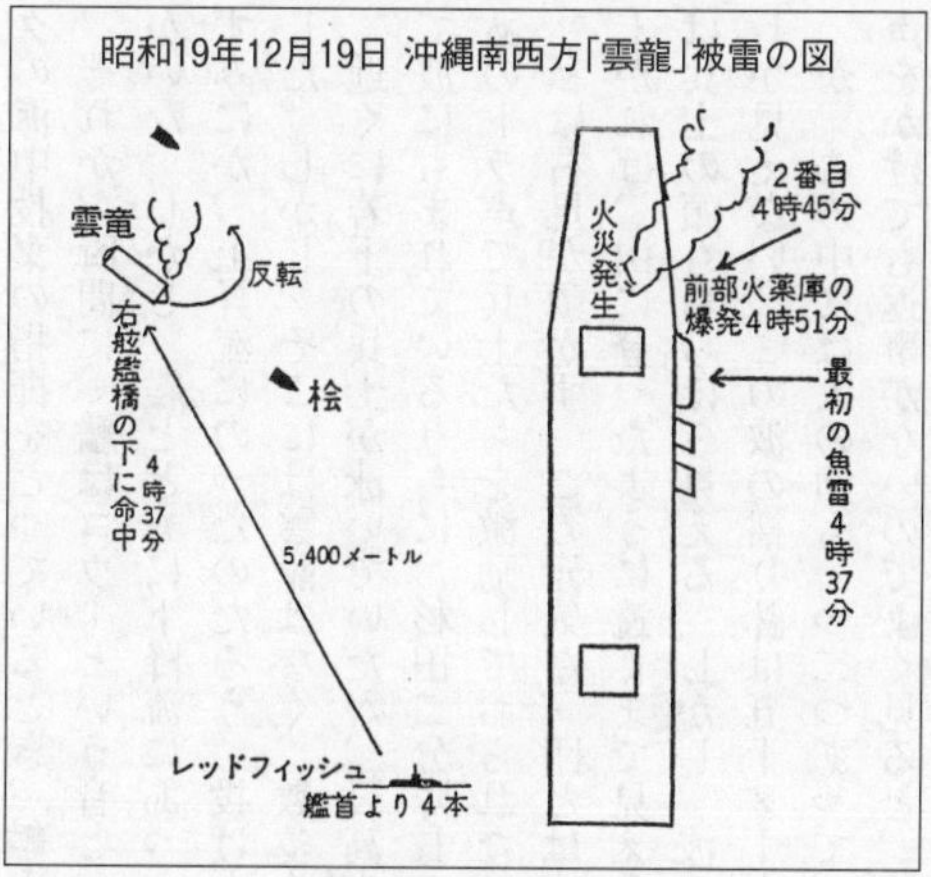

下部格納庫中ノ輸送物件(大)其ノ他ニ誘爆、大爆発次第ニ起リ数分ニシテ前部ニ大傾斜ス
一六五七＝艦尾ヲ上ニシテ全ク海中ニ没ス

気がついたら乗員が逆様に走っている。「おかしいな」と思った。しばらくして私が生きていること、そして艦の一部にぶら下がっていることがわかった。誰かが「航海士！」と叫んで、飛行甲板の端のポケットの角の鉄板に喰い込んだ私の右足を引きはずしてくれた。私は機銃甲板に頭から落ちた。

艦は大きく前のめりに傾いているので、機銃につかまって立ち上がると、目の前の海の十メートル先に日高少尉が浮いてこっちを見ている。「日高！」と怒鳴った。彼は私を見たが返事がなかった。赤ら顔のきれいな顔をしていた。声を出さなかったところを見ると、下半身をやられていたのであろうか。彼は飛行甲板のトラックの海中投棄の指揮をとっているとき、艦が爆発して海に飛ばされたのであろう。

それから瞬間に、艦はゴウーという音とともに海に沈んだ。私も一緒に……。もがきにもがいた。しかし、艦とともに下降流にあったのか、どんどん深く沈んだ。そしてどうしたはずみにか、上昇流にのったのだろう。投げとばされるようにものすごい勢いで、海面に浮上した。しかし、そこには雲龍はなく、数多くの浮流物が夕暮れの時化《しけ》の海面に浮いていた。

近くに若干の兵士が泳いでいたが、日高少尉の姿はなかった。しばらく孟宗竹につかまって波にもまれているうちに、杉田二分隊長の一団と会った。「犬死にするな、頑張れ！」と、あのドラ声で兵士たちを激励しておられた。十五、六名はいただろうか。

私は右足が動かず、この元気な一団とはぐれてしまった。波は激しく大きく、波頭に浮き上がれば、山に登ったように遠くまで見える。駆逐艦時雨《しぐれ》、檜《ひのき》、樅《もみ》も見える。浮流物の間には兵士の頭もちらほら見える。しかし、波の底に落ち込むと、まわりは絶壁のような波の壁しか見えない。この波の揺り鉢は五十メートルぐらいもあって、駆逐艦も何も見えない。

が、この中には人の頭も一つ二つあって、近づいて声をかけあう。「頑張れよ」たまには声をかけても返事がないのでよく見ると、陸軍兵士が折畳式二式小銃を肩にかついだまま、救命衣をつけてはいるがすでに溺死して、鉄兜だけが水上に出ているのであった。

駆逐艦「樅」に救出される

夕闇の中に突然、駆逐艦が出現し、私の方に流されてきた。上からロープを投げる。近づいてこれに摑まる。上から引き揚げるが、水で濡れてすべり、一メートルぐらい引き揚げられたところから、ふたたび海中へすべり落ちた。

その勢いで海中に潜り込み、駆逐艦の底に張り出している動揺止めの下に入りこんだ。海中の艦底に閉じこめられて、海水を腹いっぱい飲まされ、苦しくてもがき出る。「もう助からんでもよい」と艦から泳いで遠ざかった。

しばらくすると、ふたたび駆逐艦が私に流れ寄ってきた。今度は私の見ている前で綱梯子《つなはしご》が降ろされて、これに摑まって一人が助けられた。これならと私も摑まった。梯子の横木に両手の指の先をかすかに組み合わせたとたん、艦は波を受けて反対側に大きく傾く。私は必死で両手の指先に全力を入れて、海面から引き揚げられる身体の重みを支えた。指が離れそうになるが、離せばまた「動揺止め」の中に閉じこめられてしまうと、辛うじて支えた。

やがて艦はこちら側に大きく傾く。すると身体が海につかって浮き上がり、艦の舷側まで一メートルぐらいになる。上から私の身体を摑んでくれて、また私も綱梯子をしっかり摑みなおして、艦の上に引き揚げてもらった。駆逐艦樅《もみ》にあがって立ち上がると、右足に力が入らずによろけて倒れた。艦の乗員が両方から支え起こしてくれる。右足を見ると、足首がパックリと切れて、白い骨が見えた。

艦内に案内される。私は名前を告げるとともに、杉田分隊長ほか多数が泳いでいた旨を艦長に伝えてもらう。濡れた軍服をハサミで切り除いて脱がせてもらい、毛布をもらって、救助者を収容している部屋に案内される。そこには三十数名が、毛布にくるまって横になっていた。樅乗組の通信士である対馬少尉は兵学校のクラスメートで、ひまをみては見舞ってくれた。

「日高はおらんか?」「金子、藤岡、加賀谷はおらんか。杉田教官は泳いでおられたぞ」

私は、たて続けに言う。対馬は首を振ってだまっていた。そして真っ白い褌を差し出して、これを使ってくれと言った。

やがて眠り込み、首のまわりがヌルヌルするので目が覚めたら、枕に血がべっとりと付いている。看護兵に来てもらい、頭の裂傷と足首の手当をしてもらう。

翌朝、ふたたび対馬少尉が見舞ってくれた。聞くと生存者は檜、樅、時雨の三隻合計で一四二名という。小西艦長をはじめ士官はいないという。昨夜は夜遅くまで時雨が敵潜の掃討をし、檜、樅が主に救助に従事したとのことであった。海に離脱した人も、暗夜のこの荒天の大浪の中に力尽き果て、東シナ海に雲龍と運命を共にされたのであろう。

五十二駆逐隊は台湾高雄に入港し、私は担架に乗せられ海軍病院に移された。檜、樅はこの直後、マニラに向け出港し、二週間後の昭和二十年一月五日、マニラ西方海面にて敵航空機の攻撃により撃沈された。時雨は一月二十四日、シャム湾において敵潜により撃沈され、空母雲龍とその護衛部隊は全滅してしまった。

私は高雄の海軍病院に入院し、足の手術を受けたが、その他の生存者は高雄海兵団に収容された。翌日、先任者が病院に見舞いに来てくれた。聞くとタオル・歯磨類もなくて困るという。

私は上陸するとき、担架の上から練習巡洋艦香椎《かしい》が港にいるのを見ていて、あの艦にはクラスの末次少尉が乗っておるなあと思っていた。さっそく、雲龍が沈んで残った部下がタオル・褌・歯磨等がなくて困っている旨の手紙を書いて、香椎の末次少尉を訪ねさせた。やがて、二人が沢山のタオル類をもらって、肩に担いで戻ってきた。私の軍服の中に濡れた紙幣が百参拾円あったので、これと一緒に皆に分配してもらった。

この数日後、香椎は他の海防艦とともに船団を護衛し、仏印方面に出撃していき、敵潜の攻撃を受けて沈没。末次少尉も戦死した。

雲龍の生存者もこのあとそれぞれの艦に転属し、ふたたび戦いに出て何割かが戦死された。

劫火にたえた天城、葛城、龍鳳

呉軍港に悲運をかこった三空母の苦悩と最後

戦史研究家　塚田　享

　サイパンを失ったうえに、さらに本土東方海面の制海権さえなくしてしまった日本は、まったくもう、どうすることもできなかった。

　なんとかして敵を食いとめよう、打撃を与えようとしたが、それさえも、武器もなく、いや武器はあってもそれを動かす油がないありさまでは、たとえば戦闘機でさえ特攻攻撃用の、いわば片道攻撃用の油があるだけであった。

　上空で敵機と切り結ぶ――などという悠長なことは、していられなかった。それに、なにも油のないのは飛行機だけではなかった。

防空砲台として終戦の日を迎えた空母龍鳳

日本一を誇った呉軍港――その本土と江田島と倉橋島とに囲まれた広大な周辺には、大きな軍艦ばかり、十二隻が散らばっていた。

それも妙な散らばり方だった。本土の岸に二隻、倉橋島の北岸に三隻、江田島北半分の岸に六隻、倉橋島の東にはなれた小島に一隻。どれも海岸ギリギリに伸《の》し上げんばかりで、屛風に張りついた忍者――といった格好だった。

油がなくて、動けないのだ。動けないまま、沖の浮標につないだり深いところに錨を打ったりしていると、敵に見つかりやすいばかりでなく、攻撃を受けたあかつきには沈んでしまう恐れがある。

沈まないよう、しかも見つからないよう、十二隻の船は島にピッタリ身体をくっつけて、思い切りカモフラージュをした。十二隻の乗員は口惜し涙を流しながら、船のアタマから網をかぶせ、デッキの上に迷彩を描き、陸地から木や草を切り取ってきては、あたかもクリスマスツリーを飾り立てるように網の目に結びつけた。

惨めな努力の日々であった。乗員自身の落度で戦局がこうなったのだ、と彼らは思った。兵隊までが強く責任を感じていた。開戦当初、真珠湾に押し寄せていったベテランもいた。ミッドウエーの生き残りもいた。ソロモンの海に放り出され、何時間も何日も、敵機の跳梁する下を泳いだ者もいた。

それでいて、虚無的になっている者はいなかった。士気は高かった。――来い！　目にもの見せてやる、と決心していた。

悲運をかこつ三空母

そういう艦の中に、空母天城《あまぎ》、龍鳳《りゅうほう》、葛城《かつらぎ》があった。むろん元気のいい連中は特攻隊や防備隊に出かけたあとで、ケイキはすこぶる悪かったが、屈しなかった。艦橋から綱を引っぱり松の木を切って結びつけ、空からちょいとした小山に見えるようメークアップに苦心した。

天城は飛龍を改良した雲龍型の一艦で、葛城と同型である。排水量が天城は二万四〇〇トンなのに、葛城は二万二五〇トンという、積みこんだ機関の違いのために差ができた。それだけであとは同じだった。艦橋は右側、前の方にあり、リフト（昇降機）は二基（飛龍は三）。ただし飛行機が大きくなったので、十四メートル平方と一段と大型にされていた。

そのほか、この天城は三菱長崎で昭和十九年八月完成、葛城は呉でつくり十月完成。出来たばかりで、残念ながらレイテ海戦に間に合わず、涙をのんだ艦だった。

もしこの二隻が間に合っていたら、千歳、千代田、瑞鳳の倍ほどもある優秀艦で、速力は三四ノット（葛城は三二ノット）も出るし、マンモス空母瑞鶴といっしょになって、存分の働きができたはずだったが、レイテ海戦に敗れて以後は、もう空母の働く戦場もなく油もなく、むなしく悲運をかこたねばならなかった。

この艦がよくできている理由の一つは、搭載機数がトン数に比較して非常に多いことだった。加賀、赤城、翔鶴、瑞鶴のマンモス空母はおくとして、機数からいえば信濃より多い五十七機、プラス補用機十六機。対空砲火もすこぶる密で、一二・七センチ連装高角砲六基

昭和20年7月28日、呉軍港三ツ子島で空襲を受ける葛城(左上)と天城(手前)

(十二門)に、二五ミリ三連装機銃十三基(三十九)、そのほか単装多数というのだから、まさにハリネズミである。したがって乗員も飛龍型より四百人多く、千五百であった。

いささか淋しいのは、天城が鈴谷型重巡のエンジンを積んでいるのに、葛城はそのエンジンが間に合わず、陽炎型駆逐艦のエンジン二組を据えたことだ。速力が二ノット遅いのも、こういう切羽つまった繰り合わせの結果だった。

さて龍鳳は、瑞鳳《ずいほう》、祥鳳《しょうほう》クラスの、給油艦改造グループ。前身は大鯨《たいげい》である(公試排水量一万五千トン)。出来上がったのは同型艦二隻のあとで、昭和十七年十一月。ミッドウエーには間に合わなかったが、その後、第三艦隊第二航空戦隊にくわわり、トラックに頑張った。「あ」号作戦(サイパン沖海戦)でも、そのまま参加、乙部隊として突進。空襲を受けて小破した。

ついでにもう一隻。これは呉にいたわけではないが、四国の八幡浜付近にいた海鷹《かいよう》をくわえておこう。

開戦後、日本は最優秀商船五隻――すなわち郵船の春日丸（大鷹）、八幡丸（雲鷹）、新田丸（沖鷹）、シャルンホルスト号（神鷹）をつぎつぎに空母に改造していったが、海鷹は大阪商船あるぜんちな丸の改造である。あるぜんちな丸には、ぶらじる丸という姉妹船があった。ふらじる丸も当然、空母に改造の予定だったが、改造前、海軍で徴用していたころ、昭和十七年八月に米潜水艦の雷撃を受けて沈んでしまった。あるぜんちな丸――つまり海鷹は一万六千トン、二三ノット。いわゆる護衛空母として使われていた。

古鷹山を前に

ともあれ天城、葛城、龍鳳が、擬装を凝らして静まりかえっていたあたりは、緑が岸にせまり、江田島、倉橋島の山が空をかぎって、まあ昔ふうにいえば山紫水明、眺望絶佳の地であった。

海軍というものは敵を国土に寄せつけぬためにこそあるものだ、と考えていた乗員たちは、この美しい祖国の山と海にいだかれ、すこぶる戸惑っていた。弾丸を射つと、本来なら全部海に落ちるはずなのが、下手をすると故国の山を貫くのだ。

「矢先（弾丸の飛んでいく方向）を考えんといかんぞ、これは。えらいことになったナ」

船乗りはバカ正直といわれるくらい、素朴である。彼らは真剣な顔をして悩んだ。おどろくべき世の移り変わりだった。油がなくて艦が動けないということすら、想像を絶していた。油がなくてボイラーが焚けず、陸上から電気をもらって砲塔をまわすというにいたっては、目がくらむほどの情けなさだった。それよりもヒドイのは、砲と名のつくものの大部分を陸に揚げ、そこで本土上陸に備えたことであった。

そんな不安定な気持ちのなかにも、日は容赦なくたっていった。

昭和二十年三月十九日、最初の大空襲があった。三百機の艦上機が八方ら降りかかった。爆弾やロケット弾が無数に落下した。二五〇キロ、五〇〇キロ、五〇キロ、一三〇キロ、一トン爆弾の雨であった。乗員たちは死にものぐるいに戦った。わずかな砲や機銃をフルに使って下から上に射ち上げた。

だが彼らは、とんでもない邪魔者にハチ合わせしていた。秀麗な古鷹山（江田島）が、その向こう側の敵機を全然見えなくした。いやその古鷹山が敵機の不意討ちを助けていたのだ。敵は存分に古鷹山を利用した。古鷹山の頂にパッと姿をあらわすと、矢のようにとびかかってきた。「あれだッ」と機銃を向け直したときには、もうその黒いズングリした胴体からは、爆弾が落とされていた。

風のない島々の静けさが、かえって禍いした。おびただしい硝煙と爆煙がただよったまま、動かない。速い小さなものを狙う地上の人間にとって、薄暗い天と地は、目つぶしをされたのと同じであった。「古鷹の上の敵機。射て射てッ」といわれるが、古鷹山は見えても、敵機はなかなか見えなかった。

そんな中で、天城は右舷後部に張り出した高角砲台に命中弾一発を受けた。そのあおりを食って、後部エレベーターが動かなくなった。葛城は天城よりもっと激しい攻撃を受けたが、命中弾一発ですんだ。二五〇キロ通常爆弾が敵の得意とするスキップボンビングというやつで、右舷艦首のあたりに直径二メートルあまりの大穴をあけた。そしてその断片が噴いて、飛行甲板と格納庫甲板がいためられたが、こういうのは応急修理ですぐなおった。戦死一名、負傷三名。すさまじい空襲を受けたにしては意外に損害が少なく、みな顔を見合わせて、自分の首を撫でたものだ。

だが龍鳳は、五発もの直撃弾を受けてしまった。一発は飛行甲板に直径十メートルの大穴をあけ、一発は五メートルの穴をあけ、一発は中部に命中して、上甲板線をガケ崩れにあったように潰してしまった。

また一発は、左舷中甲板に命中、外板に大きな割れ目をつくり艦内に浸水。この浸水は、かい出すのにポンプで十五日かかるほどの量だった。しかも後部リフトは、四十坪くらいの大きさのものが完全にふきとばされた。

巧妙なカモフラージュ

呉港内は、いたるところ損傷艦艇で溢れた。ミッドウェーの苦い経験を生かして、艦内に燃えるものをほとんどなくしていたので、火災も被害も案外に少なく、大爆発を起こした大

昭和20年7月28日の空襲後、浸水量が増して横転、左舷を水中に没した空母天城

型艦はなかったが、空襲が終わったあとの呉工廠は、目がまわる忙しさになった。

龍鳳は三月二十四日、工廠で応急修理をやった。一週間かかったが、修理したのは機械関係だけで上甲板はそのまま。それからはじめに述べた位置まで港務部の曳船でひっぱっていき（四月一日）、徹底的なカモフラージュをした。

この間、天候が悪く、敵機が偵察に来なかったことが、龍鳳に幸いした。もう一つ、大悟徹底した結果、それ以後の空襲のとき、高角砲を一発も射たないことにしたのも、艦の位置を秘すのに役立った。

このため、六月に入って一回、七月に二回空襲があったが、龍鳳は一回も攻撃を受けなかった。米側の記録によると、彼らは見つけ出せなかったものらしく、これはまた、おどろくべき巧妙なカモフラージュを乗員たちはやったわけだった。

二回目の六月二十二日はB24重爆の攻撃で、攻撃は榛名だけに集中されたので、空母にはなんの被害もなかった。

三回目の七月二十四日は、天城が命中弾三発を受けた。午前九時半に三十機、午後三時半に二十機が、天城に襲いかかった。いちばんひどい損傷をあたえたのは、前部リフトと後部リフトとの中間に落ちた一発で、このため飛行甲板は屋根のように盛り上がり、左舷後部機械室に浸水した。このほか浸水したのは、至近弾によるものだった。

ふだんならば容易に食いとめられる浸水も、乗員の大部分が陸に上がって本土上陸作戦の特攻部隊となっている現在、穴があいてもどうすることもできない。話にもならなかった。

一方、葛城は左舷中部に一発命中したが、これは上っ面をふきとばしただけで、大した被害はなかった。戦死者十三名、負傷者五名は、不幸にもその爆弾をまともに受けた高角砲員たちだった。

ねばりぬいた葛城

最後の七月二十八日（八月十五日終戦）の空襲では、天城には午前九時半に三十機、正午に十二機、午後三時半に三十機の攻撃がかけられた。めいめい爆弾を抱えているはずなのに、命中弾はたった一発。よほど下手クソなのか、あまりにも砲員がめざましかったのか。だが、二十四日にすっかり浸水していた天城は、至近弾であけられた外舷の穴から入る水だけで、艦を左舷に七〇度も傾けるに十分だった。傾いたまま、宙に浮いたような姿のまま、天城は短かい一生を終えた。

葛城は、十機あまりの敵機からの五〇〇キロ大型爆弾二発を食った。カモフラージュが巧妙だったので、他の敵機は葛城に気づかなかった。が、五〇〇キロ二発は、コタエた。飛行甲板をつらぬき格納庫で爆発したが、飛行甲板は紙みたいにめくれて、右舷の煙突の上にかぶさった。格納庫のまわりは、どこもかしこも爆圧でグワッとふくらんだが、おどろいたことは水線下には異状なく、沈みも傾きもしなかった。戦死十三名、負傷者十二名。

無事に二回以後の空襲を切りぬけた龍鳳とともに、葛城は最後までちゃんと浮いていた。どっこい、俺は沈まんぞ、と。

これは、あるいは無駄な頑張りだったかもしれぬ。が、彼らは頑張りとおした。——彼らが生きていることが、少なくとも日本を守ることになるのを、知っていたのだ。

青い目の見た軽空母七隻の最期

海中深くにひそむ米潜水艦と鷹型空母の息づまる対決

戦史研究家　大浜啓一

命中魚雷にも死せず（飛鷹VSトリッガー）

一九四三年（昭和十八年）六月十一日の午後、空母飛鷹《ひよう》は護衛の駆逐艦二隻をしたがえて、東京湾口の南方約二五浬《かいり》沖を南下中だった。ちょうどその付近は、米潜トリッガーが哨戒中の地点だった。潜水艦は近接してくる目標を待ちかまえた。やがて駆逐艦の推進器音と空母のもっと重い調子のリズムが伝わってきた。

いまや駆逐艦はちょうど真上にさしかかり、その推進器音はさらに高くさらに鋭く、耳にいたいほど艦内に反響する。潜水艦乗員の息づかいはしだいに荒くなり、筋肉はコチコチに堅くなってきた。駆逐艦はやっと通りすぎた。やれやれと思っていると、もう魚雷発射のチャンスだ。

「潜望鏡あげ。目標捕捉、方位記入、潜望鏡おろせ」

トリッガーはこの瞬間を待っていたのだ。乗員はみな極度に緊張して、全身、汗びっしょりになった。

「前部発射用意」「発射はじめ」

六本の魚雷は矢を射るように泡立つ灰色の海のなかを空母飛鷹めがけて走っていった。射距離は一二〇〇メートルしかなかった。

その直後、時刻は日没直前で、飛鷹艦橋の当直将校はしずかなコバルト色の海面に、魚雷の走ってくる白い気泡を発見した。それはもうすでに右舷正横四〇〇メートルに迫っていた。

彼は大声で「魚雷はこの方向」と怒鳴った。艦橋にいたみんながその方向に一斉に目をうつしたとき、六本の白い航跡はスルスルと近づいていた。空母にはただちに護衛駆逐艦にたいし「敵潜水艦を攻撃せよ」の信号があがり、艦長は即座に「取舵一杯」と号令をかけた。

トリッガーは爆雷を警戒しながら深々度に潜航しはじめたが、まもなく大爆発音が船体をふるわせて伝わってきた。「命中」というだれかの声とともに、歓声があがり、乗員はこぶしを振りあげた。二秒後にさらに爆発音が聞こえた。潜望鏡がすっかり降ろされる前に、潜水艦はさらに二発の命中音を聞いた。

いっぽう、海上では三本目の魚雷が約三〇〇メートル航走したとき自爆して、大きな水柱を立てた。右側の駆逐艦が、水泡の浮いていた地点にむかって爆雷攻撃をはじめた。飛鷹は魚雷をさけるために左に転舵したが、発射地点が近距離でかつ申し分なくよかったから、避けきれなかった。

第一番目と第二番目の魚雷は飛鷹の艦首のすぐ前方を通過した。四本目が右舷の錨穴直下に命中して、水柱を艦橋よりも高く吹きあげた。船体にものすごい震動を感じた。第五本目は艦首と艦橋の中間に命中した。ところが、その魚雷は命中と同時に、頭部が魚雷からはずれて舷側からたれさがった。もし、その魚雷が爆発していたら、空母の損傷はもっとひどかったにちがいない。

六本目——最後の魚雷は艦橋の真下に轟然と命中して、瞬時に大きな火炎の柱が艦橋をすっぽりつつんだ。その火勢で艦橋にあった海図は大部分が焼け失せ、艦長の頭髪も焼けた。艦橋勤務員はそのショックで一人のこらず立っておれないぐらいよろめいた。

最初の命中魚雷はたいした損傷はあたえなかった。錨鎖庫がやられただけである。しかし最後の魚雷が大きな損害をあたえた。最後の魚雷によって第一罐室と第二罐室の隔壁が破れ、第一罐室は全員が、第二罐室も半分以上が戦死をとげた。このふたつの室内にはすぐに海水がナダレをうって浸水し、第三罐室にもしだいに浸水がはじまった。すべての罐の火は消えスチームは止まり、やがて艦の速力も停止してしまった。

飛鷹は前部が沈下して浸水がひどかった。重油タンクのひとつが火災を起こしたらしく、煙突からは真っ黒な煙をふき出し、その近くの甲板はだんだん焼けて熱くなってきた。幸いなことにガソリンには引火しなかった。航空燃料庫からは漏油がなかったからである。米軍側艦内が一種の恐慌状態になったのは、魚雷命中後一時間ぐらいたってからだった。

には、このときの状況は、「白い作業服をきた乗員が気がくるったように甲板を走りまわり、その大砲はあらゆる方向にただめくら滅法に月夜の海面を撃ちまくっている」と映ったという。

だが、艦首の沈下は錨孔が水面に達したとき、ようやく止まったものの、飛鷹は絶望的な状況で浮いていた。

トリッガーの方も、長時間制圧をうけて、深深度潜航をつづけているうちに危険な状態になっていた。甲板と隔壁は外殻の圧力でだんだん膨れてきた。水圧が過重となり、海水がしみこんできた。気温は摂氏約五十二度にまであがり、湿度も高くなって乗員はぐったりとなった。

空気がよごれ酸素も欠乏してきた。真夜中をちょっと過ぎたころ、潜望鏡をすこし出して、あたりの様子をさぐってみたが、何も見

昭和19年６月、マリアナ沖に出撃する飛鷹（左／出雲丸改造）と隼鷹（橿原丸改造）

えなかった。トリッガーは午前三時に浮上して、艦首を真珠湾にむけた。

いっぽう飛鷹の機関長は、第二罐室の部下をはげまし、最悪の状況下にあって全力をつくし、つぎの朝、蒸気を出すことに成功した。そして午前八時には二軸の推進器が使えるようになった。

これより先、軽巡五十鈴が現場に到着して、飛鷹を曳航しようとやってみたがうまくいかなかった。というのは、空母は重くなりすぎたうえ、艦の釣合いが非常に悪くなっていたからだった。飛鷹は自力でノロノロと横須賀にむけて動きはじめた。

真珠湾に帰投したトリッガーは、自分たちが攻撃した空母が沈没をまぬがれて横須賀にたどりついたことを聞かされた。トリッガーは四回にわたる爆発音を聞いたので、確実に相手をしとめたと信じこんでいたのに、入手した情報では、魚雷は目標に二本しか命中しなかったということだった。

飛鷹は後に、一九四四年六月十九日のマリアナ沖海戦に参加して生き残ったが、日本側が大損害をうけて沖縄にむけて後退中、六月二十日の日没ちょっと前に第五十八機動部隊の追跡をうけた。

そのさい、雲間から急降下した空母ベローウッドの放った雷撃機の魚雷のうち少なくとも一本が命中した。さらにレキシントン機の爆弾一発も中部に命中した。その後、飛鷹は火災を起こし、内部爆発で引き裂かれたのち、しだいに艦首から沈んでゆき、やがて転覆した。追撃戦で沈められた唯一の戦闘艦艇だった。

米人捕虜も運命を共に（冲鷹VSセイルフィッシュ）

一九四三年十二月三日の夜、潜水艦セイルフィッシュは東京湾口の南東方約三〇〇浬を哨戒中、台風にあい水上航走中だった。海面にはすさまじい怒濤が荒れくるい、風速は四〇〜五〇ノットにもおよび、それに豪雨がくわわって恐るべき荒天だった。

真夜中すこし前にレーダーで敵の大型艦二隻と小型艦二隻をつかまえた。午前二時半に七五〇〇メートルに大型目標をレーダーで捉えたが、この目標は駆逐艦らしいものを伴っており、低速で進んでいた。その前に近距離で発射した四本の魚雷のうちの命中魚雷によって、損傷をうけているらしい。

午前六時ちょっと前、二九〇〇メートルの位置で魚雷三本を発射した。二本が命中したらしくすさまじい火炎を認めたが、目標はいぜんとして沈まなかった。

午前九時四十分、セイルフィッシュは艦尾射管からさらに三本の魚雷を発射した。魚雷は二本命中し、沈没する空母からの爆発音がはっきりと聞きとれた。潜望鏡で観察すると、空母は沈下し海面には何物も残っていなかった。

この空母が冲鷹《ちゅうよう》であったことは後に判明したが、同艦には、十一月十八日に日本駆逐艦によって撃沈された潜水艦スカルピンの救助された乗員四十二名の半数が、捕虜として乗艦していたので、米捕虜も空母と運命を共にすることになった。

この攻撃は、約十時間の長きにわたるもので、潜水艦の攻撃例としてはみごとな戦例というべきものだった。

レーダー像から姿を消す（大鷹VSラシャー）

一九四四年（昭和十九年）八月十七日、南シナ海の北方海域で協同作戦中の潜水部隊は、日出前に南航する日本船団を発見したが、襲撃の機会をえなかった。

ところで、この船団中には護衛空母大鷹《たいよう》がくわわっていた。

それにしても日本は、米海軍部隊が大西洋で実施しているのと同じように、船団といっしょに護衛空母を使いはじめたらしい。こんな狭い海面なら台湾、中国またはフィリピンから船団護衛機を出した方が経済的で、かつ安全であると思われるのに、この措置になぜ出たのか理解できない。護衛空母は、航空機や物資の輸送に専念させた方が有利なはずなのだが……。いずれにせよ日本の過失はアメリカの利益にほかならぬからいいわけだ。

この船団は、十三隻の商船と六隻の護衛艦からなり、二列縦陣の商船隊の前後に護衛艦を配し、昼間は前方に空中哨戒網まで張るということからすると、重要船団であることは明らかだった。

その翌日（八月十八日）――この船団を追跡した米潜ラシャーは、夜九時ごろレーダー触接に成功し、右前方から接近して一四〇〇メートルの近距離から、まず大型油槽船にたいし艦尾魚雷二本を発射した。一本が命中すると、爆発とともに火柱が高くたちのぼった。こんどはそれから約一時間後に艦首魚雷六本を最寄りの大型船に発射しておいて、さらに急転舵して艦尾魚雷四本をつぎの大型艦（空母大鷹）に発射した。

こうして八本の魚雷がたちまち四隻に命中したので、海上は混乱、爆発をひきおこしたが、潜水艦ラシャーは発見されずに船団の追跡をつづけた。空母らしい一隻は護衛艦につきそわれて落伍したが、この艦のレーダー像はまもなく消滅した。ルソン島の北西方海面の出来事である。

ラシャーは、さらに午後十一時半に艦首魚雷残りの四本全部、ついで艦尾魚雷二本を発射し、二隻の輸送船に命中した。こうしてラシャーは二時間半のあいだに十八本の魚雷を発射して、うち十五本が命中し、護衛空母一、タンカー一、および輸送船二隻が沈み、他の三隻が損傷した。

日本側はこの一夜で、二万トンの空母一隻と三万八五四七トンの船腹を一挙に失ってしまったのである。

一大轟音とともに消ゆ（雲鷹VSバーブ）

一九四四年九月十六日の夜、バーブおよびクイーンフィッシュの両潜水艦は、南シナ海において日本船団に触接した。この船団は六隻の護衛艦をともなう五隻の船団であった。

まず、クイーンフィッシュが午後十一時までに襲撃をおわって、これを僚艦バーブに通報したので、同艦はただちに水上航走のまま警戒待機の行動にうつった。

バーブは、まず先頭の油槽船を襲撃しようと接近したところ、船団中に空母を認めたので、

独船シャルンホルスト改造の神鷹(上)も雲鷹(八幡丸)も米潜の雷撃により撃沈

至急、発射諸元を変えたうえ艦を操縦して、空母と油槽船を串刺しにするような位置から艦首魚雷五本を発射した。ところが、この射点から最寄りの護衛水雷艇まで七〇〇メートルもなかったので、この水雷艇は急速に突進してきた。

バーブ艦長は発射後、舵をいっぱい取って急旋回のうえ、こんどは艦尾魚雷を発射するつもりだったが、そうすると敵水雷艇との衝突は回避不能だったので、急きょ潜航することにした。潜航中に五本の命中音を聞いたが、聴音手の報告によれば三本は空母に、二本は油槽船に命中したとのことだった。

猛烈な爆発音が起こって二隻とも沈んだが、空母は護衛空母雲鷹《うんよう》であり、油槽船はあづさ丸であることが後日判明した。水雷艇の爆雷攻撃は不成功におわり、真夜中すぎにバーブは浮上した。

夜空をこがして（神鷹VSスペードフィッシュ）

一九四四年十一月十七日、揚子江の入口で日本の貨物船一隻を撃沈したスペードフィッシュは、北上中、午後二時半ごろ北東方に艦橋から吐きだされる煤煙を認めた。まもなく煤煙は五本の煙突から出ていることがわかり、やがてマストも視界に入ってきた。

艦長は日没も間近であるから、船団をやりすごして夜に入ってから水面攻撃をやることに決めた。これは夜間、高速で避退ができるので、水深の浅い海域で潜航して爆雷攻撃をうけるよりも安全であると考えたからである。

そこで、まず四五メートルに潜航して、哨戒機にそなえた（飛行機は海面下三六メートルの潜水艦を発見できる）。船団はまもなく潜水艦の直上を通過したが、探知はされなかった。

午後五時半、スペードフィッシュは潜望鏡深度にもどって目標を観察した。船団は大型船五隻に多数の護衛艦艇と、護衛空母一隻が続行するのが認められた。

午後六時半、スペードフィッシュは戦闘配置につき、浮上して船団の追跡にうつった。

午後九時すぎ、スペードフィッシュは護衛空母の右舷約四千メートルから遠距離発射をこころみようとしたところ、同艦は急に外方へジグザグ運動をはじめたので、いったん襲撃を中止した。

午後十一時すぎ、こんどは三七〇〇メートルの距離から六本の艦首魚雷を発射し、ただちに大転舵したのち、艦尾魚雷を先頭の油槽船に発射した。魚雷一本が空母の艦尾に命中、ついで三本が全長にわたって命中した。

空母はたちまち火炎につつまれた。燃えあがる空母は、右へ大きく傾き、飛行甲板上の飛行機が舷外へすべり落ちるのが認められた。最後に艦尾から急に沈み、船体が直立しながら艦首はなお燃えていた。

この空母は二万一千トンの神鷹《しんよう》であった。

海鷹と隼鷹

海鷹《かいよう》は一九四五年（昭和二十年）七月二十四日、米空母機動部隊が呉軍港をはじめ瀬戸内海に大空襲をくわえたとき、とくに空母エセックス機の猛爆をうけて沈没した。

また、隼鷹《じゅんよう》は一九四四年六月十九日のマリアナ沖海戦に参加し、僚艦飛鷹は沈められたが、損傷をうけたにもかかわらず生き残った。

同艦は十二月九日の早朝には、東シナ海（長崎の南方）においてマニラより佐世保に帰投の途中、レッドフィッシュとデヴィルフィッシュの協同攻撃をうけ、命中魚雷一本により大破したが、辛うじて沈没をまぬがれてまたも生き残り、戦後解体された。

こうして、日本護衛空母七隻のうち、四隻は潜水艦に沈められ、二隻は空母機に沈められ、一隻は潜水艦に撃破されたが生き残ったのである。

日本の護衛空母（二万トン内外）は正規空母の補助として商船から改造されたものであり、

護衛空母として使用された場合は夜間攻撃をうけることが多かった。

ほとんど全部が相手の潜水艦を沈めるかわりに、反対に返り討ちにあってしまうという悲運に見舞われたのだった。

不沈の空母「隼鷹」マリアナより生還せり

事前の徹底した艦内防禦と訓練により生還した歴戦空母の戦い

当時「隼鷹」内務長・海軍少佐　桜庭久右衛門

空母隼鷹《じゅんよう》は、日本郵船が北米航路用の超優秀客船（橿原丸《かしはらまる》、二万四一四〇トン）として計画し、三菱長崎造船所で建造中であったが、昭和十五年の秋に空母へ改造されることになり、昭和十七年五月に完成した。このため、正規空母とくらべると、軍艦としての船体構造上、各種の面や点において弱点が多く、とくに艦内防禦の面から見れば、その欠点はきわめて多いといえた。

これは改造工事の完工予定、あるいは必要資材の関係もあろうが、結果としては正規空母の状態にまで改造することは困難であった。そして海戦に参加する空母としては、「あ」号作戦直前の当時も、できるかぎりの緊急臨時対策が必要であった。

桜庭久右衛門少佐

このころまでの艦内防禦の立場から見た各種の教訓の中で、とくに被害発生時の火災にたいし、航空母艦の脆弱《ぜいじゃく》性がよく知られていた。しかし、太平洋戦争における航空機の任務は重大であり、空母の使命はますますその重要度を増していた。

艦内防禦を担当する内務長を命じられて、私が隼鷹に乗艦したのは昭和十八年十二月三十日であった。その当時、母艦は呉海軍工廠のドックで、昭和十九年三月末までを予定に修理作業が行なわれていた。すでに開戦いらい数回にわたる海戦で多くの航空母艦を失っており、正規空母の数はしだいに減少していた。いっぽう、敵の攻撃はさらに激化をつづけており、空母に課せられた責任は、いよいよ増大していたのである。

渋谷清見大佐を艦長とする隼鷹は、昭和十九年五月十一日、つぎの作戦にそなえて九州の佐伯湾を出撃した。

私の担当する艦内防禦の面において、着任いらいの約四ヵ月半の間の主な作業は、もしも本艦に被害が発生したさい、その影響の範囲をひろげないようにするため、できるかぎりの対策をとることであった。

これらのなかでも防火防水の諸対策が、その大部分をしめていた。

まず第一に、他の種類の艦船とくらべて、とくに商船改造の空母であるため、船体の構造上、可燃性の材料が多く使用されていた。そのため、それはできるだけ多く撤去することが必要であった。また、艦内の鉄鈑類を塗装している塗料も、延焼の原因となるので剝《は》ぎとらねばならないが、これは各種艦船においても、よく行なわれたものである。

呉海軍工廠のドックで修理中、工廠側の協力をうけ、さらに大量の作業員の支援をうけたこともあって、この防災工事はほとんど計画どおりに進めることができた。他の艦種にはあまりみられない板製の区画間の隔壁、各内壁の板張りの徹底した撤去はもちろんのこと、居住区内、居室、士官公室内のテーブル、腰掛け、あるいはデッキのリノリウムなど、可燃性のものはすべて取り去ったのである。

そして、日常の生活にぜひとも必要なものは、戦闘の数日前、あるいは数時間前までに撤去することにした。この結果、隼鷹の士官室の状態は、机、ソファー、腰掛けなどをすべて撤去したため、あの立派だった士官室は、ガラあきの大広間のようになってしまった。食事のときも、士官たちは階級の上下を問わず、各自持参の毛布を敷き、その上に胡座《あぐら》をかいて食事をとるという始末であった。

シラミ潰しの穴うめ工事

つぎに、防水対策として行なったのは、下層甲板の居住区と、客船として必要だった通路の舷窓を撤去して、鉄鈑で閉鎖したことである。また、セメントを塗った塗装箇所もすべてたたきとり、さらに小孔が見つかれば、それらを溶接してふさいだ。さらに、各甲板の区画内に相当な深さの水をはってテストを行ない、隣接区画への水漏れ孔の発見と、溶接閉鎖につとめた。これは他艦のこれまでの防火作業の二次被害として、重要な教訓にとりあげられていた。

隼鷹の艦橋後部。信号檣越しに傾斜角26度の煙突、ループアンテナ等が見える

とくに防火作業においておどろいたのは、機関室、罐室などの隔壁にも小孔の多いことであった。下部格納庫のまわりの隔壁にも、七十九個の孔が発見され、各部の溶接を要する大小の孔は、合計何千何百にもたっしており、まさに数えきれないほどであった。しかし、これらのほとんどは、海軍工廠の協力と本艦乗組員による作業によって溶接、封鎖することができた。このため、あ号作戦の決戦が発動し、マリアナ沖に突入するころには、本艦は商船改造の空母でありながら、その脆弱性について乗員たちはそうとうに安心感を持ち、自信を高めたのであった。

艦の防火防水に関するこれらの対策は、商船改造の空母であったからというものが多く、他の種類の艦船においては、まったく想像もできないものであった。また、作業の実施において、これに関連していろいろな困難も思い出されるが、艦長の渋谷大佐をはじめ、二航戦司令官の城島高次少将から直接の指示をうけた指導方針によって、ほとんど予定どおりに行なえたことは、感謝にたえないところである。

ところで、あ号作戦の発動にそなえて隼鷹で行なった傾斜試験も、思い出の深いもののひとつであった。これは計算上の数字と、注水排水などによる関係装備の機能テストおよびその成果確認のうえで、じつに有効であった。テストは昭和十九年五月三日の午前六時から、瀬戸内海の平群島泊地で行なわれたが、傾斜一〇度となる計画が、実際には七・八度であった。また、必要な場合も考えて、飛行甲板にいた約六百人の乗組員を片舷から他舷にうつしてみると、傾斜は〇・三度かわったことも記録にのこされている。

情報飛び交う決戦前夜

昭和十九年三月六日、第二航空戦隊司令部は隼鷹に乗艦した。そして五月六日、航空機五十二機を収容した隼鷹は、二航戦旗艦として実戦空母の姿をととのえ、同日、佐伯湾に入港した。そして二航戦は五月十一日に佐伯湾を出撃し、比島南部のタウイタウイ泊地に入港した。五月十六日のことであった。

このときから「あ号作戦決戦用意」が発令されるまでの約一ヵ月間、機動部隊の大部分はこの泊地に停泊していた。だが、泊地の周辺には米潜水艦の潜伏していることが考えられ、出動訓練は困難だった。そのため、わが方の作戦準備のうえから見て、まことに不利な状況であった。

六月十二日、米機動部隊がマリアナ諸島のサイパン、テニアンに大挙して来襲したことが報じられ、いろいろと心配されていた。明けて十三日、わが第一機動艦隊（司令長官・小沢治三郎中将）は旗艦大鳳《たいほう》より緊急命令をうけ、全艦出動と決定した。本艦も九時四十五分、タウイタウイ泊地を出撃した。そして、この日の夕刻、連合艦隊命令一四六号が出され、ここに「あ号作戦決戦用意」が発令されたのである。

六月十四日、比島ギマラスに仮泊し、翌十五日の八時に同地を出撃した。この日の朝、四時三十分をもって米軍は、サイパン、テニアンに上陸戦を開始した。そして、われわれがギマラスを出撃した直後の八時十二分に海岸へ突入したという。

これより先、連合艦隊司令長官（豊田副武大将）は十五日の七時十七分に「あ号作戦決戦発動」の命令をくだした。隼鷹も午後六時にサンベルナルジノ海峡を通過し、決戦まぢかいと思われる太平洋に出た。

ところで、この日の私の日誌には、つぎのように記されている。

『夜二二〇〇ごろ、敵潜水艦の電波感度二、ホノルルを呼び出し緊急信を発信とのこと、わが方の行動発見されたこと、疑いなしと感ずる』

このことは十五日、小沢艦隊がサンベルナルジノ海峡から外海に出撃したとの報告が、潜水艦フライングフィッシュからハワイのニミッツ提督へ送られている。そのため、米軍は戦機の切迫していることを知り、グアム島の攻略を延期している。

六月十七日をむかえたが、サイパンの戦況はまったく不明であった。朝食後、艦内に「第一段居住区戦闘準備発動」の命が出され、士官室は昼から食卓がとりはらわれ、全士官が胡座《あぐら》姿で食事をとった。十六時三十分に旗艦大鳳から信号が出された。

「機動部隊は今より進撃、敵をもとめてこれを撃滅せんとす。天佑を確信し各員奮励努力せよ」

二航戦もこの命令をうけて東方へ進撃を開始し、十八日の四時ごろ、マリアナ諸島の西方二五〇浬に達しようとしていた。さらに大鳳からは、十九日に決戦の予定であるが、「十八日、決戦生起の算も大きいので、警戒を厳にせよ」との指令があった。

六月十八日、私は一時四十五分より当直についた。朝食をとっていたとき、一航戦の索敵機から「敵らしき艦上機四機、針路西」という通報をうけ、ただちに艦内には「配置につけ」の令が出された。

これにしたがい、私は居住区の戦闘準備を一挙に行なった。これは全乗員の寝具、ハンモックなどいっさいの可燃性物資を指定の置場にうつし、万一の場合、もっとも消火ができやすい状態にしたのである。これによって、艦内のほとんどのところから可燃物はなくなった。

その後も、針路東の艦上機や、おなじく東航する米機、あるいは米潜水艦に関する情報などもあったが、とくにそのほかの敵情に関するものはなく、一航戦から二段索敵機が出された。これにより、ついに敵の大部隊を発見したが、日没との関係もあり、さらに距離と時間の問題から、航空機の夜間攻撃が困難であったため、この日の攻撃は断念し、明日に期待したのである。

明朝に攻撃するとなれば、新しく仕切りなおすようなものであった。日没後、居住区の戦闘準備を一部もとにもどしたが、搭乗員だけがベッドをつかい、ほかの士官は毛布、またはゴザのみで寝るという状態だった。

そのため、責任者の私は乗員たちのうらみを買い、「月夜ばかりではないぞ」という脅《おど》し文句さえ聞かされた。

敵攻撃の朗報はきたらず

六月十九日、待ちにまった決戦の日はついに明けた。昨日の索敵によって発見した敵は、時間と距離の関係から攻撃をとりやめ、攻撃を本日に延ばされたものである。索敵機が一段、二段と発進していったが、はたして敵機動部隊の発見が報告された。

まず、八時三十分に敵の第二群と思われる部隊が北緯一四度四〇分、東経一四三度二〇分に発見された。さらに十五分後、北緯一二度三〇分、東経一四四度の海面に敵の第三群を発見した。これらの敵との距離は三六〇浬であった。

さらに九時ごろ、約三七〇浬はなれた北緯一五度四〇分、東経一四三度で敵の第一群が発見されたのである。しかも、わが軍は敵に発見されていないようである。ここにおいて、みごとな先制攻撃の準備ができあがり、われわれも本日の戦いは大勝利と安心する気持ちであった。

司令部の命令によって、一航戦および三航戦は敵の第二群に、二航戦の第一次攻撃は敵の第一群に、第二次攻撃は第三群に攻撃をかけることとなった。一航戦、三航戦の約百機にちかい攻撃隊が発進する姿を見て、じつに頼もしく思われた。

空母のもっとも苦手とする敵襲時に艦内に航空機を持つことなく、今日は全機が発艦していった。故障機のみは燃料をおとして、甲板下の第一格納庫の中に入れ、防火幕をおろしていた。しかし、その後、敵部隊攻撃という出撃機からの報告を首を長くして待ったが、期待に反してついに「われ敵を見ず」との電が入った。

二航戦もこの日はひとつの戦果もなく、夕刻になって第一次攻撃隊が、ぽつぽつ帰艦してきた。しかし、その数はじつに少なくなっており、わずか十九機にすぎなかった。他の機は、途中で敵戦闘機の奇襲をうけて撃墜され、半数も帰らなかった。

第二次攻撃隊はグアム島に向かったところ、飛行場上空で米戦闘機の大群に攻撃され、全機が使用不能におちいったと報じられ、日本の運命はついに来るところまできたかと、悲しくならずにはいられなかった。しかも、そのうえに悪いことがかさなった。それは、空母大鳳と翔鶴が敵潜水艦の雷撃をうけて沈んだことであった。

これは、私が隼鷹の当直将校をしているときに起きたため、私が真っ先にこれを発見している。午前十時ごろ、はるか水平線の向こうに煤煙のたちのぼるのが見えたので、私は火災の煙だといったが、見張員からは竜巻という報告である。しかし、私は火災にまちがいないと述べた。

はたして時間がたつにつれて、煙はいっそう大きくたちのぼり、火勢は拡大するばかりのように思われた。すでに私は、昭和十七年十月二十六日の南太平洋海戦で空母翔鶴が燃え上がったときの例も見ているため、ただちに判断がついたのである。

そのうち、一航戦の航空機はすべて空母瑞鶴または二航戦にゆけという命令があり、何ごとかと思っていたところであった。しばらくして、二航戦がしだいに一航戦の方向に近づいてみると、火災の煙が天に冲して、まさに大火災のように見えた。

防空指揮所にのぼって、一二センチ望遠鏡で見たところ、まちがいなく旗艦の大鳳であった。艦橋はほとんどが黒煙につつまれており、そのなかにあの特徴ある形の煙突がよくわかった。そしてマストの軍艦旗のみは、黒煙のなかでもはっきりと見てとることができた。被害の原因はまだわからないが、敵機が来襲したような形跡もなく、あるいは単なる事故とも思われた。これが魚雷によるものであったことは、のちに知らされた。

一二センチ望遠鏡で望見したところによると、火元のおおもとは前甲板の下方にある軽質油庫らしく、ときどき真っ赤な炎のかたまりが噴きだし、そのたびに黒煙が高く天にのぼって、全艦をつつむのが見える。そのほか、発着甲板の各所から白い煙の噴出がすこし見られ、それぞれの入口からも煙の噴出がつづき、全艦が燃えているように見えた。兵員のいるところもないように思われた。

大鳳のちかくには直衛の駆逐艦らしいものが横付けしており、乗員を収容しているようであった。また、第五戦隊の所属らしい二艦がちかくにいて、これも海中にのがれた乗員を収容しているようである。

やがて大鳳は、しだいに左舷に傾斜を増しはじめ、ついには発着甲板が水にひたるやいなや、傾斜はますます早くなり、煙突も海中に没し、完全に転覆して沈みゆくその姿に涙を流したのであった。それは、わずか一分か二分の間のことであった。

その後、眼鏡から目をはなすと、そこには煙だけがのこり、水面には短艇類がいそがしく走りまわっているだけで、何も見えなかった。

世界一の空母といわれた大鳳も、第一次攻撃隊が発進した直後の午前八時十分、米潜水艦の放った一発の魚雷により、北緯一二度二四分、東経一三七度二〇分の海上において、もろくも一筋の煙となって消えたのである。

襲いかかった急降下爆撃機

六月二十日、昨日は大いに期待されながらも、戦果を収めることなく終わったが、もし今日、敵の迎撃をうけたならどのようになるかと、私は昨夜から心配しつづけていた。三航戦から索敵機が出され、味方の東方三〇〇浬付近に敵空母一隻発見との報告があった。しかし、それ以後の情報はぷっつり途絶えた。そのころに、わが軍は補給部隊をふくめ全軍が集結し、本日と明日にかけて補給を行ない、二十二日にはサイパン沖に進撃する、という予定が艦内につたえられた。

夕刻になって、とつぜん敵襲の報がはいり、われわれは大いに驚かされた。はじめのうちは「いまのは味方の誤り」などという艦内情報も一、二回あったが、水平線方向にいた友軍の艦艇による高角砲射撃が見えたので、本当に敵襲であることが確認された。

そこで、飛行甲板に待機していた十九機は、つぎつぎと発艦していったのである。私も戦闘服装をととのえ、第一防禦指揮所の正規の配置についた。そのころまでには、左舷高角砲および機銃の射撃がはじまっていた。つづいて右舷の射撃もはじまり、その轟音はあたり一面にひびきわたり、電話や伝声管による各部との連絡も、まったく用をなさなくなってしまった。

いよいよおいでなすったか。やられるかも知れないぞ、と覚悟をきめていたところへ、案の定、ドシンと大きな激動を感じた。時計を見ると午後五時五十五分ごろであった。つづい

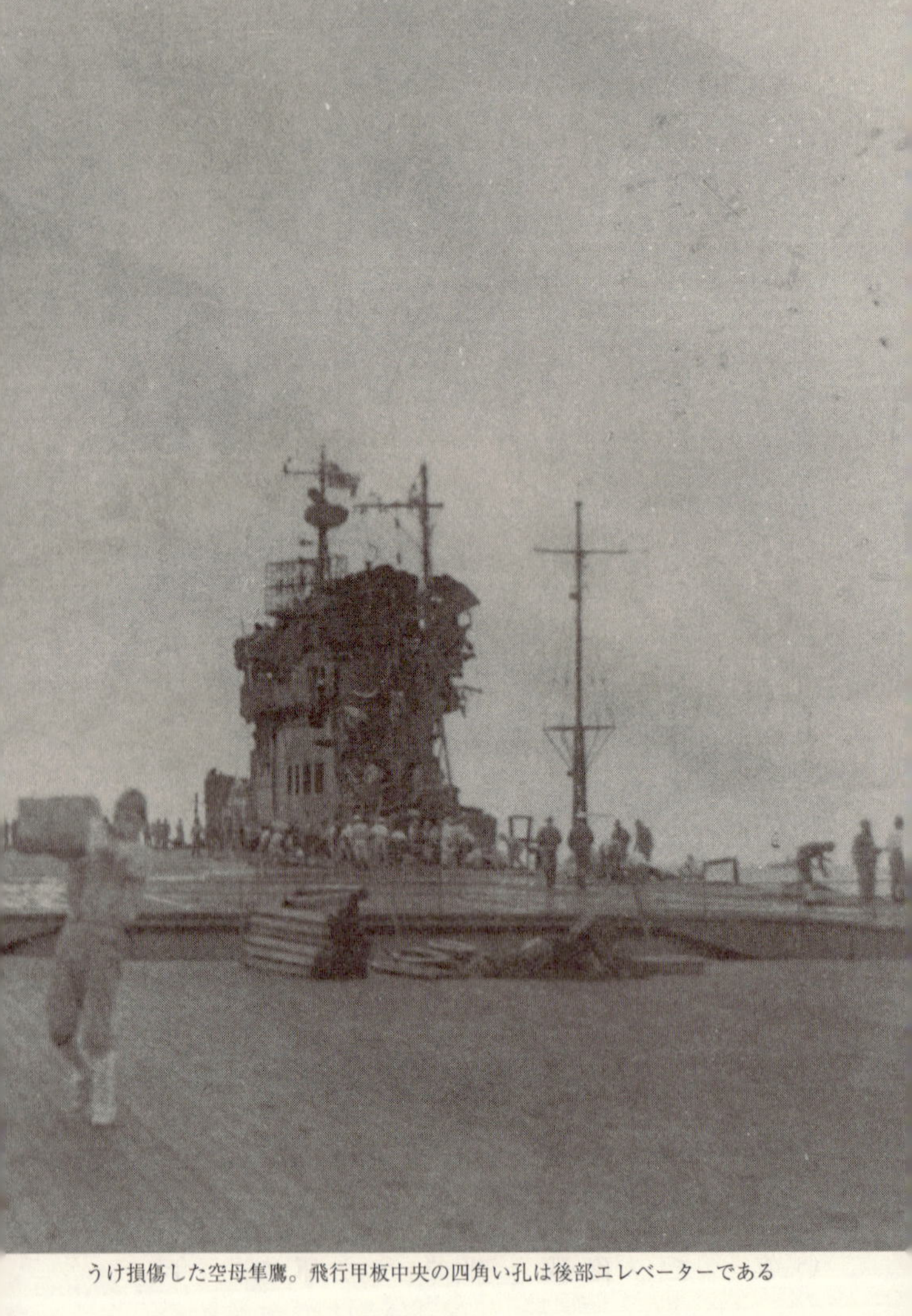

うけ損傷した空母隼鷹。飛行甲板中央の四角い孔は後部エレベーターである

昭和19年６月20日、マリアナ沖海戦で直撃弾２発を艦橋構造物後端の煙突付近に

て体がグッと持ちあがるような強い振動を感じた。どうやら魚雷にやられたらしい。

艦橋に伝声管で声をかけたが、応答がない。そこで私は、状況を確かめるためラッタルをのぼり、艦橋へいそいで行ったが、入口付近には多くの乗員がたおれ、入口の扉もこわれて、信号兵らしきものが血にそまって戦死していた。艦長の姿が見当たらないので副長に、「艦長はどうしましたか」とたずねると、「防空指揮所にいる」と聞いて安心した。

ちょっと後ろをふりむくと、大きく外側に傾斜した特徴ある煙突がこわれ、あたりは大破していた。さらに黒煙を噴きだし、蒸気がジャージャーと音をたてて噴きあがっているのが見えた。だが、本艦の被害そのものは、大したことはないようである。

参謀から、機関室と連絡して蒸気を止めるように求められた。私は電話で交信しようとしたが、応答がない。そこで、ただちに伝令を派遣した。そのころ艦橋からは、敵機を撃退したという状況が伝えられてきた。

私は、このときの被害の全貌を確かめようと思い、数名の部下をつれて、まず飛行甲板にある前方リフトの前に立った。そこから上を見ると、なるほど煙突は吹き飛んであとかたもなく、そこから黒煙がもうもうとして全艦をおおい、あたかも大被害のように見えた。しかし、そのころには蒸気の噴出もとまり、黒煙だけになっていた。

そのとき後部から伝令が私のもとにきて、第十兵員室に火災がおき舵機室が熱くなっている、さらに後部の内火発電機室の浸水が大である、という報告をうけた。また後部の火災および浸水の報告もつづいた。

後部火災のため、ただちに爆弾庫に注水が行なわれた。内火発電機室の浸水が大きいとの報告により、これを確認するため、部下の士官をひとり現場に派遣した。

その報告をうけているとき、またも第二防禦指揮所から、第十一兵員室の下の区画の火災がさらに拡大して、消火はきわめて困難であるとの報告をうけた。このため、私はみずからが現場に向かうことにした。第十一兵員室に入ってみると、火災現場に盛んに吐水しているが、熱気が強く息苦しいほどである。おまけに私自身の防毒面のつけ方が悪かったためか、呼吸が困難となった。

いっぽう、第三水雷科倉庫の火災は、火元に近寄ることができないため、入口から筒元で水をそそぐだけで、消火作業はなかなか進まない。

そのうちに舵機室の温度が上昇し、ついに摂氏五十度をこした。もしも水圧管がやぶれたら、舵が使えなくなるため、早く火を消したいが、なかなか消火ができないとの報告をうけた。このため、現場の応急員に命じて、体に水をかけて火の中に入らせ、ホースをその方向にむけた。苦しくなったら上がって交代するが、上がるときも、たがいに引きあげてやった。

私も約三十分ほどその現場にいたが、苦しくなったため、いったん引きあげることにし、部下に消火作業の続行を命じて後甲板にまわり、ひと息ついたのであった。

火炎地獄からの脱出

空を見上げると、南十字星が左横に見えており、艦が西に進んでいることを知った。約十分間ほど休んだのち、まず後部被害が間もなく復旧できる見込みであることを艦橋に報告し、艦内を見ながら第二防禦指揮所へ帰った。

火災場にいたときに悪性ガスをすったらしく、どうも気分が悪かった。三十分ほどは全身がだるく、もしかしたら一酸化炭素にやられたのではないかと心配した。そこで、私は第二防禦指揮所から必要な指示をあたえ、後部の防火作業をつづけさせた。

しかし、舵機室の左隣りの区画で火勢がふたたび強くなり、消火困難が伝えられてきた。また、補助発動機格納所からもふたたび火が出たようだ。後部補助配電盤が熱くなって、室内にいることができなくなった。さらに、後部内火発電機室の浸水がますます大となり、使用不能におちいるおそれがあるなど、悪い状態がつぎつぎと報告されてきた。排水作業と消火作業を並行させねばならず、主計科員および整備科員をあつめて、これを行なわせた。

いろいろと調査したところ、第三水雷科倉庫の中に、石油缶三十個を格納していたことが油火災の原因であった。また、補助発動機格納庫の火災もおなじ原因と見当がついたので、泡沫発生剤を使用して消火作業を行なわせた。このためふたたび整備科の予備員をあつめ、艦内にあるすべての泡沫発生剤を後甲板と第十一兵員室にはこばせた。

こうした消火作業をつづけながら、応急長の意見をとりいれて、本艦を左に一度半ほど傾斜させ、弾片によって外鈑にできた破口を水線下に入れ、密閉消火ができるようにした。このため重油を左舷にうつし、約一時間かかって船体に予定の傾斜をあたえることができた。

燃えつづける第十一兵員室の熱気はますますはげしくなり、消火が困難となった。はやく換気をするように督促したが、電気部の作業がなかなか進まない。私は大いに彼らをはげまして応急電線をひかせ、第十一兵員室の換気と舵機室の給排気を行なわせた。

これを行なったところ、第十一兵員室下部の区画の消火作業がやりやすくなり、みるみるうちに泡沫剤の効果があらわれた。やがて火災は下火となり、まず第十一兵員室下の左側空所が鎮火し、ついで補助発動機格納所の火も消えた。

こうして火災の完全消火を、第二防禦指揮所から電話で艦長に報告することができたのである。思えば昨夕の十七時五十五分に敵機の爆弾をうけ、命中弾二発および至近弾六発による被害は、死者五十三名と長時間にわたる大火災となり、これが完全に鎮火したのは二十一日午前二時三十分であった。

これらの火災原因は、いっぽうは石油火災、他方は毛布類で、ともに艦の特別指令をよく守らず所定外に格納した物件が、不運にも至近弾により同時に火災を起こしたのであった。これによって、いっぽうは爆弾庫注水の処置が必要となり、他方は舵機室を長いあいだ不安な状態においた。このように、ちょっとした至近弾の弾片が、一艦の運命を左右する長時間の火災の原因となったのである。

今回の火災はすべて、これまでの訓練で行なったとおなじ想定どおりの被害であって、可燃物のあるところかならず火災あり、の戦訓を証明するものであった。多数の弾片をうけた第十一、十五、八の各兵員室は、可燃物がほとんどなかったため、火災発生はなかったのである。

また、日ごろからよく訓練に従事していた部下たち、とくに准士官以上の人たちはじつによく奮闘し、何回もガスに倒れながらも先頭に立って働いてくれたことは、内務長としてなによりも有難かった。このようにして危機をのがれたわが空母隼鷹は、六月二十二日、沖縄の中城湾《なかぐすく》に入港したのである。

知られざる航空母艦物語

元「隼鷹」艦長・海軍大佐 前原富義
元「海鷹」艦長・海軍大佐 有田雄三
元「海鷹」甲板士官・海軍中尉 徳富敬太郎
元「大鷹」飛行長・海軍少佐 五十嵐周正
元 海軍報道班員 吉岡専造

さらば空母「隼鷹」よ

前原富義

私が隼鷹《じゅんよう》艦長を拝命したのは、終戦の年四月だった。すでに敗戦の色濃く国内騒然として落ちつきを失い、連日、不安のうちにその日を過ごすころだった。

佐世保軍港の対岸えびす湾内に碇泊しているという隼鷹に、港務部の水雷艇で出かけたが、いっこうにそれらしい空母の姿は見えない。なるほど、姿は見えないはず、前後左右をふとい錨鎖およびワイヤーで固定し、前後マストからはさらに四方にワイヤーを張りめぐらし、ワイヤーの間には、特殊のマットを結びつけ、おまけに全マットには、緑の樹木を一ぱい結びつけてあるので、遠くから見たところではまったく小島としか思われぬ入念の偽装をこらしていた。

舷梯に着いても、誰ひとり出迎える者がない。総員防空配置についていたのである。さっそく艦橋に駆け上って、空襲のあい間あい間に引継ぎを受けた。当時の感慨はまことに深いものがある。

かつては日本海軍の華として最新鋭空母隼鷹は、幾多の空の勇士を乗せて奮戦また奮闘したが、いまや傷つき、えびす湾頭にこの姿である。飛行機はもちろん、搭乗員は一人もおらず、ただこれを温存するという任務である。隼鷹を人にたとえるならば、かのセントヘレナ島に快々《おうおう》の晩年を終わりしナポレオンというべきだろうか。かつての勇姿いまや見るべくもなく、日ごとに激化する敵空襲にただ、撃沈される日を待っているようだ。

水平から見た隼鷹の偽装は、まことに巧妙をきわめ上々の出来ぶりだったけれども、敵はすでに空中写真によって、精密に調査ずみらしく弾着もしだいに精確になってきた。このような次第で、けっきょく撃沈は時間の問題と判断され、これが温存をはかるには、佐世保航空隊前の絶壁に横付け密着せしめ、山腹から現在の偽装の半面を活用すると、いかに精密な空中写真といっても容易に判断は至難と思われる。

おおよそ戦闘において敵をうちかえす自信を失い、まったく、受け身一点ばりとなったときほど惨《みじ》めなことはない。いつ、われわれも艦と運命を共にするのかわからない。艦内ラジオだけが頼りで、眠れぬ夜もしだいに増してきた。

敵の進入方向はいつもおなじ南東からで、隼鷹の前後左右五〇〇～六〇〇メートルに集中したが、さいわいに艦に直撃弾はなかった。爆撃直後は海面は濁水と化し、大魚がうかぶので総短舟を出していつもひろい上げていた。しかし一度、短舟が一〇〇メートルぐらい漕ぎ出したときに、また敵機二機が頭上にあらわれ大騒ぎしたが、けっきょく戦果の偵察だったらしい。以後マッカーサーのプレゼントも、一層の注意をはらうようになった。

かくて敗色は日一日と濃くなり、世情なんとなく沈痛の間に、ラジオは重大ニュースありと報じた。

そして、いよいよ艦と別れねばならぬときが近づいた。十月末、秋風の夕、私は退艦帰郷の途についたのであった。帰郷後に聞いたところによれば、隼鷹は佐世保で解体されたとのことだったが、真偽のほどは把握していない。

空母「海鷹」最後の護衛作戦　　有田雄三

あるぜんちな丸という商船が、日本にあったのをご存じだろうか。あるぜんちな丸はあの戦時中、日本が生んだ大変豪華な客船だった。

それが昭和十八年十一月二十三日、空母に改装され海鷹《かいよう》と

有田雄三大佐

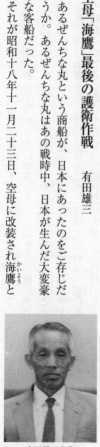

命名されてからというもの、燃えやすいものは全部はずされてしまって、贅《ぜい》をつくしたサロンは、まるで空家の工場のようにガランとしており、綺麗に塗装されてあったペンキも剝がされて見るかげもなかった。私にあてがわれた艦長室も、まことにだだっ広いサロンで、はるか彼方に鉄の寝台が一個ちょこんと置いてあるという寂寞《じゃくまく》さだった。

改装空母の海鷹が第一回目に輸送任務に従事したのは、初代艦長高尾《たかお》儀六大佐時代にパラオへ向かったときである。以来二代艦長北村大佐、三代目の私と、もっぱら船団護衛が主たる任務であった。

重要任務を帯びた船団について、上空を艦載機で警戒しながら、主として敵潜水艦に備える必要があった。ちょうど海鷹に着任の命令が出たとき（昭和十九年八月）、私は東京で開かれていた海軍の綜合図上演習に参加していたのだが、折りしも制空権を敵側に奪われた当時の情勢のもとで、どうやって海上護衛隊の任務を遂行していくかが重要な議題となっていたのである。

私は急遽、呉に向かった。輸送の最重要点は、南方から油、生ゴム、砂糖（アルコールの原料とする）などを運んでくることにあった。いずれも重要な軍需資材だが、敵潜の跳梁する海域を突破して輸送してくるのは並み大抵のことではない。出航命令が出るまで瀬戸内海において連日、搭乗員の猛訓練がはじまった。

昭和十九年も十月に入って台湾が大空襲を受け、高雄の航空廠が全滅したという飛電がきた。そこで予定を変更して、この航空廠に出来うるかぎりの資材を輸送する命令が出たわけである。護衛には海鷹と龍鳳《りゅうほう》があたった。佐世保で資材を満載した輸送船団は、意外にも潜水艦の攻撃を受けることなく、無事に基隆《キールン》へ到着、帰路にはアルコールに必要な砂糖を積載して内地へ帰着した。

当初の予測に反して、ホッと一安堵したわれわれだったが、それも束の間、いよいよシンガポールへ向けて出航の命令が出た。そして、この輸送行が後にも先にも、これが最後の護衛作戦となったのである。

十一月下旬、呉を出航した船団は下関に集結、積載の準備をはじめた。輸送船はおよそ十隻程度であったが、それを護衛する艦艇は海鷹のほか、わずか二〇〇ないし三〇〇トンの駆潜艇少々と、あとはトロール漁船を改装した艇のみ、というまことに貧弱な護衛艦隊だった。したがって海鷹によせられる期待と任務は、あまりにも重かったのだ。

いかに重要な護衛任務とはいえ、何隻かの輸送船のために、海鷹自身を失ってしまうことになっては、残り少なくなった空母の一隻としてゆゆしきことであるし、二重の苦悩と困難がそこにあった。

やがて出航となったが、途中、天候が悪化し、おまけに敵潜出没の情報が入ったので、高雄へ寄港して待機。そこで、少しばかり程度のよい護衛艦を配置してもらって再出航となった。

海南島の東南、新南群島のそばを通るとき、輸送船が一隻、敵潜攻撃を受けて沈んだ。すでに、航程いたるところ敵潜の制圧下にあり、海鷹としてはその位置を発見されずにいるこ

昭和18年11月15日、公試中の海鷹。飛行甲板上の電探は発着艦時に沈む仕組

とだけで精一杯というところだった。そこで敵潜のウラをかいて、沿岸すれすれに直進を敢行した。

仏印の海岸をすぐそばに見ながら、隠密前進がはじまった。この一帯は、航路標識がほとんどなく、海図も不完全なので非常に危険だ。敵潜の攻撃もさることながら、手さぐり足さぐりという航海技術上の苦労が大きかったのだ。

しかし沿岸は浅海であり、敵潜も近づけなかったらしい。こういう意表をついた難航海により、予定の日数の倍を費やしてシンガポールへ到着した。その頃、フィリピン方面の海戦が熾烈で、ちょうど現地へたどりついたときは、重巡羽黒が大破して引き返してきたところだった。

輸送してきた補充兵員と兵器を陸揚げし、砂糖、油、生ゴムの積載をしながら、昭和二十年一月二十日ごろまで待機、体制をととのえた船団十三隻は、勇躍、帰路についた。

前後の輸送船団が相ついで叩かれていた当時、この船団に寄せられた期待は莫大なものだった。物資欠乏を告げる内地で、この物資を首を長くして待っていることを思うと、是が非でも輸送を成功させたかった。

艦隊が集結していたカムラン湾（仏印の南）のそばで、潜水艦の攻撃を受けた。一帯は、機雷がおびただしく流れていた。輸送船一隻が機雷にふれて脱落、さらに北上して南支の海岸から敵機群の空襲を受け、沿岸すれすれに北上、朝鮮の南へとつづいて内海へ入った。この間、二十日余、全員文字どおり不眠不休の苦闘だった。

三月二十日ごろ、突然、水雷学校へ転出の命令が出たが、私は後任者が到着しないまま海鷹でとびまわっていたとき、呉一帯は第一回の艦上機による空襲を受けた。そのとき、空母天城《あまぎ》と並んでいた海鷹のそばに、八十数発の爆弾が落下したのであるが、その一発が飛行甲板の端をつらぬき、重油タンクに浸水、片舷が致命傷を受けてしまった。

後任の国府田清艦長は、応急修理のかたわら内海で飛行機搭乗員の発着訓練をやったようである。それからしばらくして七月二十四日、何回目かの空襲によって坐礁したと聞いた。爆撃のため坐礁したのか、沈没させせないために坐礁させたのか、いずれとも不明である。

日本最小空母「海鷹」の終焉　徳富敬太郎

昭和二十年一月、シンガポールよりのいわゆる〝最後の護衛作戦〟に奇蹟的成功をおさめ、呉に帰投した海鷹はただちに一二センチ三十連装噴進砲《ふんしんぽう》四基を搭載するなど、次期作戦にそなえ、整備につとめていたが、三月十九日の第一回の敵艦上機の呉方面の大空襲で直撃弾や至近弾をうけ、その後は龍鳳その他の残存空母と同様、内海の島蔭で松の木などを飛行甲板にはやしたりして、偽装作業をおこなっていた。

やがて四月二十日、海鷹のみ連合艦隊の付属となり、偽装を撤去して呉で入渠修理のうえ、瀬戸内海の西部にある伊予灘にむかい、五月二十日より雷爆撃の目標艦という新たな任務についた。

のちには雷撃機のみならず人間爆弾「桜花」や人間魚雷「回天」の目標艦ともなり、日夜、猛訓練がつづき、訓練部隊とはいえ大和沈没後の日本海軍において動いている唯一の大艦として、乗員の意気もすこぶる昂揚されていた。

七月二十四日の敵艦載機の大空襲により、呉方面のわが残存艦隊は、事実上の全滅にちかい大打撃をうけたが、その日、別府沖にあった海鷹も、朝から数次にわたる敵機の波状攻撃をうけた。しかし強力な対空砲火と、雷爆撃の回避運動にかけては神様といわれる航海長田《た》中《なか》滋少佐（海兵六四期）のみごとな操艦とによって、ほとんどさしたる被害もなくて夕刻をむかえ、午後六時三十分、室津にむけて別府沖を出港した。

出港後まもなく敵機の来襲をうけたが、これも難なく撃退した。ところが、「敵機は遠ざかって見えなくなった」という艦内拡声器の声につづく「打方止め」のラッパの余韻いまだ消えざるうちに、艦は大音響とともに後部に傾斜、たちまちのうちに航行不能におちいった。思わざる伏兵――すなわち数日前の夜間に来襲したB29により敷設された機雷によって、艦は死命を制せられてしまった。

しかし駆逐艦夕風による徹夜の曳航作業によって、危うく沈没をまぬがれ、翌朝、別府近郊の日出海岸に坐礁したものの、その後も連日空襲をうけ、七月二十八日には必死の防戦にもかかわらず、直撃弾三発をくらい全員退艦のやむなきにいたった。さしも運の強かったわが海鷹もついに転覆、戦死行方不明二十余名、戦傷五十余名をだしてしまったのである。

ともあれ、二十七隻の日本航空母艦のなかにあって、商船あるぜんちな丸を改装したこの海鷹はもっとも小型の艦で、しかも有名な海戦に参加することもなく、終始、船団護衛とか雷撃訓練とか、地味な任務にのみ従事してきたが、終戦間際まで思う存分に活躍したその功績は、永く讃えられるべきであろう。

大部分の日本の艦艇が、ねずみ色に塗装されていたのに対し、緑色に美しく彩どられた空母海鷹が旭日の軍艦旗をひるがえして出撃する姿は、若武者のごとく華やかで、颯爽たるものであった。

海鷹最後の甲板士官であった私は、九州旅行の途次、海鷹終焉の地をとむらうべく日出海岸を訪れた。海辺の城趾にある日出小学校は、海鷹が転覆したのち一時乗員の住居にあてたところであったが、その小学校の応接室に今なお残る数脚の椅子は、海鷹士官室のものと言い伝えられている。

十数年ぶりにその記念すべき椅子に腰をおろした私は、当時を偲び無限の感慨にふけっていった。

海岸に大きな松の木がある。かの年、艦がこの浜にのし上げてからまもないある日、海鷹めがけて突っ込んできた敵B25二機は、突っ込み過ぎてこの松の木につき当たり、墜落した。殊勲あるこの老松は十余年をへて翠色いよいよ濃く、空母海鷹を、そして海鷹と運命を共にした幾多英霊をまつる記念碑のごとく悠然として立ち、静かに朝靄《あさもや》かすむ平和な内海を眺めているかのようであった。

特設空母「大鷹」の思い出

五十嵐周正

昭和十七年四月十一日、春日丸《かすがまる》飛行長を命ぜられて、着任した。空母といえば、赤城、加賀以外に見たことのない私は、薄黒いさかずきのような形の艦に驚きながらも、いよいよ決戦の時せまることを、ひしひしと身に感じて乗り組んだ。

八月十六日、ソロモン方面作戦援護のため、戦艦大和に随伴し柱島を出港以後、各基地間の航空関係、人員、機材、物件の輸送に従事した。これは地味で神経の疲れる仕事で、若い搭乗員たちの不平不満も充分に察せられたが、特設空母の任務上、やむを得ない仕事であった。

五十嵐周正少佐

当時はソロモン方面の基地航空戦がきわめて熾烈で、人員機材の消耗ははなはだしく、その補給は一日の遅延も許されない状況であった。艦長は偉大な決心のもとに、手持ち九六艦爆の大部をマーシャル基地に派遣、本艦はラバウル〜比島間の飛行機輸送に従事することになった。

そのころ、二〇一空の零戦二十四機を至急、比島タバオからラバウルに輸送する命令を受けたが、基地航空隊の搭乗員では着艦収容ができない。本艦搭乗員は着艦はできるが、零戦の経験が少ない。

発着艦に必要な風速が果たして得られるか。運を天にまかせて、本艦乗員だけで収容することになった。一日の零戦慣熟訓練だけで、数回にわけて無事収容が終了したときは、まったくホッとした思いであった。

比島～ラバウル間、とくにニューアイルランド島東北海面は敵潜の警戒きわめて厳重なところであるが、本艦は格納庫はもちろん、甲板まで飛行機を繋止しているので、警戒機を思うように発艦することもできず、薄氷をふむ思いで航行した。

いよいよラバウルまで零戦を発艦、空輸することになったが、敵潜を考慮すれば、どうしてもカビエン沖九〇～一〇〇浬の地点で発艦させなくてはならない。しかし、基地搭乗員の技術と整備からすれば、六〇浬以内に入る必要がある。また、天候急変のおそれもある。

艦長高次貫一大佐は意を決して、敵潜伏在海面を全力にて突破、カビエンの山々を視認しうる地点にまで近接して発艦、無事に空輸を完了された。私たち搭乗員としては、まったく、その親心に心から感謝した。

いよいよ輸送任務も終了し、基地トラックに向かう。九月二十八日午前四時ごろ、トラック水道入口付近において、轟然たる大爆発音と大衝撃にあった。艦内の電灯は一時に消えて真っ暗である。つづいて、第二の大衝撃と大音響を聞く。手さぐりで上甲板まで這い上がると、艦は前方に傾斜し、右舷にもやや傾いて停止し漂っている。

敵潜の襲撃である。右舷前部、兵員室下水線付近に魚雷二発が命中。大破孔を生じ、海水が侵入した。即死、重軽傷、十数名を出した。即時、緊急応急防水措置をほどこし、沈没をのがれ得たのはまったく、不幸中の幸いであった。

哨戒駆逐艦と水上機の厳重なる警戒により、敵潜を制圧、微速にてトラックに入港したが、修理能力がないため、簡単なる補修補強のまま、呉に回航を命ぜられた。夜間トラックを出港航行中、応急補修の損傷個所が波浪のためふたたび損傷し、かつ前部揮発油庫の亀裂のため、揮発油の蒸気が艦内に充満、きわめて危険な状況となった。

速力二〜五ノット以上を出し得ず敵潜を警戒しながら、一五〇〇浬の航程を航行するときは、ただ天佑神助を祈るのみだった。

当時の艦長以下航海長、運用長らの御苦心のほど、まったく頭のさがる思いだった。トラック出港後、十数日にして無事、傷ついた艦を呉に回航することに成功した。その後まもなく、私は五八二空の飛行長に転勤、この年八月一日に大鷹《たいよう》と命名されていた春日丸を去ったのである。

溶けてしまった空母「祥鳳」死闘のネガ　吉岡専造

昭和十七年五月七日、私が乗艦していた空母祥鳳《しょうほう》は敵機群の攻撃をうけ、初弾が命中してから、わずか十五分で珊瑚海ふかく沈んでしまった。十六年十二月八日に太平洋戦争がはじまってから、艦首に菊の御紋章がついた帝国海軍の軍艦が撃沈させられたのは、初めてではなかったか。

五月七日の海戦では、わが方の祥鳳を失っただけで終わり、翌八日、瑞鶴、翔鶴を中心とするわが機動部隊と、ヨークタウン、レキシントンを中心とする敵の機動部隊との間に、最初の本格的な空母対空母の海空戦が珊瑚海上で行なわれた。これがいわゆる珊瑚海海戦である。

吉岡専造報道班員

私は海軍報道班員として南方に従軍する以前、中国大陸にも約一ヵ年、新聞の特派員として従軍し、鉄砲の弾丸の下をくぐった経験は、なまじっかの兵隊さんよりは多かった。であるから、連戦連勝のわが軍隊の進撃ぶりはもちろん、戦争によって破壊された民家や、傷ついた庶民の姿が写真の対象となり、どちらかといえば帝国陸軍の宣伝写真であり、本当の戦争というものの激しさ、虚しさといったものを撮っていなかったようである。

しかし、私は祥鳳に乗艦し珊瑚海で撃沈されたとき、初めて戦闘の激しさを体験し、そして撮影することができた。けれども、そのネガはない。ないというより溶けてしまったのである。

真っ赤に燃えて艦首から沈んでいく祥鳳の甲板から、海中にすべり落ちた私は、夕方、やっと駆逐艦に救助されるまでの九時間半、大きなうねりの洋上にカメラ（ライカ）一つを持って浮いていた。

カメラのフィルムゲージは十八を指している。このフィルムをなんとか助けなければならない、という気持ちが無意識にはたらく。カメラを頭の上に持ち上げていようと努力する。しかし、大きなうねりで体のバランスがくずれて、海中にカメラがつかってしまう。また持ち上げる。こんな動作を何回くり返したかはわからない。

救助された駆逐艦の甲板上で、まずフィルムをカメラから抜こうとした。そのときはすでに薄暗くなっていたので、重油で真っ黒になっていた半袖の上衣をぬぎ、カメラの上にかぶせ、手さぐりでカメラの蓋をあけると、なまぬるい湯のような水が出てきた。

すると、なんだかぬるぬるするような感じがしたので、重油がカメラの中に入ったのかな、と思って、そっと上衣の下から手をぬいてみると、ミルクのような乳白色の液体がついているではないか。瞬間的に、シマッタと思い、血が頭にのぼり、カーッとしてしまった気持ちはいまでも忘れない。それから何十秒、あるいは何分の間、そのまま甲板の上にうずくまっていたかわからない。

祥鳳の最期。昭和17年5月7日、珊瑚海海戦で魚雷7本、爆弾13発を喫して沈没

フィルムの乳剤が溶けてしまったのは事実であり、どうすることもできないことがわかったので、カメラにかぶせていた真っ黒な上衣をとり、目の前でフィルムを取り出した。果たせるかな、写っていたであろう乳剤は溶けてなくなり、透き通ったセルロイドのフィルムが手に巻きつくだけだった。

敵の雷撃機が、海面すれすれで魚雷を発射する瞬間、あるいは爆弾で飛行甲板に大きな穴があき、真っ赤な火が燃えあがる穴の周囲に吹き上げられた水兵たちが横たわる姿。日露戦争の日本海海戦の絵などで見なれた、爆弾が海中に落ちてできる水柱が何本も立ちのぼっている情景。黒煙のなかで撃ちつづける高角砲員。あの激しい戦いの写真は、私の頭にだけしか焼き付けられなかったのは、今日なお残念でたまらないのである。

ぶじに帰還してから、なぜフィルムの乳剤がとけてしまったかを、いろいろテストしてみた。結局はカメラを海中につけっぱなしにしておけば、なんとか画像が残るていどには処理ができたはずである。赤道直下の灼熱の太陽で、海水が入った金属製のカメラの、ボディが熱せられたからなのだ。なんとか助けようと思って頭の上に持ち上げていたことが、かえって仇になってしまったわけである。

私は陸軍空母「あきつ丸」の飛行隊員だった

陸軍空母用の搭載機選定を命じられた飛行審査部員の苦闘

当時 陸軍飛行審査部員・陸軍中尉 会田 智

私が東京・立川の陸軍飛行審査部に着任したとき、偵察機隊では当時、最新鋭のキ46－Ⅲ（一〇〇式司令部偵察機三型）のテストが全力をあげて行なわれていた。

昭和十八年（一九四三年）八月、中国大陸にあった九八式直接協同偵察機（キ36）の部隊から転任してきた私にあたえられた任務は、審査部付という性格上、あらゆる航空機の操縦に慣熟することであった。単発機、双発機、単座機、複座機……少年飛行兵時代いらい慣れ親しんできた機体、まったく未経験の機体と、それこそ毎日が新しい体験であった。

直協機の経験が長く、単発機にばかり乗っていた私は、キ46の審査を手伝ったさいに初めて双発機を操縦した。はじめのうちは二つの発動機の同調がうまくいかず、だいぶ手こずらされたが、慣れてしまうと単発機にくらべ、発動機を二基装備しているというだけで安心感をいだくことを知った。たとえ片方の発動機が故障などで停止しても、片肺だけで帰還することが可能だからである。

こうして審査部の水にもどうにか親しんできた昭和十八年暮れ、私は偵察機隊の片倉恕隊長より、変わった研究を命じられた。

陸軍では独自に航空母艦をつくる（実際は改装）計画をすすめている。これに搭載する対潜用哨戒機を選定してほしいというものであった。片倉隊長らはキ46の審査に打ち込んでおり、いくぶん手空きで、直協機などの軽飛行機の経験をもつ私に、白羽の矢が立ったのであろう。

私はさっそく候補機の選考にはいり、つぎの三機種にしぼった。まず、日本陸軍最初の近代的戦闘機としてすばらしい操縦性能をもつキ27（九七式戦闘機）。ついで頑丈で小まわりがきき、私にとっても、中国戦線いらいおなじみのキ36（九八式直協）。そして最後に、昭和十七年末に制式化されたばかりのキ76（三式指揮連絡機）である。

この三機種を前に、私はつぎの点を考慮して選定を行なった。それは、対潜哨戒という任務から高度性能、高速力は必要とせず、むしろ高度五〇〇メートル以下の低空を、低速力で長時間飛行できる能力がもとめられた。また全長一〇〇メートル、幅二〇メートルほどの飛行甲板での離着艦を行なわねばならず、STOL（短距離離着陸）性能をとくに重視した。

キ27は低速性能、操縦性能に関しては、まったく問題がなかったが、複座機に改造するにはあまりにも機体が小さすぎた。一方のキ36は私にとっても非常に手なれた機体で、なかなか捨てがたいものがあった。しかし、低速での翼端失速という欠点があり、母艦に着艦するさいの操縦がむずかしいと考えられ、これも失格とした。

また、これら二機種はともに低翼で、洋上での対潜監視を行なうのには下方視界のよい上翼機の方がのぞましかった。こうして私は、陸軍空母「あきつ丸」の搭載機として、キ76「三式指揮連絡機」をえらんだ。そして、そのむねを片倉隊長に報告して、了承を得たのであった。

すばらしき離着陸性能

前線の地上部隊の指揮、弾着観測、緊急輸送、あるいは前線と後方部隊との連絡などにつかうことを目的とした軽飛行機が、指揮連絡機である。かつては馬や自動車が、この任務にあたっていたが、戦線が拡大し複雑化するにつれて、軍用に改造された軽飛行機がつかわれるようになってきた。

昭和19年８月、相生沖であきつ丸に初着艦した会田智中尉(左)と畠山基准尉

アメリカのスチンソンL1ビジラントや、ドイツのフィーゼラーFi156シュトルヒが、この種の機体として有名だが、支那事変当時、日本陸軍ではこの種の任務には直協機をつかっていた。しかし、いろいろな戦訓から、直協機をさらに小型化した軽飛行機の有用性に注目して、昭和十五年、日本国際航空工業にたいし、本格的な指揮連絡機の試作を指示した。

こうしてキ76は、設計試作に着手されたのである。陸軍当局では、わが国に軽飛行機の伝統のないことを危惧して、キ76が失敗したときの代替として、ドイツにシュトルヒ一機と、その製作図面を発注していた。このため、キ76はシュトルヒのコピーのように世上で信じられているが、実際には設計にあたって参考にはしたものの、実機の性能の方がはるかにすぐれていた。ちなみに、シュトルヒが日本へ輸入されたのは昭和十六年六月で、キ76の試作機は、それより一ヵ月も早い五月から飛行審査をはじめている。

キ76の特長のひとつとなっている揚力増大効果の大きいファウラー式フラップの操作は、五度きざみの電動式となっており、操縦者はボタン操作だけで各状態にセットできた。そのため、非常に好評であった。

座席はタンデムの三座式で、機首方向から操縦席、偵察・通信士（指揮官）席、射手・通信士席となっていて、十分な視界がえられるように窓を大きくとり、床下にも窓がもうけられていた。全幅一五メートル、全長九・三三メートル、全高三・三〇メートル、翼面積二九・〇平方メートルのキ76の胴体構造は鋼管溶接式で、木製小骨整形の上に羽布張りであった。また陸軍機としてはめずらしく、主翼を付け根から折りたたむことができた。発動機には、離昇出力三一〇馬力のハ42（ハ22－11）を一基装備した。キ76をあきつ丸への搭載適性機として選択したのち、実際に私が乗って計測した飛行性能は、総重量一四〇六キロで、最大速度二二〇キロ／時（一七八キロ／時ともいわれる）、航続距離四二〇キロ、上昇限度五六三〇メートルというものであった。

これより先、シュトルヒが輸入された直後に、立川において比較試験が行なわれた。離着陸距離はそれぞれ、キ76が五八／六二メートル、シュトルヒが六二／六八メートルという結果であった。しかし、この距離は風速や操縦者の腕前によって、大幅に短縮することができた。

昭和十七年初め、審査部の酒本英夫少佐はシュトルヒのＳＴＯＬ性能試験のため、群馬県高崎の近郊を流れる烏《からす》川の川原に着陸した。川原の幅は約三五メートル、フラップを一杯に下げ、発動機を全開にして発進すると、わずか三〇メートルの滑走で離陸、あっという間に上昇していったという。

キ76については、次のようなエピソードがある。おなじ偵察機隊の鈴木金四郎少尉は、福《ふっ》生《さ》基地に着陸しようとしたところ、はげしい横風が吹いているため、滑走路をつかえない。ええい、ままよとばかりに、向かい風をいっぱいに利用して、前代未聞の滑走路を横方向につかった着陸を敢行、みごとにこれに成功している。もっとも、この現場を部隊のおエライさんに目撃され、あとでこっぴどく大目玉を食ったという。

ともかく、キ76の短距離離着陸性能には定評があり、審査部の操縦者たちは、いろいろな場所で離着陸をこころみている。もっとも多かったのが、相模原市内を走る産業道路（国道一六号線）の直線部で、走行車のいないのを確かめては、よくタッチ・アンド・ゴーを行なった。また多摩川の川原にある約五〇メートルほどの砂地も滑走路となり、なかには府中にある東京競馬場の内馬場へ舞いおりたツワモノもいた。

ちょっと道を聞いてくる

昭和十九年にはいると、私は畠山基准尉と二機で、後席に整備員を一名ずつ乗せて、立川を起点とする日本一周飛行に出発した。コースは立川から伊豆半島、東海地方沿岸、明野《あけの》、紀伊半島をへて、第一日目は兵庫県の加古川《かこがわ》まで。二日目は、瀬戸内海から豊後水道をへて宮崎県の新田原《にゅうたばる》へ。三日目は鹿児島から八代湾ぞいに北上して福岡県芦屋まで。四日目は山陰地方の日本海沿岸を北陸地方の石川県金沢まで飛んだ。そして五日目は日本海沿岸をさらに北上して、私の故郷である新潟へ。六日目は秋田県能代まで。七日目は青森をへて太平洋岸にでると、三陸のリアス式海岸を見て宮城県仙台市ちかくの霞の目基地に泊まる予定で着陸したが、基地側の都合で補給整備後、ただちに離陸して、福生基地へ帰投した。

この間、二機のキ76は各基地で滑油と燃料の補給、および同乗整備員による整備だけで、飛行高度五〇〇メートル以下の日本一周飛行を完了した。そして耐久審査にも合格したのである。

ところで、二日目、九州の東海岸を南下して新田原基地へ向かっていたときのことである。

飛行時間からみて、そろそろ飛行場が見えてこなければならないのに、それらしいものは視界になかった。翼下を見ると放牧場で、家畜の群れにまじって人影があった。そこで私は畠山准尉に、上空に待機しているよう合図をおくると、牧場に着陸をこころみた。そして土地の人に、基地のある大体の方向を聞いた後ふたたび離陸、ようやく新田原基地へたどりつくことができたのであった。これなど、キ76のすばらしいＳＴＯＬ性能、不整地離着陸性能がもたらした「嘘のような」真実の話である。

昭和十九年三月一日付をもって、私は陸軍中尉に進級した。その間にも、艦上対潜哨戒機としてのキ76の性能審査はすすめられていた。後部胴体下に審査部の馬越大尉、福島大尉が考案した着艦フックがとりつけられ、五〇キロ爆雷を搭載しての投下試験が茨城県沖の鹿島灘で行なわれた。私は大洗に宿泊し、水戸飛行場を使用してこの試験にあたった。キ76は胴体下に二個の爆雷を縦列に吊りさげている。

沖合い五〇～六〇キロの海域へ進出すると、高度を二〇〇メートルにまで下げ、低速飛行にうつる。そして、あらかじめ自分で決めておいた目標海面に到達する直前、操縦席左側についている投下レバーをひく。さらにもう一度ひくと、二個の爆雷はひとつずつ胴体をはなれ、海面へ向かって落下していく。しばらくして、後方三〇～四五度に閃光が見え、つづいて海面が大きく盛りあがってくずれおちた。五〇キロ爆雷の威力を、目のあたりにする思いであった。

このような試験が午前と午後に一回ずつ、二、三日つづけられた。魚が群れをなして回遊し、そこだけ海の色が銀色にかわっているのを発見して、それを爆雷の投下目標にと考えたが、爆発威力を思い浮かべると魚たちがかわいそうになって、急遽とりやめたこともある。

キ76に装備された「ハ42」発動機は、日立の天風を二八〇馬力にパワーダウンしたもので、おおむね調子は良好であった。しかし、この爆雷試験中、地上で発動機を始動していると、とつぜん止まることが二、三度あった。いくら原因を調べてみても、どうもわからない。飛行中にそんなトラブルは起こらなかったものの、やはり不安はのこり、私は三座の中央席に空のドラム缶を乗せて、万一の場合にそなえて飛んだ。

その後、この地上での発動機停止の原因が判明したという話は聞いていないが、発動機事故でキ76が墜落したという話も聞かず、それほど重大な欠陥ではなかったのであろう。

陸軍空母への初着艦

こうして搭載機の準備がちゃくちゃくと進められているころ、艦の方も改装工事が進捗していた。改装に供されたのは「丙型船」と称される大型の上陸用舟艇母船あきつ丸で、米海軍が保有する揚陸侵攻艦タラワ級の先駆け的な軍艦であった。

工事は兵庫県相生《あいおい》の播磨造船所で行なわれていた。私は搭載機の関係者として、加古川の海軍指定の旅館に泊まり、汽車で相生の工場へ通勤して改装工事を見学した。

立川へもどった私は、いよいよ離着艦の訓練をはじめることにした。しかし、悲しいかな陸軍パイロットの誰にたずねても、航空母艦に離着艦した経験をもつ者はひとりもいない。

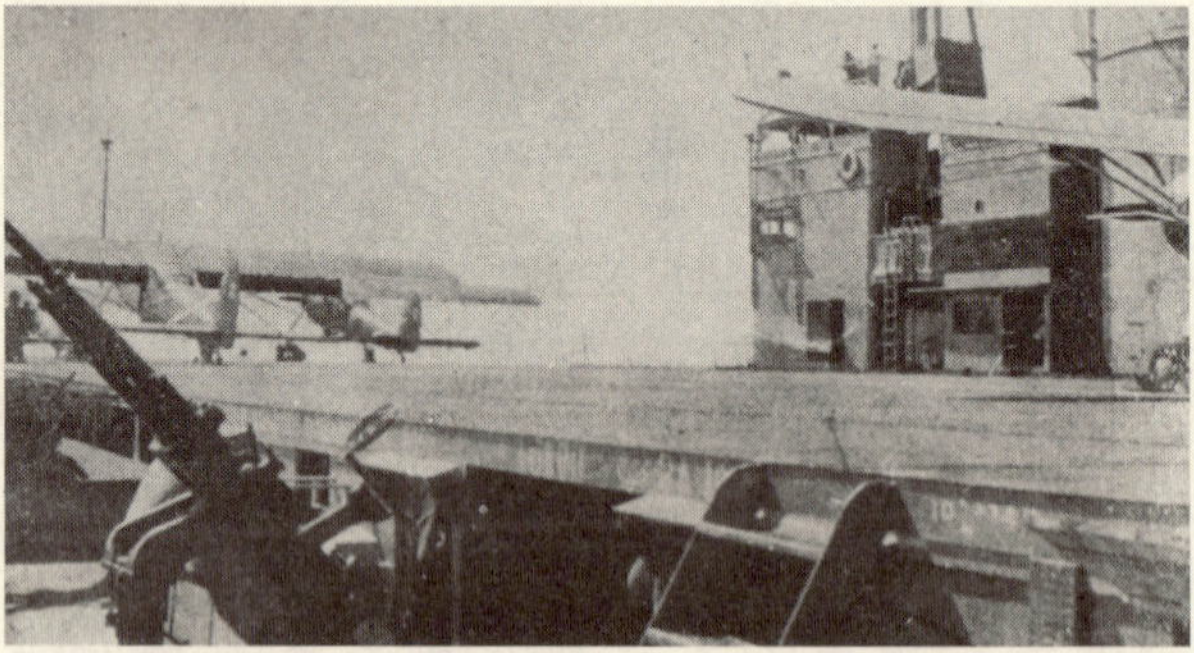

あきつ丸飛行甲板(長さ123、幅22.5メートル)上の独立飛行第一中隊の三式連絡機

あたり前である。そこで、神奈川県追浜《おっぱま》にある海軍航空のメッカ横須賀航空隊までキ76で飛び、離着艦の要領を聞きにいった。海軍側では、いろいろくわしく説明してくれ、親切にも、当時湾内にいた空母までランチで連れていってくれた。私は大いに感謝し、海軍側の好意に甘えて空母の参謀に、「実際に接艦の感触を得たいので、艦を動かしていただけませんか」と頼んでみた。

「なに、鎮守府長官でさえおいそれとは動かせないフネを、たかが中尉の分際で動かせとは何事だ」私はさんざん叱られ、シッポをまいて立川へ引き揚げたしだいである。

母艦をつかっての接艦試験は実現しなかったものの、陸上基地での訓練はつづけられた。海軍側からうけた説明をもとに、私は私なりに離着艦の要領を考えてみた。

キ76は低速性能が良好なため、着艦速度についてはほとんど問題ないが、進入角度には注意しなければならない。いろいろ実験した結果、十二〜十三度の角度で降下するのが最適と判断した。着艦のさいは、基本である三点着陸姿勢にちかくして前車輪から降り、着艦フックで飛行甲板上に張られた四本の制動索のうちの一本にひっかけるようにする。

以上の点を注意して、地上での離着艦訓練をくり返した。七月になって、工場の方から、船に飛行甲板が張れたので海に浮かべて走らせる、という連絡をうけた。またとない接艦審査の機会である。私はいそぎ加古川まで飛んだ。船は相生の沖合いに浮かんでいた。

その日、加古川を離陸した私は、工場の沖を航走するあきつ丸に接近し、上空を一周して、いよいよ接艦である。飛行甲板に新設された赤と青の着艦誘導灯を目標に進入、飛行甲板に接地すると、すぐに一航過した。工場の岸壁では多くの工員が、この接艦審査をかたずを呑んで見守っていた。

成功だ。私は思わず安堵の吐息をもらした。この成功に勇気づけられた造船所側では、のこされた艤装工事も順調に消化し、七月三十日、改装は完了した。

明けて八月、いよいよあきつ丸への初着艦の日がきた。私と畠山准尉が操縦する二機のキ76は、七月末から加古川基地で待機していた。その日は快晴で風もあまりなく絶好の審査日和であった。接艦審査のときとおなじ要領で旋回にうつる。第四旋回をおえ、機はあきつ丸を真後ろから追いかける。

艦までの距離、約五〇〇メートル。手動で着艦フックを降ろす。飛行甲板上の青と赤の着艦誘導灯がひとつになるように機を操作して、四〇〜五〇キロ／時の速力で降下する。接艦のさいの高度が低いと、艦の後流にまきこまれて操縦不能となるおそれがあった。

それは、まるで海に浮かぶ箱の上へ降りるような感じであった。飛行甲板に前車輪が着いたなと感じたつぎの瞬間、身体が後方へ強くひっぱられるようなショックがあった。フックが制動索をひっかけ、機が急停止したためである。

発艦は、じつに簡単だった。ブレーキをいっぱいに踏みこんだままエンジンを全開にし、一気にブレーキをはなすと、キ76はわずか四〇メートルほどの滑走で離艦した。

このような審査を、私と畠山准尉とで一日三回くらい、一週間にわたってつづけた。波のおだやかな瀬戸内海での審査は無事におわったものの、はたして外海での離着艦が可能かという不安はのこった。審査期間中、私たちは加古川の基地へ泊まったり、艦に泊まったりしてすごした。

着艦したキ76は、整備員らの人力で艦首部にあるエレベーターに乗せられ、飛行甲板下の格納甲板に降ろされる。ここで主車輪の下に私が考案した「亀の子」をはかせて、所定の格納位置へ運ばれて固定される。亀の子は、四隅の下面に小さな車輪がとりつけられた一種の台車で、前後左右いかなる方向へも自由に動くようになっていた。

あきつ丸の改装にあたり、陸軍ではまったく未経験の分野に挑戦したのであり、大は着艦フックや着艦制動索、赤と青の誘導灯、小はこの亀の子まで、あらゆるアイディアを生かして、なんとかモノにしようと努力したのである。

こうしたわれわれの努力はむくわれ、三式指揮連絡機を搭載したあきつ丸は、対潜哨戒用空母としての実用化の第一歩を踏みだした。そして九月、あきつ丸の実用審査と搭乗員の教育指導のため、比島方面への出発が下令された。当時の戦況からして、これは私の死出の旅となるにちがいないと覚悟を決めていた。

　ところが、出発直前になって命令が変更され、実用審査は下関〜釜《ふ》山《ざん》間の玄界灘で行なわれることになった。この審査中、内々にではあったが、キ76による哨戒飛行隊である独立飛行第一中隊の中隊長にならないか、と上層部より打診があった。しかし、私は審査部の仕事に魅力があったし、私より先任の中尉の方もいるので、丁重におことわり申しあげたのである。

　審査部へもどった私は、もっぱらキ46の審査にたずさわっていたところ、昭和二十年初頭になって陸軍空母の二番艦「山汐丸」が、三菱横浜造船所で竣工したため、羽田を基地として、キ76による離着艦審査を東京湾上で行なった。私が直接にキ76とかかわったのは、これが最後であった。

　いっぽう、陸軍最初の空母あきつ丸は、昭和十九年十

あきつ丸につづき昭和20年１月末に三菱横浜で竣工した陸軍空母「山汐丸」

一月十五日、九州五島沖で米潜水艦の雷撃によって沈められたと聞く。

※本書は雑誌「丸」に掲載された記事を再録したものです。
執筆者の方で一部ご連絡がとれない方があります。
お気づきの方は御面倒で恐縮ですが御一報くだされば幸いです。

単行本　二〇一三年七月　潮書房光人社刊

NF文庫

航空母艦物語
二〇一七年五月十五日 印刷
二〇一七年五月二十一日 発行
著 者 野元為輝他
発行者 高城直一
発行所 株式会社潮書房光人社
〒102-0073 東京都千代田区九段北一-九-十一
振替/〇〇一七〇-六-五四六九三
電話/〇三-三二六五-一八六四(代)
印刷所 慶昌堂印刷株式会社
製本所 東 京 美 術 紙 工
定価はカバーに表示してあります
乱丁・落丁のものはお取りかえ
致します。本文は中性紙を使用
ISBN978-4-7698-3009-2 C0195
http://www.kojinsha.co.jp

NF文庫

刊行のことば

第二次世界大戦の戦火が熄《や》んで五〇年――その間、小社は夥しい数の戦争の記録を渉猟し、発掘し、常に公正なる立場を貫いて書誌とし、大方の絶讃を博して今日に及ぶが、その源は、散華された世代への熱き思い入れであり、同時に、その記録を誌して平和の礎とし、後世に伝えんとするにある。

小社の出版物は、戦記、伝記、文学、エッセイ、写真集、その他、すでに一、〇〇〇点を越え、加えて戦後五〇年になんなんとするを契機として、「光人社NF（ノンフィクション）文庫」を創刊して、読者諸賢の熱烈要望におこたえする次第である。人生のバイブルとして、心弱きときの活性の糧《かて》として、散華の世代からの感動の肉声に、あなたもぜひ、耳を傾けて下さい。